山水村童

陆华新 著

WUHAN UNIVERSITY PRESS
武汉大学出版社

图书在版编目(CIP)数据

山水村童/陆华新著 . —武汉:武汉大学出版社,2018.10
ISBN 978-7-307-20405-8

Ⅰ.山… Ⅱ.陆… Ⅲ.散文集—中国—当代 Ⅳ.I267

中国版本图书馆 CIP 数据核字(2018)第 173812 号

责任编辑:黄　殊　　　责任校对:李孟潇　　　版式设计:汪冰滢

出版发行:**武汉大学出版社**　　(430072　武昌　珞珈山)
(电子邮件:cbs22@ whu.edu.cn 网址:www.wdp.com.cn)
印刷:武汉中科兴业印务有限公司
开本:720×1000　　1/16　　印张:20.25　　字数:289 千字　　插页:1
版次:2018 年 10 月第 1 版　　　2018 年 10 月第 1 次印刷
ISBN 978-7-307-20405-8　　　定价:48.00 元

序 言
一幅山水农庄的画卷

　　《山水村童》是陆华新的第二部作品，它既是乡村往事的记叙，也是以村童为主题的创作。根据主题，书中着墨最多的当然是与儿童有关的童趣、读书与劳作。此外，书中还广泛地涉猎到这片山水农庄的民风、民俗和民间传统手艺，堪为一部了解农村常识的实用大全，展现的是一幅山水农庄的画卷。

　　生活无疑是创作的源头，而创作则是源于生活而又高于生活的艺术产品。曹雪芹在《红楼梦》第五回中撰写了一副对联，上联是"世事洞明皆学问"，下联是"人情练达即文章"。这副对联被装裱悬挂在王熙凤的办公室，显然是大观园总管家凤姐的才华和精明的写照。她在协理宁国府时，把纷繁的事务打理得井井有条，使贾府上下心悦诚服，可谓是成绩斐然。那么，凤姐靠的是什么呢？她有精明的头脑、渊博的知识、开阔的视野、泼辣凌厉的个性、圆滑干练的手段等，既造就了贾府的兴盛，又力挽大观园于风雨飘摇。

　　我认为，这副对联不仅仅是描绘凤姐的才干，而且也是作者借以告诫每一个做学问的人的座右铭。观察事物的重要性是自不待言的，伊凡·彼得洛维奇·巴甫洛夫是俄罗斯杰出的生理学家，是1904年第一个获得诺贝尔生理学奖的人，他的整个研究成果都是基于观察而获得的。因此，他在实验室的墙壁上悬挂着自己的座右铭："观察、观察、再观察"。我从年轻时就把巴甫洛夫的座右铭牢记在心，也记住了曹雪芹的这副对联，并且时时锻炼自己观察周围事物的能力，及至到了耄耋之年，我依然保持着这个习惯。

发现和创造都是始于观察。我记得法国著名雕塑家罗丹说过一句名言："所谓大师，就是这样的人，他们用自己的眼睛去看别人见过的东西，在别人司空见惯的东西上能够发现出美来。"这就是大师与常人的区别。大师之所以能够从常人司空见惯的东西上发现出美来，那是因为他拥有一种洞察入微的审美力，也是最宝贵的创造力；而常人则是司空见惯，习以为常，见怪不怪。

无论是过去或是现在，出生于农村的大学毕业生为数不少，为什么陆华新能够写出《山水村童》，而别人却不能呢？这是一种思乡的情结，也是对生于斯长于斯的故土的感恩。这部书稿也是始于观察。作者出生于江南水乡，他对农村的生活与劳作，自然是耳闻目睹，更亲历过劳其筋骨的滋味。在书稿中，他对于"少小活儿""帮衬大人""村童游戏""儿时美味"的叙述，都是有滋有味的，令人回味无穷。难能可贵的是，这些童年的往事，时隔三四十年，他依然记忆犹新，这是一种博闻强记能力的表现。

人有眼、耳、鼻、口和舌五官，它们构成了人们的视觉、听觉、嗅觉、味觉和触觉，人们的一切感性认识都离不开这些感官。人的认识一般是从观察开始的，但视觉只是五官功能之一，必须辅之以其他感官的配合，才能得到对外界全部的感性认识。《山水村童》所记叙的事件，无疑都是通过这五官来获得的。但是，仅仅只有感性认识是不够的，还必须把由感性认识获得的材料，再通过理性和悟性的加工，方能更深刻和更准确地反映山水农庄的全貌。

从思维科学来说，人们的思维方式有感性、理性和悟性三种，它们是人的思维能力相互联系密不可分的组成部分。感性就是敏锐的观察力、感知力和洞察力；理性是把感性转化为理性，把具体转化为抽象，从而获得普遍的和规律性的认识；而悟性是冥思、静想和顿悟的能力。如果用一个字来概括它们的特点，那么感性是"知"，理性是"真"，而悟性是"通"。人们大多对感性和理性的功能都有一定的了解，而对悟性却知之不多。实际上，悟性在认识上是最重要的，悟性是学习的最高境界，一个学习优秀的学生与学习稍弱的学生，他们的差别就在悟性上。什么是悟性？它与感官没有直接关系，它是一种由此及彼，由表及里，由现象到本质的认知能力，我把它称为"穿透力"，也是我们通常所说的"天赋"。我归纳悟性的特点是"通"，所谓的"触类旁通""融会贯通""贯通古今""一通百通"和"心有灵犀一点通"等，都体现在"通"字上。与"通"连缀的词汇有通晓、精通、通窍等，表明人的认识由"必然王国"进入到"自由王国"了。

《山水村童》的作者陆华新，原本是武汉大学化学系的毕业生，以优异的成绩获得学士学位。他在大学读本科时，就开展了多项研究，表现出了较高的悟性。后来，他又获得了经济学硕士和博士学位，而他的工作单位都是在医疗卫生战线，他的学习和工作跨越了多个学科领域。近年来，他接二连三地发表了作品，这是一种什么魔力的作用呢？其实，这魔力就是他的悟性较高，这是他在不同的领域都能够做出一些成就的原因。他现在尚不到知天命之年，相信他未来会创作更多的好作品。

我在担任武汉大学校长时，提出了一个口号："每个管理部门的干部，都要学习教育学、行政学和管理学，以工作带动研究，以研究促进工作，实现管理干部的学者化。"在我的号召下，业余时间里没有人抹牌，也没有吃喝的现象，所有的干部都在学习、研究和写作。由于大家的努力，我们撰写和出版了全国首部《高等教育改革的理论与实践》，在全国教育战线开创了管理干部著书立说的先风。

可是，在"一切向钱看"的不良风气影响下，这种好的传统被一些人丢弃了。然而，我高兴地看到，在陆华新的身上，又再现了这种学习与研究的好风尚。他作为一名基层专业技术人员和管理者，没有沉浸在一些形式主义、享乐主义的应酬中，他清正廉明、敬业守纪，把几乎所有的业余时间都用在了学习与创作上。这种精神是非常值得发扬的，我为他的精神所感动，故写了以上文字，谨以为序。

刘道玉

2018 年 4 月 8 日

于珞珈山寓所

前　言

书稿记录的，是 20 世纪 70 年代前后，我国长江中下游丘陵地区部分乡村的生活。

20 世纪五六十年代，甚至于更早年代出生在乡村的国人，在少年儿童时期，他们或多或少有过帮衬大人、劳作田地的经历：三伏天，水稻田，弓背插秧的情景仍历历在目；苎麻地，左右开弓，手劈苎麻的感觉仿佛刚刚过去。

站在板凳上用大锅做饭，双手扶扁担、猫腰担水走，湖汊去挖藕、地里找猪菜，这些家务活儿，好像昨天还做着。

斗鸡、跳房子、打陀螺、滚铁环，简单易行的这些游戏，给村童带来过欣喜。

走廊里敲打后发出"铃声"的废旧钢轨，教师办公室里的脚踏风琴，分组朗读时声嘶力竭的呐喊，都是小学生活的一部分。

山坡上野生栗子做成的软糕，湖汊里掰回来的黑肉茭白，黄土地下甜甜的茅根，苎麻地里躲藏着的血红色马齿苋，让村童一饱口福。

夏天光着脚丫，冬天蹬踏木屐，看着妈妈在煤油灯下纳制千层底鞋。

跑上几里地，晚上去邻近村子观看免费电影；跟在大人身后，去亲戚朋友家流水席上大口吃肉，村童总能找到些许快乐。

一家盖房子，村民齐帮忙，挑黏泥、制土砖，忙忙碌碌、热热闹闹。

铁铺里熊熊的炉火、大锤小锤的叮当声；三下五除二，一只小猪就被阉割了；糖稀老人如施展魔法般勾勒出栩栩如生的动物花草，乡村还有不少手艺人。

新娘出嫁前用粗棉线来美白面部，满月的男婴光溜溜的脑袋被热乎的鸡蛋滚敷，一些习俗在乡村代代相传。

一方水土养一方人。生于斯长于斯的人们，秉承了中华民族淳朴、善良、勤劳、豁达等诸多美德。

在全球一体化、信息化、现代化浪潮下，我国的广袤乡村开始敞开臂膀，迎接新鲜事物。

世界大潮，顺之者昌，没有顺应就难有进步。

民族的才是世界的。吸纳精华、顺应发展，又保持特色、彰显民族文化，中华民族完全有能力脚踏实地向前走。

陆华新

2018 年 1 月 24 日

目　录

第六章 小时装扮

第七章 难忘快乐

第八章 淳朴民风

第九章　民间艺人

第十章　乡村习俗

·第一章 少小活儿·

1. 站凳做饭

20世纪六七十年代的中国农村，中年劳动力参加生产队集体劳动，农家的一日三餐由非劳动力承担。若爹爹婆婆健在，烧火做饭的活儿多是老人承担；爹爹婆婆早逝的家庭，烧火做饭的活儿就落在村童身上。

大锅大灶。江南农村的土灶约有100厘米高，对于身高110—120厘米、五六岁孩子来说，会有些吃力。除了灶台高，那直径80厘米左右的大铁锅和40—50厘米长的大锅铲，也让孩子们不甚顺手。

灶台高，锅铲长，做饭的孩子们就端来小板凳，踮起脚，肚皮倚靠着灶台来捞米、炒菜。锅铲长而且厚重，一只手的力量不够，就双手挥舞，似有关云长耍大刀的气势。

除了大铁锅、大锅铲，捞米、洗菜用的筲箕（shāo jī），灶边的水缸、吃饭的陶碗，等等，都是大号的。大家庭出生、大家庭长大的村童，慢慢也就习惯了这些大号家什。

大锅炒菜。大锅里炒菜，往往需要两个孩子协作配合。小一点的司职烧火，大一点的负责灶台。柴火无外乎是木条树枝、棉花秆子，荆棘把子、小麦秆子，茅草把子、稻草树叶把子，耐烧程度依次减弱。

司职烧火并不轻松简单，没有晾干的柴火在土灶里一个劲冒着浓烟，呛得你眼泪直往外冒。铁锅里的活儿需要灶火配合，滴入几滴菜油，等待净菜下锅时，旺火断然不可缺少，缺少了就不是炒菜烧菜，而变成了水煮青菜。蒸煮米饭最后一刻，灶火要恰到好处。火过头了，锅巴就烧糊烧黑了。火欠了那么一点，锅巴没形成，米饭也半生不熟。

负责灶台的，得学习"小米加步枪，打击小鬼子"的精神与智慧。灶台边可供选择的佐料，品种少、量有限：一斤菜油是一家5到10口人一个月的配额，陶罐里的粗盐是用鸡蛋换来的。经济条件稍好的家庭，才偶尔使用一点酱油和味精。

相差两三岁的兄弟俩（或姐弟俩、姐妹俩），一个烧火一个炒菜，渐渐有了默契。

洗净锅，烧好火，待铁锅里水迹全无、最底部微微发白时，负责灶台的兄长将早已从油瓶中倾倒在锅铲里的几滴菜油，迅速在锅里转上一圈，嘴里一句："机枪组，消灭敌人火力点！"双手端着盛放有净菜的筲箕的小弟，闻声而动，一筲箕净菜眨眼间就进了铁锅。

间歇性翻炒，是掌勺兄长的事情。待青菜将熟，用勺子从陶罐里挑取适量粗盐，均匀撒上，再用锅铲拌匀，一道青菜就可以起锅装碗了。

季节不同，铁锅里烧炒的青菜不同。春节前后是白萝卜、莴苣、蒜苗，端午节将至，扁豆、黄瓜可以入园采摘了。7月、8月蔬菜最丰盛，辣椒、茄子、长豆角、冬瓜、丝瓜、苦瓜、南瓜等一应上桌。10月、11月，红薯藤、洋姜、榨菜可以下饭。12月和来年1月，大白菜、小白菜、大蒜可以应点。

大锅煮饭。煮饭分两步操作。第一步是水煮。放上半锅水，待水沸腾后，将淘洗过的大米倒进锅中，加上木盖。约5分钟后，木盖边上、木盖上的缝隙处冒出丝丝蒸汽。在灶边耐心等候三两分钟，再用木瓢或葫芦瓢将大米连同沸水一起舀起，转入筲箕中过滤。

白净米汤从筲箕下面滤出，流入干净的脸盆中。等到吃饭时，稻香味的米汤浸泡金黄色的锅巴，吃起来那叫一个"爽"！

第二步就是汽蒸。洗净后的铁锅里，放上大半瓢水，将布满小孔的木质或铝质隔板平放在锅底，锅底水面与隔板高度持平为宜。将筲箕中松软的大米倒入锅里隔板上，用锅铲整匀，拿一双筷子在大米上插六七下以留作气孔，就可以移来木盖，旺火汽蒸了。

此时，灶台边的湿抹布就派上了用场。用湿抹布填塞了铁锅与木盖之间的缝隙，既节省了燃料又节约了汽蒸时间。8—10 分钟后，蒸汽持续溢出，香喷喷的米饭就熟了。用鼻子一闻，厨房里飘出米香味。

汽蒸时，大米上可以放上片状糍粑、片状红薯。米饭蒸好了，糍粑、红薯也熟了。气温低下的冬日，木盖上还可以放上已经做好的青菜，那可是免费的保温方法。

泥巴灶台上一般设置有 3 口铁锅。一口靠外的大号铁锅，用来做饭做菜。一口倚墙的加大号铁锅，直径 100 至 120 厘米，平时不怎么使用，年关时熬制麦芽糖、打豆腐便派上用场，虽然一年也就使上个两三天，但没有它就办不成年货。这两口大锅中间，另有一口直径 15 厘米左右的热水小锅，做完一顿饭菜后，就着灶内余热，小锅里的水也温热了。灶火时间长一些的话，小锅里的水甚至可以沸腾起来。

炉灶口上方，还会吊着可以上下伸缩的铁锅。利用炉灶口外溢的热量，这吊锅也可以用来加热冷水、熬煮猪食。灶膛里连接有穿越房顶的烟囱，大部分的柴火烟雾从烟囱向外排出。

2 个灶膛、3 口铁锅、2 个吊锅，传承了上千年的农家泥巴灶台，不仅构造趋于合理，从节能到排烟，也非常科学。

2. 风雨担水

20世纪六七十年代，农村没有自来水。在庭院里打手压井，是近30年的事，而且是少数经济条件不错的农户才能做到的事。没有自来水，没有手压井，吃水只能到远处公用水井担水来解决。

远处水井。农舍离公用水井，近则百十米，远的有三五百米。这些养命的水井位于村落低洼处，以便于蓄积天然雨水，积攒地下渗水。不规则的石板铺成"S"形台阶，从地面延伸到井底。

冬春两季，是井水旺盛的时候。特别是4月、5月的雨季，井水暴涨，有时不免溢到路面。暴涨的同时，井水失去了往日的清澈，浑浊发黄，喝起来有丝丝泥土味道。

酷暑的7月、8月，雨水偏少，用水量激增，井水水位就日渐下降。这时担水的村民就得沿着石板，近乎下到井底，有时还得在水桶里备上一个葫芦瓢，一瓢一瓢地往水桶里舀水。炎热的7月、8月，是万物生长的季节，不多的井水里间或会出现细小的红丝虫。这样的井水担回家后如不经煮沸而舀着就喝，那闹个肚子疼，大便里排出条条肠虫，就不足为奇。

每家每户的厨房里少不得一口大水缸。水缸高度和缸口直径在90厘米左右，满缸时可以容纳约250升水。缸里的水要满足一家大几号人淘米做饭，洗锅洗碗，洗脸洗脚，喝水做汤，泡洗衣服，天热洗澡，猪食拌和，等等。天冷时用水少一点，天热时几乎是一天一缸水。

家里若没有爷爷奶奶的话，每天到井边担水的活儿，就是村童必不可少的"家庭作业"。一副扁担，两只合起来容量25升左右的小木桶，是村童担水的家当。从家里到井边，从井边回家里，往返十次，一口大水缸也就满了。

担水技巧。担水看似简单，却有些技巧。有城里少年到农村体验生活，看见扁担和满满两桶水，甚觉新鲜好奇，于是他们也来担水，担在肩上，走起步来，那滑稽搞笑的样子往往让村里孩子们捧腹大笑。

担水虽有窍门，却也不是什么高技术高难度活儿，熟能生巧而已。村童们担上一二十天后，很快就有了心得。

担水时，扁担要安放在合适的部位。扁担正中部位落在一只肩膀上，扁担与双肩呈45度角，左右手前后斜向抓住水桶与扁担连接的钩子或绳子，这样走起路来自然又轻松。那种将扁担横扛在背后，作缠绕彩带、扭摆秧歌样的姿势，走不了远路程，也让旁观者忍不住抿嘴作笑。

担水时，步伐要合适。步伐太慢，像老牛拉车，两桶水长时间压在肩上，哼哼唧唧，自己难受。步伐太快，像追赶小偷，会上气不接下气。合适的步伐就像汽车行驶时那省油的速度，不快也不慢。合适的步伐还可以避开共振问题，防止水在桶里晃荡，不至于满桶上路、半桶回家。

担水时，换肩有技巧。三五百米的单程，一只肩膀从头扛到尾是消受不起的。左右肩膀更换一下，担水就显得轻松些。要在空中完成换肩动作，是颇有讲究的，有人初次尝试时闹出过扁担滑脱、水桶倒地的尴尬。换肩时，双手朝换肩方向水平拉动水桶与扁担连接的钩子或绳子，借助这种拉力作用，右肩左肩便瞬间完成了交替。放下水桶，更换肩膀后再担起，也不失为一种换肩方式。

担水时，雨天要防泥滑，冬天要防溜滑，井水水位下降后需防青苔。连续几天雨水后，乡村泥巴路面失去了往日坚实感觉，脚踩下去时而往左右、时而朝前后，预定好的步幅冷不丁就拉大了一二十厘米。一旦失去平衡，人仰桶翻再寻常不过，弄不好还会摔个跤、闪了腰。寒冷的冬天，路面容易结冰，空着手走路都胆战心惊、小心翼翼，担上满满两桶水就越发不易。在水下浸泡久了，石板上就有了青苔。井水水位下降后，露出的青苔很容易导致担水人坠井落水。好在井水不深，村童多数也能来上几下狗刨式，担水的村童没几个不曾坠井落水的，但真正因坠井而亡的却罕见。

井水直饮。从酷暑到寒冬，村民们基本上直接饮用井水，喝开水的甚少。偶有讲究的农户，或是家里来了久违的客人，村民们也会将井水烧开，用仅有的、已看不出陶瓷花色的把缸盛上大半杯开水，双手递给客人。那款待规格，就像现在请喝星巴克咖啡。家里有小毛毛（方言，指小宝宝）的农户，也会备上开水。毕竟毛毛的肠胃功能，还不能适应直饮井水。

打小开始，村童们就跟从大人，用葫芦水瓢从缸里舀水就喝。那喝水的爽快神情，非"牛饮"二字不能概括。一个崭新的葫芦水瓢，过不了三两个月，边沿便单薄起来，那是喝水给喝的。遇上大热天，喝水更频繁，一次"牛饮"量也更大。有村童觉得用葫芦水瓢喝水不过瘾的，趁着满满水桶还在回家路上，或尚未倾倒入缸，就蹲在桶边，低头就喝。时间长了，木桶边沿竟然也显得单薄了。

担水，培养了村童们的脚力，提升了村童们肩膀的抗压能力，还培养了村童们的气息调节能力。这些村童长大后，耐力上多有较好表现，看待冷暖得失上也多了一份淡定与从容。

3. 湖汉挖藕

在我国，莲藕主要生长在湖北、湖南、江西、安徽、江苏等多湖泊的省份。步入 21 世纪，莲藕的食用价值及食用方法，逐步被一些北方居民接受，京郊一些水源较好地区也开始种植莲藕。春节前，一些从安徽赴京打工的汉子，用切割机切开藕塘冰层、挖掘莲藕的场景，在中央电视台纪实栏目播出过，让人们见识了收获莲藕的辛苦与不易。

湖汉野藕。莲藕有家藕、野藕之分，目前菜市场见到的基本上是家藕。相比于野藕，只要有水域的地方，家藕就能生长，最为常见的是水田里的家藕。形态上，家藕粗大而节短，野藕苗条而节长。溜炒或煨汤后，野藕灰色明显且藕断丝连。经品种改良后，现在一年四季都有家藕上市，满足了喜爱莲藕煨汤的"两湖"（湖北、湖南）人的饮食需求。

野藕又称湖藕，生长在野湖湖汉中。那些面积不足百亩，没人管理、自然状态下的野湖，周边有着弯弯曲曲的小湖汉。历经数百上千年，湖汉水下是厚达一米以上黑黝黝的稀泥，这正是苗条而节长的野藕所需要的生长环境。

20 世纪 80 年代前，"两湖"地区存在不少野湖。野湖湖汉，是村童们觅食的好去处。湖汉里的藕带、野藕、莲蓬、菱角，还有湖水里的鱼虾，暑期半夜里爬上岸乘凉的野生螃蟹，都是村童们觅食的对象。

仅仅湖汊里的野藕，就给村童们带来了不少打牙祭的欢乐。7月，野藕初现端倪。春节前，野藕完全成熟，是挖藕的黄金时节。7月的新藕，藕粉不多，适合于切片溜炒，吃起来清脆爽口。春节前的野藕，藕粉十足，又粉又糯，用来煨汤香馋诱人。

一热（暑期）一冷（春节前），两个时段，村童们会到湖汊里去挖藕，湖汊里是两种景象，挖藕方法也有所不同。

暑期挖藕。7月、8月，湖汊里正值丰水期，此时挖藕，和寻觅、扯下藕带的方法更靠近。热乎乎的湖面上，瞅准那带着淡淡血色的荷叶，手摸着荷叶长梗，猛地吸上一口气后屏住呼吸，双手顺着荷叶长梗潜入水下。到达淤泥部分后，沿着长梗下端的走向来摸索。运气好的话，可以找到明显增粗的节状物，八九不离十，那就是新藕了。

从湖面到淤泥，再深入到淤泥下的野藕，整个深度有1.5—2米。下潜、寻觅、双手拉扯，整个过程短则三五分钟，长则15分钟。憋一口气的时间往往没那么长，中途随时可以冒出头来，调整好呼吸后再次下潜。

新藕一般只有短短两节，长度也只有半米左右。刚出水的野藕白白净净，像婴幼儿手臂般可爱。

冬季挖藕。1月、2月，湖汊水面渐退，荷叶干枯，叶梗发黄，原来浸泡在湖水下的淤泥慢慢显露出来，这时下到湖汊中才是名副其实的挖藕。

冬季挖藕需要备上两样工具，一把短锹，一个短把铁质撮箕。短锹用来挖掘半干半湿的淤泥，撮箕用来清理渗透出来的泥浆和湖水以腾出操作空间。挖掘十来分钟后，就得暂时放下短锹，拿起撮箕，将积水和滑塌下来的泥浆清理一番。

野藕藏匿在一人深的淤泥下，四五个立方米的淤泥中往往只能找寻到一支野藕。冬天，一支完整的野藕有四五个藕节，节粗近乎如成年男子的小手臂，长度可达1.5米。

结伴挖藕。村童挖藕，都是约伴而行。路途上、挖藕时，彼此就有了照应。暑期也好，冬天也罢，10至15岁同村孩子们三三两两约在一起，早上吃饱饭，走七八上十里路，湖汊就到了。分散开来，各自埋头苦干六七个小时。没有中饭，喝水也指望不了。

估摸天色不早，召集人一声吆喝"收了"，伙伴们就整理各自的收获，收拾各自的家当。聚拢起来时，彼此的斩获立见分晓。运气好、技术高的，可以收获20来支完整野藕；运气差、技术低的，也有三五支断头或少尾的野藕。用随身麻绳将野藕捆起，绑在短锹上，肩上一扛。哼着儿歌，说着趣事，七八上十里田埂路，一个多小时不知不觉就到家了。

在那缺油少肉的年代，只有年关才能品尝到莲藕煨汤的味道。将一个二三十升容量的陶罐洗净，盛上半罐凉水，放入半只腊制猪蹄髈，架在缸灶或柴火提炉上煨煮。约摸一个半小时后，将8到10斤洗净并切成小段的野藕慢慢入罐，加盖煨煮。半小时不到，野藕的清香味、腊制猪蹄髈的肉香味和腊货味，就会紧紧裹住你的嗅蕾，让你忍不住抿嘴吸鼻。

250毫升大的海碗，装上煨好的野藕，舀上汤，还有小块入口即化的蹄髈肉，吃喝起来，那叫一个香啊。

4. 寻觅猪菜

计划经济年代，一个农户一年要完成一头生猪的上缴任务。上缴一头生猪后，农户可以拿到一张 5 斤左右的猪肉供应票。凭此供应票，在元旦、五一、国庆等少有的供应日子，农户可以买到 8 角钱一斤的供应肉，一家老小也能尝尝肉味。

户户养猪。因为有上缴任务，养猪成了农户绕不过去的活儿。一年一头生猪，是保底数量。如果生猪中途死亡，就得买回半大不小的生猪继续饲养，怎么着也不能误上缴任务。

除了完成上缴任务，有条件的农户会多养一到两头猪。到了年末，这富余的生猪就派上大用场。有的用来帮儿子娶媳妇办喜事，有的用来招待乡邻、翻旧屋盖新房。

那时农户饲养生猪，小部分靠饲料，大部分靠猪菜。稻谷啊、小麦啊等村民口粮很有限，去壳加工后所得的糠粉、麦壳等猪饲料也就不多。饲料不够，猪菜来凑。寻觅猪菜、帮助小猪长大出栏的活儿，主要靠村童完成。

挑挖猪菜。田埂边、荒地里、水沟旁、苎麻地，都是寻觅猪菜的好去处。春雨过后，扫帚菜一个劲地往上冲，数量多又肥美。春末夏初，生猪最喜欢的黄花菜就出来了。盛夏时候，苎麻地里那略带血色的马齿苋、水沟旁的野芹菜，只管往猪菜篮子里装。到了秋天，荒地里自然生长的南瓜藤、红薯藤，收割后可以作为生猪的饲料。冬天，大白菜和萝卜菜的老叶子，也可以用来喂猪。

挑挖猪菜所需装备很简单，一拐篮一小铲足矣。扫帚菜蓬勃向上生长，齐鲜嫩段掐断，径直放入拐篮就可以，小铲子暂时派不上用场。黄花菜平地横向生长，挑挖时，左手扶起叶片，右手握住铲子，齐根部铲断，拐篮里就多了一棵完整的黄花菜。

村童们多在放学后去挖猪菜。下午四五点钟，放学的金属敲打声一响，村童们立马将仅有的两三本书塞进粗布缝制的书包里，斜拐在肩膀上，撒开小腿朝家跑。回到家，歪头取下书包，捡拾起拐篮和铲子，出得门，吆喝起相邻的伙伴们，一起向田地、向水沟边进发。

有首歌《采蘑菇的小姑娘》，歌词唱道："采蘑菇的小姑娘，背着一个大竹筐。清晨光着小脚丫，走遍森林和山岗。她采的蘑菇最多，多得像那星星数不清。她采的蘑菇最大，大得像那小伞装满筐。"挖猪菜的小伙伴们劳作的场面，似乎并不逊色于小姑娘采蘑菇时的情景：挖猪菜的小伙伴，放下书包拐竹篮，约上隔壁的王二蛋，蹦蹦跳跳去田畔。他挖的黄花菜最多，多得像那花团数不清。他挖的扫帚菜鲜嫩，嫩得让那小猪嘴不停。

春季的扫帚菜很好找寻，用不了一个小时，村童们的拐篮就满满的了。夏初的黄花菜不占空间，但用手揪扯断然不行，只能一棵棵地铲，循序渐进，一拐篮黄花菜耗费的时间在两个小时左右。

不忘游戏。拐篮装满了，村童们当天的猪菜任务也就完成了。将装满猪菜的篮提放在一起，趁着落日的余晖，小伙伴们开始释放游戏的天性，享受属于自己的短暂快乐时光。腾空跳跃，是挖猪菜后小伙伴们玩得最多的一种游戏。

丘陵地区，相邻两块耕地之间有落差，高的有两三米，矮的只有半米左右。选择两米左右落差的地块，站在边沿处，在同伴们"预备，跳!"的口令下，小伙伴并腿、弯腰、蹬腿，眨眼间就从上一地块蹦跳到下一地块了。

这种腾空跳跃，可以一个人跳，也可以双人、多人一起跳。可以垂直式朝下跳，还可以朝前加速后往下跳。在游戏过程中，小伙伴享受的是那"腾云驾雾"的瞬间快感，心中充满的是鸟儿飞翔般的喜悦。

腾空跳跃游戏，除了满足小伙伴们的娱乐享受，还被小伙伴们开发出了竞技功能。竞技方法有定点跳跃、高度跳跃和距离跳跃。定点跳跃，像空降兵定点跳伞训练一样，看跳跃后哪个小伙伴离指定地点最接近。高度跳跃，小伙伴们比试谁的起跳点最高。距离跳跃，小伙伴们从同一起跳点出发，比试谁的落地点离起跳点最远。

腾空跳跃，需要选择比较松软的落地点，防止着地后扭伤与摔伤。曾有小伙伴跳落在坑洼不平的硬地上，导致了腿部骨折。有了先例，小伙伴们被自家大人一一叮嘱，腾空跳跃游戏被叫停了很长一段时间。不过，先例归先例，一年后，小伙伴们又捡拾起游戏，该怎么腾空便怎么腾空，该怎么跳跃就怎么跳跃。

当天挖回来的菜，是圈里生猪第二天、第三天的口粮。时间紧张的话，可以直接将猪菜放进食槽里。时间宽松，小伙伴会一棵棵地往食槽中丢放猪菜。看着生猪急不可耐地进食的样子，小伙伴那愉悦心情和现在的小朋友去广场喂食鸽子、去动物园饲养大黑熊似的，没有两样的。

如果时间足够宽松，小伙伴们会按照大人嘱咐，将猪菜切断了，拌上少许糠粉、麦皮之类，和淘米水一起倒入土灶边的吊锅里煮上一通，放置到温热后再倒入猪圈食槽里，那是给生猪改善伙食了。生猪将嘴埋在食槽里，发出"叭叭"的进食声音，尾巴如钟摆般兴高采烈地摇动着。眼观此景，小伙伴心里那是一个"甜"啊。

5. 刀砍枝丫

20 世纪 80 年代前，我国长江中下游丘陵地区乡村，一年四季中，除却三两回用提炉煨汤，其他时候都是用那硕大的土灶烧火做饭。烧火做饭，就得有柴草。

土灶柴草。那时农家柴草主要有：柴刀砍下来的树枝树丫、锄头挖掘起来的树桩树根、镰刀收割回来的田地间茅草、稻草裹着荆棘做成的柴把子、捡拾回来的牛粪做成的柴饼子，等等。

和天然气、液化气、煤炭这些燃料比较起来，农家柴草需要晒干或阴干，还需要占据较大空间。有条件的农户会专门设置一间柴草房，房屋相对紧张的农户，会充分利用房舍楼板上黑瓦下的空间，作为阴干、存放柴草的去处。最不济的，屋檐下方也是堆放柴草的不错选择。

这些柴草中，干枯的树枝树丫算得上是上好燃料了。在灶膛里，它们火势旺盛且经久耐烧。几根树枝树丫，就可以完成一顿饭菜。在燃烧中，它们散发的烟雾较少，村童做饭时不至于被呛得泪流满面、咳嗽不止。

树枝树丫来源于树木，就像羊毛来源于绵羊、羊绒来源于山羊。农户房前屋后种植的树木有限，自留地里也长不出几棵像样的树来，村童们就把目光瞄准到公路两旁的绿化树木上。这些绿化树木主要是白杨树，生长迅速，10 年左右就能长得高大挺拔。

刀砍枝丫。一把弯弯的柴刀就可以用来砍下树枝树丫。但对村童来说，要想刀砍枝丫，首先得有徒手攀爬树木的本领，否则只能望枝兴叹。

人要上树，柴刀也得随在身边。村童们摸索出了两种方法，一是将柴刀斜插在腰后，直接靠双手攀爬，一是将柴刀刀尖扎在头前方的树干上，边往上爬，边移动柴刀位置。

攀爬到树干的合适位置后，四肢进行"三定一动"式的分工协作。左手抱住树干，双腿夹紧树干，是为"三定"。身体稳固后，右手就可以挥舞柴刀来砍下枝丫了，是为"一动"。

有经验不足、力量不够的村童，夹不住树干，掉了下来。也有村童遇到树干溜滑，或在树干上待久了，手脚酸胀了，夹着夹着，就夹不住了，也摔了下来。

好在离地只有四五米高，落地点也多为松软的杂草地，加上村童良好的骨骼柔韧性和空中平衡能力，很少有人被摔成骨折。摔疼了屁股，揉一揉、拍一拍，与还在树干上的小伙伴们对视一下，抿嘴一笑，继续攀爬上树，继续去砍枝丫。

村童们知道爱护小树，对两米以下的小树，他们不会去挥舞柴刀。他们攀爬的是 5 年以上树龄，8 米、10 米高的大树。

树冠部分，也没有人去动。村童们砍下的，是树干下半部分的枝丫。下半部分枝丫被村童们砍下后，树的形状如同经过了园林工人的整修。不同的是，现在城市园林工人修整下来的树枝还得当作垃圾被清运走。

刀砍枝丫，村童们多选择树叶由绿变黄的秋季。春季是树木发枝发芽的季节，砍下枝丫不合时宜。秋季，枝丫上的树叶已不如春季那般沉重，将砍下的枝丫用麻绳捆扎起来扛回家时会轻松许多。

一两个小时，差不多就可以砍下一捆枝丫。将散落在地的枝丫收捡起来，垂直码放在拉直了的麻绳上，双手交叉，用力一拉，系上一个活结。再将柴刀刀把插在麻绳里，刀口朝向枝丫方向，省去了手拿柴刀的麻烦，也避免了柴刀插在腰间导致的不舒服。

刀砍枝丫是力气活也是技巧活。在运用力气加技巧过程中，运气好的话，村童们会收获一份惊喜：树丫上的鸟窝、鸟蛋和小鸟。

有的鸟窝空空如也，有的鸟窝颇有内容——细枝和稻草交织成的鸟窝中，静静地躺着一窝鸟蛋，少的四五枚，多的八九枚。犯馋的村童，一只手拿住鸟蛋，细心放入上衣口袋，带回家做炒蛋吃。

如村童发出"哎呀"一声的话，准是看见了一窝嗷嗷待哺的小鸟。有时看见的是刚刚出壳、头部有丝丝绒毛、眼睛还来不及睁开的小鸟，像新生儿般弱小。有时看见的是周身长满绒毛、在窝里轻轻挪动的小鸟，似蹒跚学步的周岁小孩般可爱。有时看见的是羽翼渐渐丰满、即将展翅飞翔的半大不小的鸟儿，像踌躇满志、意欲离家闯世界的有志少年般阳光。

筋条比拼。捆扎好砍下来的枝丫，天色还早的话，村童们会就地取材来游戏一番。材料是白杨树树叶的筋条，比拼的是找寻来的树叶筋条的拉扯能力。

有经验的村童会选取那些筋条已明显缩水且颜色厚重的叶片。收集好二三十张这样的叶片后，一只手捏住筋条 5 厘米左右的裸露端，一只手将叶片的叶肉部分剔除掉，隐藏在叶肉中的半截筋条就显露出来。

准备好筋条，就可以进行拉扯比拼了。比赛双方盘腿对向而坐，各自选取一根筋条，让两根筋条靠近、呈十字交叉状。两个小伙伴双手捏住自己那根筋条的两端，使劲朝自己的方向用力，直至有一方筋条被扯断为止。

筋条比拼有两种方式：一对一的"单兵"较量，多对多的团体较量。"单兵"较量，是选取一根自己最为满意的筋条来单挑，筋条被扯断的一方判负。

团体较量，是双方各自选定相同数量的筋条，逐一拉扯，一方的筋条被拉断后，下一根筋条继续参战。直到一方的规定数量的筋条全部被拉断后，另一方就获得了胜利。

6. 锄挖树桩

除了树枝树丫，树桩也是很好的柴草来源。在那柴草紧缺的年月，人们不会浪费掉树木的点滴部分。树干长到碗口大，就可以锯下来。锯下树干时，村民尽最大可能地贴近地面来拉锯。剩下来的树桩，除了伐木时留下的切口，剩余部分几乎全埋在泥土中。

留意树桩。村民之间有条不成文的规定和默契：树干有主人，树桩没主人。

树桩也要留心才能找寻到。在放学路上，挖猪菜途中，打鱼摸虾、下湖挖藕的往返中，村童们会不经意地看见新近被锯伐后残留下来的树桩，下次放学后拿着锄头去挖树桩时就有了大致目标。

树木或长在平地上，如道路两旁人工种植的绿化树木；或长在上下相邻的两块田地间的斜坡上，则多为野生树木。

遗留在斜坡边的树桩，用锄头挖起来相对容易些。挖出来的土方可以借助重力作用直接下落，利用树桩自身向下的重力作用也便于逐一斩断树根。

与四周地面平齐的树桩，锄挖的土方量可以填满移栽一棵同等规模的树木所需的土坑。除了土方量大，那半个球体般的大小树根，一一斩断时没有一丝省力的可能。

锄头易损。锄挖树桩时，姿势有讲究。双脚分开至肩宽距离，左右站稳。双手前后握紧锄把后半段，将锄头抡高，过顶，至颈后45度，空中停住，深吸一口气，然后屏住呼吸，双手抡把，挥动锄把时，腰部同时发力，瞄准着力点（需要刨开的泥土或需要斩断的树根）用力向下挖去。

在挖树桩的过程中，锄头的木把因用力撬动而一折两段是常有的事。一不小心，锄头挖在地下的小石头上，锄头刀口卷钝了，也不是什么新鲜事。挖着挖着，锄头头子与木把脱落了，也很多见。

锄头头子脱落了，村童们有能力麻利地修复起来。锄头在中国已有数千年的历史，老祖宗在生产劳动中创造发明的这一简单实用、科学合理的工具，至今没有大的样式改变。锄头头子的上方，有一个半圆形空腔。木把的一端被削成半圆形，插入锄头头子的半圆形空腔中，空隙部分用一个小铁楔子或一个小木楔子填塞。在平整的石头上用力敲打木楔子，半圆形空腔就被填塞得越来越紧，锄头头子与木把的连接也就越来越牢靠。

遇到木把从中间断裂情况，村童们会将就着使用那仅存半截子木把的锄头来完成当天的活儿。

若是锄头刀口卷钝了，村童挖起土来就会更费力气，斩断树根也会越发困难。回家后，大人花点钱，将刀口卷钝的锄头送到村里铁匠铺子回火锻造后，锄头刀口便重现锋利。

双手血泡。锄挖树桩，最辛苦的身体部位一是双手，二是腰部。刚开始锄挖树桩时，村童的双手手掌内会布满血泡，三五天内碰一碰那透亮的血泡，会钻心的疼痛。找来缝衣针，轻轻挑破血泡，里面流出的全是血浆。锄挖次数多了，血泡出了又消，消了又有，慢慢就成了老茧，这种老茧可以伴随一生而不会消退。

刀口足够锋利的话，抡起锄头挖下去，小的树根就一分为二了。大点的树根要顽固得多，有时需要一二十锄头才被彻底斩断。若刀口不够锋利，双手就更费力更辛苦，锄头落在树根上，那传导回来的震动，让本已布满血泡的双手撕裂般难受。

树根的形状也有规律，与树上概貌相似——只有一个树冠，其余为细枝的树木，如杉木、白杨之类，地下树根也只有一个垂直的主根，其余的是大小相似的须根。有着多个树冠的树木，如梧桐树、柳树之类，地下树根也会有多个粗大的树根，斩断起来就费神费力些。

半球形树桩被挖出来后，村童用锄头将根与根之间的泥土清理掉。这些泥土当不了柴火，反而凭空增加了扛回家的重量。除掉泥土后，一个直径约 30 厘米的树干，其树桩湿重有 25 公斤左右。扛回家放置，阴干后用斧头劈开，那是很不错的柴火。

当天只收获了一个树桩的话，村童扛在肩上就能回家。如果斩获了两三个树桩，村童们会用两个"口"字形竹条做成夹子，一个夹子放上一两个树桩，两个夹子用扁担挑上，回家的路上就会轻松些。

树桩被挖走了，留下的是大小不等的土坑。细心的村童会拖着疲惫的身子，顽强地用锄头回填土坑，为的是地面整齐，还有就是避免给村民行走带来不必要的麻烦。

与刀砍枝丫一样，村童们锄挖树桩也只能在放学后或不上课的周日来进行，那时学校一周有 6 天上课。

码放在家里的树桩多了，家里就有点像根雕馆。阴干了、劈好了的树桩，可以用来换钱。挑到几里、十几里路外的公社所在地，公社食堂的师傅很喜欢这种柴火，给出的价钱是 100 斤 2 元钱。一担百来斤的干柴火，可以换回家里急需的食盐啊、学生上学的写字本啊，是一件很惬意的事情。

7. 沟塘鱼虾

一年 365 天，那时的乡村孩子难得吃上几顿新鲜肉。

腊肉腊汤。有的农户在上个年度饲养了两头生猪，一头作为任务上缴，剩下的一头则自家留着在年关时宰杀了。

宰杀后的猪肉，腌制、晾干，有的还要烟熏一番，然后悉心收藏起来。有一种收藏方法，是埋在没有脱壳的干爽稻谷里，既可以防备老鼠偷食，也可以避免吸潮后霉变。

待到 8 月份"双抢"（抢收早稻、抢插晚稻）季节，扒开稻谷，找出腊肉，切成薄薄十几片，放入大铁锅中，不一会儿，那凝脂般的肥肉就嗞嗞出油，白色的肥肉慢慢成了透明状。舀上一大瓢水，添加点食盐，加盖煮沸后，就可以分盛在几个大碗里。浓浓的腊肉香味和漂浮在碗面的荤油，早已勾起村民的食欲，一碗腊肉汤三下五除二就下肚了。

如上个年度农户只饲养了一头生猪的话，完成上缴任务后，就无猪可杀，也就享受不到上述的美味了。这样的农户，在乡村十有七八，是占多数的。

小鱼小虾。吃肉艰难，吃鱼也不容易。除了在年底时村子里每家每户能分上几条最大众化的鲢子鱼之外，平日里没鱼可买，也没钱买鱼。

想过一下新鲜鱼肉的荤瘾，最简便的方法是到沟塘边去捞虾摸鱼。鱼肉、虾肉，好歹也是肉。能吃上一口小鱼小虾，也算是开了小荤、打了牙祭。

捞回来的小鱼小虾凑够一碗，自然是开心的事情。将锅烧得滚烫，锅底给点黑亮的菜油，待菜油油烟上蹿，洗净后的小鱼小虾就可以下锅。煎上 5 分钟，给点盐，添点水，加盖焖起，10 分钟后一碗鲜甜的荤菜就起锅了。

更多时候，捕捞回来的小鱼小虾的数量是有限的，有时是半碗，有时是小半碗。鱼虾不够，用辣椒渣来拼凑。辣椒渣里有了些许小鱼小虾，味道全然不同。

神奇"虾搭"。村童们捕捞鱼虾的装备，是一种叫做"虾搭"的工具。

两个直径约 80 厘米的半圆形封闭竹片，直径部分共用，其中一个半圆形竹片以直径部分为转轴，可以张合。另一个半圆形竹片与直径部分固定在一起，下面缠系着细塑料绳编织成的网兜。

近距离捕捞鱼虾时，村童们将可活动的半圆形竹片与固定的半圆形竹片重合，双手托住或单手操作"虾搭"。离水面四五米远时，村童们就将"虾搭"的两个半圆形竹片呈 45 度左右张开，弧顶部分绑在长竹竿的一端，双手握住竹竿另一端，不用下水不用打湿衣服，就可以捕捞鱼虾。

塘边捞虾。一大清早，村童就扛着带竹竿的"虾搭"，提着一个小木桶，到村里鱼塘的周边去捞小鱼小虾了。一般来说，虽然不能次次满载而归，却也不至于提着空桶回家。

天蒙蒙亮，小鱼小虾纷纷"起床"，露出小头小脸，或吮吸晨露，或觅食小虫小草。池塘边有草的地方，小鱼小虾更密集一些。

手握竹竿，将"虾搭"轻轻落在塘边草丛旁。过上一两分钟，快速回收竹竿。"虾搭"出水后，略略下沉的网兜里会有枯枝烂叶、泥团瓦砾，也会有蹦跳着的几只或十几只小鱼小虾。

将"虾搭"平放在塘坝上，用手轻轻捡起小鱼小虾，放在小木桶里。翻开网兜，倒出枯枝烂叶、泥团瓦砾，去下一个窝点继续落"虾搭"、起

"虾搭"。一个小时左右，半碗小鱼小虾就尽收于小木桶了。

期盼干塘。用"虾搭"在塘边捕捞起来的，大多是成年人小指般长、行动略显笨拙的"土憨巴"鱼和长度只及"土憨巴"一半的塘虾。要想收获大一点的鱼，村童们就得等待干塘（或干库）后残留的机会。

下午放学后，听说"哪里干塘了"，小伙伴们立马抓起"虾搭"，提上小桶，三五成群，结伴前往，在崎岖山路上急行半个多小时后，小伙伴们就赶到了已被大人们捕捞过一遍的鱼塘。

管它有鱼没鱼，小伙伴们卷起裤腿，双脚慢慢挪向鱼塘中央残存的水域，手握"虾搭"放入水中，慢慢前行，突然托起，如此重复进行。残存的水域本显狭小，二三十位本村、邻村的小伙伴们在水里这么一搅乎，残存水域片刻成了小小的灰色的泥水潭。

忙乎个把小时，能捕捞到三五条半大不小的鲢子鱼、鲤鱼或鲫鱼之类，拼凑成一碗，就算是幸运。多数时候，小伙伴们只能提着空桶回家。

如能捡漏到一斤左右重的鱼，便是幸运中的幸运。有两兄弟就曾被幸运砸中过："虾搭"入水，起来，里面居然蹦跳着一条斤把重的鲤鱼。其他小伙伴围了过来，询问兄弟中的老大是怎么捕捞的，老大将"虾搭"放入水中，向前一撮又立刻提起，嘴里说道："就是这么捞的"，乖乖，"虾搭"里居然又蹦跳出一条斤把重的鲤鱼！

信息不准是十有二三的事情。有时，小伙伴们屁颠屁颠地赶到传闻的鱼塘，而鱼塘压根没有被放水捕捞过。在回家路上，熟人问起今天收获如何，提着空桶的小伙伴会自嘲："英雄跑白路哦。"

还有的时候，小伙伴们急匆匆地到达传闻的鱼塘，放水了是真的，大人们也捕捞过了，但鱼塘被其他小伙伴抢先收拾了一番也是真的。回家路上，遇到的知情的人会笑着对小伙伴们说："你们是老虎过后放大铳。"

一两年中会遇到一次水库放水捕鱼的机会。待到大人们捕捞完毕、撤离现场后，水库底部残留水域就是小伙伴们的战场。大人们捕捞走的是大一点的鱼，二三两重的小鱼成了小伙伴们的"战利品"。

在几十上百号小伙伴们前后左右的挪步下，库底残留的水域被搅拌成了泥水潭，残留的鱼儿纷纷露出头来，大口吐水大口呼吸。小伙伴们双手托住"虾搭"，迎着鱼头而上，一条鱼就掉进了"虾搭"网兜。一两个小时后，小伙伴们就有了满桶小鲢子鱼。水库捡漏是小伙伴们开心多多的时候。

稻田捉鱼。秋割秋收后，水库边的水田里也能抓到小鱼。星期天一大早开始，花上两三个小时，用脸盆将水田里的水一盆盆向外舀出，待水田底部的一个个脚窝显露出来，就可以双手伸进脚窝去抓鱼了。这些水田多被成群的鸭子觅过食，运气好的时候，两三亩大的水田里能斩获半脸盆一两左右重的鲫鱼（喜头鱼）。打牙祭的美味有了。只是小伙伴们的双脚皮肤会挠心般地瘙痒一周左右。

8. 荆棘柴把

20 世纪 80 年代前的中国，农户中有两三个孩子是少数，有五六个孩子是多数，有九十个孩子也不稀奇。人多口多，在以草木作为燃料唯一来源的那个年月，柴草偏紧是普遍现象。

选择荆棘。那个时候，田坡地坡多是光溜溜的。村民们吃的来源于田里、地里、湖塘里，烧的来源于田地间、荒滩上。

不扎手、易收割的茅草啊、灌木条啊，很俏的。及至初秋，它们就被大人和村童们收拾得精光，躺进了农户们的柴火房。满眼望去，田边地旁稀稀拉拉地挺立着少许黄绿相间的植物，那是扎手的荆棘，或栖息着马蜂窝的灌木。

除了灌木，马蜂也喜欢在荆棘丛中安营扎寨。栖息在扎手的荆棘上，对马蜂来说，如同有了一种天然的保护。这些荆棘帮助马蜂远离了人及其他动物对马蜂窝的侵扰与破坏，维系着种族的繁衍与生存。

没有了顺手的、易收割的柴草，荆棘条和带蜂窝的灌木就成了村童们退而求其次的选择。

初秋的荆棘条，细的如小铁丝，粗的似铅笔杆，笔直笔直的荆棘条上密密麻麻地分布着并不起眼的刺头。徒手一把抓去，手掌顿时会被扎成马蜂窝，血滴从被扎出来的小眼子（方言：小孔）中冒出来。部分刺头离开了荆棘条，黏附在掌内的皮肉之间。村童会用另一只手逐一拔出掌内刺头，挤出血点，或用嘴巴吮吸后吐出，为的是防止受伤后感染。

收割荆棘。收割荆棘条不容易。长衣长裤、一只帆布手套，外加一把柴刀，是村童收割荆棘条的必备装备。

长衣长裤，可以减少荆棘条对手脚的划伤。戴上了帆布手套，左手把握荆棘条时，刺头扎进掌内的机会就少了许多。一只帆布手套，农户会用上三五年。在大多数情况下，帆布手套不是手掌部分张开了大小洞口，就是手指部分残缺不全。村童戴上这样的帆布手套，只能是有胜于无，手掌被刺头扎、掌内流血仍在所难免。把持柴刀的右手不需要手套保护，当左手握捏住一根荆棘条中间段后，右手掌控柴刀，在荆棘条近地端朝向怀里方向用力一拉，一根荆棘条就被放倒了。

村童将荆棘条逐一收割，收捡在一起，用麻绳捆好。若是有两捆，也准备了冲担（一种两头套上金属尖头的扁担）的话，一头一捆，担在肩上，会舒服很多。

若没有提前备好冲担，只得抱起一捆荆棘条，扛在肩膀上，那痛苦滋味远胜于"负荆请罪"。村童要忍受刺头的扎戳，要承受荆棘条的重量，还要行走一段不短的回家路。到家了，弯着腰将荆棘条往地上一放，最后一丝力气也用尽了，留下的是肩膀上火辣辣的疼。

荆棘条浑身是刺，村童们收割时容易被扎伤，肩扛着免不了被戳伤。为打压荆棘条的"嚣张"与"霸气"，村民们发明了荆棘柴把。

荆棘柴把。普通柴把有两种，一种是将柴火对折成长50厘米左右、直径15—20厘米的圆柱形状，用茅草或稻草齐腰捆扎起来。这种柴把捆扎起来不怎么耗时，缺点是容易散脱。

另一种是"8"字形柴把。它需要两个人合作，其中一人坐在矮凳上，手握茅草、细条之类，右手还要不时往左手中添加柴草。另一人手持竹制摇把（一种鸡头形状、竹筒套管、可以转动的农具），用摇把头子勾住茅草之类，顺时针方向慢慢转动起来，腿脚也轻轻后退。随着摇把转动，茅草之类就变成麻花形状了。摇出1.5米左右长，矮凳上的那人就停止往手

第
一
章
少
小
活
儿

里添加柴草，开始往怀里回收，三折成"8"字形，一个 50 厘米左右长、"8"字形的柴把就制作好了。

站着转摇把的多是村童，有的村童 3 岁就开始转摇把，转摇起来有模有样，很是那么回事。矮凳上坐着的是大人，或十一二岁的村童。相比转摇把，坐着的这位干的活儿更有技术含量些，也更辛苦些。

荆棘柴把是普通柴把的改进版本，是在刺手的荆棘条中加入柔软的稻草后的混合柴把。

单独用稻草摇把成柴把，做起饭来让人着急，既不容易点火，也没有什么熬火。稻草裹着荆棘条后，放进土灶时既不太扎手，且火势旺盛又经久耐烧。

土灶里，荆棘条发出轻轻的爆炸声，给烧火做饭的村童带来了有似燃放爆竹的快乐与享受。

9. 深水藕带

阳历 5 月至 8 月，村童们会到无人看管的湖汊里去拉扯藕带。

5 月，气温渐渐回升，湖水水温却有些滞后。此时湖汊中的藕带有一尺（约 33.3 厘米）左右长，想尝鲜的村童在周日约上小伙伴，走进欲暖还寒的湖水中。

及至 8 月，藕带长到一米半长。8 月水温适宜，又是假期，是村童们拉扯藕带的黄金时期。

学习游泳。湖汊中的藕带在一米多深的水下的淤泥中，要去拉扯藕带，首先得会游泳和潜水。村童们学习游泳不用师傅教、不需付学费，只要有水的地方都是村童们学习的场所。小沟渠、池塘青石板边，都是村童们打蹦蹦的好地方。

村童们学习游泳大抵经历了"三步曲"。第一步，趴在塘边，双手扒着在塘边的青石板，双脚没在水里上下击打。第二步，借力划水，胆量渐渐变大，对水的恐惧渐渐变小后，就沿着塘边或沟渠慢慢下到齐腰深的水中，张三双手托住李四的肚皮，李四手脚并用作青蛙状划水，划着划着，居然可以自己浮在水中了。第三步，提升水平，能在水中浮起，就实现了质的飞跃，游泳的姿势啊、速度啊、距离啊，就只是量的积累了。学会游泳后，潜水就变得容易了。

村童们最早学会的姿势大多是狗刨式。水中泡的时间长了，小伙伴们相互切磋了，就有了自由泳、仰泳、侧泳，甚至蛙泳和蝶泳。日积月累，游泳距离也从早期的 3 米、5 米，慢慢延长到 50 米、100 米、数百米。通过比试，小伙伴们从池塘这头游到那头所需的时间也渐渐缩短了。

有悟性的小伙伴，慢慢学会了踩水功夫。身体垂直在水中，双手举过头顶，仅仅依靠双脚上下、左右、前后的移动，就可以实现身体在水中自由移动。练就了踩水功夫，双手可以用来托举东西。在战争年代，就曾有战士双手托举枪支，踩水过河，也有战士双脚踩水，单手举枪射击。

村童因失足或抽筋而淹死在池塘或沟渠的事故每年都有，因此，大人多不允许村童私自游泳，为游泳而被大人猛打屁股是多数男性村童的共同记忆。

夏初入湖。季节不同，拉扯藕带的方法不一样。5 月湖水还有些惊凉，越靠近湖底水温越低，这个时候不适宜将脑袋潜入水底去拉扯藕带。

双腿刚入水时，会有片刻颤抖。用手往上身浇水后，村童慢慢蹚进湖汊。一只手握着荷叶梗，一只脚顺着叶梗通向湖泥方向搜索。叶梗下端分布着根须，形同树木下的根系。

村童们用灵巧的脚趾，轻轻触摸，细细感知根须的不同。那小指般粗细、表面光洁如脂的根须，就是藕带。大脚趾和相邻的脚趾合作，夹住根部，转动几下，藕带便从根须上分离开来。脚趾夹住藕带，顺势向怀里拉扯，松开荷叶梗的那只手抓住脚趾送上的藕带，带着嫩嫩尖头的一根藕带就出水了。

盛夏潜水。8 月，湖汊里水温煞是怡人。湖面水温与体表相似，自上而下地接近湖汊淤泥时，渐感清凉，湖底水温约摸在 15—20 度。这个时候，仅穿着裤衩或是光着腚子的村童，对湖水有着天然的亲近感，拉扯藕带是生计活儿，也是快乐戏水。

和 5 月不一样，这个季节拉扯藕带，主要靠手且靠潜水。屏住呼吸，紧闭双眼，潜入水中，用手感知荷叶梗的下端根须，触摸到藕带后，只手一掐，向水面方向拉扯。村童浮出水面，一根长长的藕带也被掐带出来。

此时潜入水中用手找寻藕带和 5 月用脚趾探寻藕带相比，效率上前者要高得多。

拉扯藕带是个早出晚归的活儿，两小时左右在路途，四五个小时在湖水中。在回家路上，村童将收获的藕带盘在脖子上，或斜挎在肩膀上。走着走着，肚子饿了、嘴巴渴了，随手扯下一两根藕带，嚼着就下肚了，顶饿又解渴。

回到家中，藕带数量不多的话，就盘放在脸盆中，加水浸没。若收获的藕带较多，农户的洗澡盆就派上了用场。将藕带浸泡在脸盆或澡盆里，一天一换水，可以存放三五天，不用担心变质发馊。

易炒易食。农户食用藕带的方法很简单。将藕带掐成四五厘米长的小段，洗净后，在锅里滴上几滴菜油，待铁锅冒烟后倒入藕带。加适量盐，加点水，加盖，焖 10 分钟，藕带由乳白色变成浅灰色，一盘美味藕带就好了。

现在餐馆有了酸辣藕带的做法。用刀将藕带斜向切断成两三厘米长的小段，火辣的锅中放入油、干辣椒，倒入藕带，加适量醋，爆炒。三五分钟后，一盘酸辣可口的藕带就可以上桌了。

10. 湖中刺坨

20世纪80年代前，在我国长江中下游丘陵地区的野湖湖汊中，生长着一种全身带刺的植物，这种植物类似于南美洲亚马逊河里生长的大王莲。

带刺植物。这种全身带刺的植物，与由荷叶、荷梗、莲藕三位一体组成的植物莲一样，也分为上中下三部分：上面部分，是躺在水面的大叶片，似睡莲，却布满了刺头。中间部分，是连接着叶片、垂直于水面、伸向湖底的刺梗。下面部分，是湖泥中的刺坨和众多的刺根。

这种带刺的野生植物，和大众熟知的植物莲以及由树冠、树干、树根组成的树木很是相似。叶片似树冠，吸收阳光，进行光合作用。梗子似树干，由上至下传送养分。下面部分似树根，扎根于土壤，吸收泥土中的无机和有机成分。

这种带刺植物生命力旺盛，它在水中的生长能力和蔓延速度，远胜于常见的植物莲。如果没有人去收割，几年时间它就可以迅速布满湖汊。

收割刺坨。及至七八月，湖汊中的莲蓬慢慢被采摘光，藕带、嫩藕也被拉扯得差不多，村童们的下一个目标便是去收割刺坨、刺根。

收割刺坨、刺根，不需要多少技巧，只要耐受得了刺扎就行，是一件艰辛却必有斩获的活儿。下到湖汊中，慢慢向躺在水面上的带刺大叶片靠近。戴上了帆布手套的左手用力将大叶片掀个半开，露出刺梗上端。村童猛吸一口气后，屏住呼吸，整个身子没入水中，向湖底贴近。在湖水中，村童用左手握住湖泥中刺梗的一端，慢慢向水面方向拉扯，右手拿住镰刀，像锄头斩树根那样，一一割断影响左手拉扯的刺根。感觉到憋不住气了，就浮出水面，吸上一口气，然后没入水中再战。慢慢地，叶片、刺梗、刺坨刺根三者完好的一整棵植物就露出了湖面。

一棵完好的这种植物，往往有三四条刺梗，也就有三四片叶片。刺梗下面连接着五六个刺坨、7—10条刺根。湿漉漉的一棵，重量在9斤左右。收割了十来棵，往两个竹条夹子左右摆放，扁担挑起，就有近百斤重。对于十二三岁的村童来讲，再重一些，肩膀就担不起了。

周身是宝。这种带刺的野生植物周身是宝。回家后，用菜刀将大叶片剁碎了，合水煮上，刺头失去了完整，没有了锋利。摊凉后倒进猪圈食槽，是生猪喜爱的一种美食。

剥去刺梗周身带刺的薄皮后，露出浅红与浅灰相间的长梗，煮烂后是村民可口的下饭菜。当年村童半天时间就可以拉扯一大担子的刺梗，现如今南方大城市的菜场里也偶尔有卖，价格倒是不菲，4~5元一斤，赶得上鸡蛋的价格了。

圆圆的刺坨，有陕西临潼石榴般大。除去刺坨厚厚的外壳后，里面有百余颗小颗粒。这些颗粒饱含淀粉，有丝丝甜味，让人吃着就停不下来。

较之于刺梗的细长，刺根显得粗短些。剥去刺根的皮儿，放在口里嚼一嚼，味道与藕带颇有几分相似。去皮后的刺根，爽口又有些甜味，生吃或煮熟了吃，都不错。

只要有时间，只要不怕扎，暑期中的村童们每天都可以到湖汊里去收割刺梗、刺坨、刺根。除了现吃，去皮后的刺梗、刺根，在太阳底下暴晒后，收拾起来，成了干菜。晒干后的刺梗、刺根，与肥多瘦少的腌肉一起焖上，既有营养又下饭。

11. 捡拾碎稻

　　纬度不同，能够种植水稻的季数就不同。在我国海南省以及广东、广西部分地区，水稻是一年三熟，同一块水稻田可以先后种植出早稻、中稻和晚稻。在我国长江流域地区，水稻只能一年两熟，每年 8 月 1 日前后，收割早稻后立马插种晚稻。在东三省，一年只插种一季水稻。

　　水稻种植。20 世纪七八十年代，我国水稻亩产量大体是早稻 600 斤，中稻 1000 斤，晚稻 600 斤。在长江流域，一块稻田用来种植早稻和晚稻的话，年亩产是 1200 斤左右，需要经历育秧、耕田、耙田、插秧、除草、除虫、施肥、收割、脱粒、翻晒的两次循环，消耗的种子、化肥、农药、水电、人工等费用都是双倍。

　　如果只种植一季中稻的话，年亩产是 1000 斤左右，比两季种植少 200斤粮食。随之而来的种子、化肥、农药、水电、人工等费用也只有两季种植的一半。在中稻收割后，稻田还可以种上红花草籽、兰花草籽之类，能增加稻田的肥力，减少第二年的化肥投入。

　　于是，在长江流域地区，就出现了两季种植（早稻和晚稻）与一季种植（中稻）并存的情况。

　　水田碎稻。稻谷成熟后，经过大人们镰刀收割、草绳扎捆、冲担挑走，稻田中所剩的稻穗就寥寥无几。在那缺粮少米年月，散落下来的零星稻穗（碎稻）不可能被浪费掉，村童们会去捡拾这些碎稻，颗粒归仓。

村童们捡拾的稻穗有两类。一类是田边竖着的，它们与田埂上生长的杂草啊、荆棘啊混杂在一起，不便于镰刀收割。村童们会拨开杂草和荆棘，用手扯断稻穗，时间长了，手掌容易被稻穗拉开一道血口。一类是躺在稻田里的，那是大人们捆扎时无法避免的遗漏。这漏收的稻穗，村童们弯腰捡拾起来就可以了。

捡拾碎稻。大人们前脚挑走成捆的稻谷，村童们后脚便跟进稻田捡拾。这种尾随大人们来打扫"战场"的捡拾，收效明显。

捡拾碎稻，要眼尖腿快手快。在稻田里，村童们将全身器官的功能近乎发挥到了极致——眼睛需要不停地扫描，一只手还在拉扯这根稻穗或弯腰捡拾起那根稻穗时，双眼已经朝向周围的田埂和身前身后扫去，去发现那立着的、躺着的稻穗。双腿忽而停住忽而奔跑，停住是为了拉扯或弯腰捡拾稻穗，奔跑是朝向下一根目标稻穗。双手动作要快，一只手（多为右手）拉扯稻穗，捡拾稻穗后，会麻利地转交给另一只手。捡拾的稻穗渐多，左手把握不了时，双手配合，迅速将手中的稻穗捆扎成一个小把样，暂放在田埂边，待回家时收起。

捡拾碎稻，要不怕重复。尾随大人们打扫"战场"的捡拾机会有限。一个村子百十号人，也就两百亩左右水稻田。收割两百亩水稻，三五天时间，村民们就搞定了。收割活儿结束了，"打扫战场"式的第一遍捡拾结束了，但村童们捡拾的活儿远没有结束。只要挤得出时间，只要稻田还是收割后的模样，村童们会在10天内，第二遍、第三遍地去稻田捡拾。能够捡拾到的碎稻，第二遍远比头遍少，第三遍比第二遍更少。村童们会多跑些路，多去些稻田，每次回家时总有收获。

捡拾碎稻，要剑走偏锋。到远一些、偏一些的稻田去寻觅，那些偏远一些的稻田，离农户住地较远，村童往返一次耗时不短。一遍遍地捡拾了近距离的稻田后，有干劲的村童们就会向偏远的稻田再次进军。虽偏远一些，但因为捡拾的人少，收获往往多了几分。

捡拾得差不多了，村童们就准备打道回府。将一小把一小把的碎稻，用稻草拧成的草绳捆扎起来，往肩上一扛。运气好的话，一天可以捡拾到三四十斤碎稻。运气差一些，一天下来也会有大几斤碎稻在手。

捡拾回来的碎稻，放在大簸箕中，双手搓捻稻穗，谷粒就下来了。10斤碎稻可以搓捻出两三斤谷粒。这些谷粒晒干后，积少成多地收集在箩筐里，有早稻有中稻，有晚稻有糯稻，混在一起。机器脱壳后，煮出的是花样米饭，填饱肚子没有任何问题。

阴米米泡。也有细心的大人，将村童们捡拾的晚稻谷粒集中起来，单独存放。腊月（阴历十二月）一到，将晚稻谷粒放入大锅里，加水煮约15分钟，沸腾后捞起，晒干，机器脱壳后，就成了阴米。

有了阴米，就可以制作农家米泡和农家米泡糖。将细沙粒倒入大锅里翻炒，沙粒被加热到一定程度后，往锅里倒入一斤左右的阴米。锅铲翻炒，阴米就"混迹"在滚烫的沙粒中。5分钟后，阴米被滚烫的沙粒捂热，开始膨胀，发出"滋滋"的轻微爆炸声。阴米米粒膨胀后，颜色由凝脂样慢慢变成白纸般，这时可以出锅了，用铁瓢或葫芦瓢，从锅里舀出沙粒和阴米米泡，放在竹筛里。双手端起竹筛，轻轻旋转，沙粒从筛孔落下，竹筛里剩下的就是清一色的阴米米泡。

阴米米泡是村民们的零食。肚子饿了，从土陶坛子里抓上一把阴米米泡，往嘴巴里一塞，和着唾液吞咽下去，人立马就来了精神。稍微讲究一点的，将阴米米泡放在大碗里，倒入开水浸泡，便成了米泡汤。有条件时，在碗汤里放入点猪油、食盐，或是单独放上点红糖，那或咸或甜的米泡汤，很对村里大人小孩的胃口。对老人而言，这种入口即化的米泡汤，是便利于消化吸收的食物。

除了直接食用，阴米米泡可以用来制作米泡糖。向大锅里刚刚熬制好、滚烫、黏乎的麦芽糖中，倒入适量阴米米泡。大锅铲不停地翻动，待麦芽糖与米泡混合均匀后，盛起，放入洗净后的大木盆里挤压。放置冷却后，用菜刀就能够切成片状米泡糖。

较之于爆米花机爆炸出来的大颗粒米泡，阴米米泡的制作程序要多一些，好处是阴米米泡更耐存放。有农户的阴米米泡，从上一年腊月保存到来年七八月，居然一点也不走味。还有，自家来制作阴米米泡，不存在向爆米花机机主支付费用的问题。

12. 清晨猪粪

　　20 世纪 80 年代前的中国农村，猪粪和草木灰是颇受欢迎的农家肥料。多使用农家肥，可以防止土壤板结，生产队还可以节省一些购买化肥的费用。

　　村民将猪粪上交给生产队后，可以换算成工分。一般是，100 斤猪粪计作 10 个工分，与一名壮劳动力一天工分数相同。年底核算下来，好一点的生产队按 10 个工分 3 角钱来算，弱一点的生产队则 10 个工分 1 角 5 分至 2 角钱。

　　村民那一两分自留地，也需要农家肥料。半数农户积攒的猪粪由自家消化，贡献给自留地了。依靠村童捡拾猪粪来贴补工分的农户，才有富裕的猪粪上交生产队。

　　村童只能去捡拾那些遗留在村民房前屋后或荒山野岭的猪粪，别家猪圈里的猪粪断然动不得念想。农户养猪，有的是圈养，有的是放养，有的是半圈养半放养。大一点的多圈养，小一点的多放养。有了放养，村童捡拾猪粪才成为可能。

　　筻箕粪耙。在农村众多的活儿中，捡拾猪粪算是比较简单易做的。村童们从五六岁开始就左手提筻箕，右手拿小耙，日复一日、年复一年地寻觅猪粪，捡拾猪粪。小耙的头子是铁质的，手柄是木质或竹质的。铁质头上有两个长约 5 厘米、间距 3 厘米的小齿。遇到一小堆猪粪时，筻箕的缺口靠近粪堆，耙子的两个小齿平行地面，将粪堆慢慢拨弄到筻箕里。碰见一两粒猪粪时，两个小齿贴地而行，将粪粒捡拾起来。

摸黑前行。早起的鸟儿有虫吃。散落在外的猪粪有限，村童捡拾猪粪就需要早早起床。夏季 5 点、冬天 6 点，捡拾猪粪的村童就摸索着上路，朦朦胧胧中、模模糊糊地去感知。半小时后，天空渐渐泛亮，捡拾猪粪的村童就不用在蒙蒙亮中前行了。

不似狗屎的奇臭，猪粪没有臭味。猪吃糠后拉的猪粪有着丝丝稻香，吃菜后拉的猪粪有着点点清香。从猪屁股"新鲜出炉"的粪粒，外表光鲜，还冒着丝丝热气。被村童们遗漏了两三天，甚至更长时间的粪粒，渐渐风干，外表则有些凹凸不平。

捡拾猪粪有讲究。学龄的村童在 8 点之前要背起书包去学堂，因此早上只能绕小圈，在本村房前屋后搜索一番。绕圈方向遵循"先稀薄后稠密"：先走房屋稀少的方向，后走房屋密集的方向；先走猪粪稀少的方向，后走猪粪渐多的方向。这样，可以与天空的亮度保持一致。

换回工分。下午放学后，若不去干其他活儿，村童们就绕大圈，除了搜索本村，还会将临近村子也搜索一遍。小圈下来是 1000 米左右，大圈走完近乎有 3000 米。猪粪不足时，零星的狗屎也夹杂在猪粪中被捡拾起来。狗屎有些臭味，做肥料却没有问题。

刚出门时，提着空空的筻箕，走起路来甚是轻松。绕圈到一半，筻箕装填了二分之一左右，手感慢慢就沉重了。到了后半程，筻箕就越发沉重。行进时，村童的右手中的粪耙不知不觉被当成拐杖来帮衬自己。村童呢，是一步一歪，就这么慢慢地回了家。即便是大冬天，提着满满一筻箕猪粪，村童的额头上已冒出热气，后背心也热流涌动。

回到家中，将猪粪倒入木质粪桶中集中。满满的一筻箕猪粪有二三十斤重，三四筻箕猪粪就装满了一个粪桶。等到两个粪桶都积满了，大人就用扁担担上，交送生产队肥料保管员过秤，再倒入集体大粪池中腐熟。

有的村童在早上捡拾猪粪几乎是雷打不动的活儿，放学后也有半数时候是提着筻箕、拿着粪耙上路。运气好的时候，早上、下午各能捡拾到满筻箕的猪粪。一年盘点下来，一名村童捡拾猪粪居然平均每天可以挣上四五个工分，赶得上半个壮劳动力的工分数了。对那些劳动力不足的家庭，村童去捡拾猪粪不失为一种弥补工分差额、减少年底欠账的办法。

练就胆量。捡拾猪粪，慢慢练就了村童的胆量。走在近乎漆黑的清晨，没有胆量的也渐渐有了些胆量。路过坟包坟地，村童会给自己壮胆打气。鸡鸣是美妙的音乐，犬吠却多少让人心惊肉跳，好在时间长了，村童也就习惯了一些。一回生二回熟，狗子对早起的村童有了记忆，当村童走近时，狗子的狂叫声反倒显得微弱了。村童手里的粪耙兼有自卫功能，多少让村童心里有些踏实。

夜路走多了，难免有产生幻觉的时候。村童们聚在一起闲聊时，怪异事情是其中一个话题。张三听到的怪声，李四看见的怪影，让小伙伴们既不寒而栗，又相互劝说世界上定无鬼怪。

意外惊喜。捡拾猪粪中最大的惊喜和快乐，莫过于在人迹罕至的地方，捡拾到一两枚鸡蛋。那一定是农户饲养的母鸡，不按常规套路出牌，调皮捣蛋（没有规规矩矩地在自家鸡窝里下蛋）的结果。一枚鸡蛋可以换5分钱，或换上一个作业本，比满满一筻箕猪粪（两三分钱）可金贵多了。

· 第二章　帮衬大人 ·

1. 耕田整地

在粮食紧缺、"以粮为纲"的 20 世纪 80 年代前，水田种稻谷、旱地种小麦，是长江中下游地区主要的种植选择。水田也好、旱地也罢，作物播种前，需要耕田整地。

深耕平整。耕田整地，有两个步骤：一是深耕，二是平整。深耕，可以起到翻埋腐熟、均衡养分作用。平整，可以达到水平田地、细化土壤目的。耕地时，齐刷刷地将地下深 25 厘米左右的土壤翻腾起来。耕田时，翻腾的深度更大，达到 35 厘米左右。

深耕后，原来地面上的麦秆蔸子、田面上的稻秆蔸子，被埋入地下，经过一段时间腐熟后，成了很好的底肥。地下部分被翻腾起来后，为种植下一季作物准备好了养分。原来的地面、田面部分进入地下后，赢得了一个种植季节的休整时间。在预防田地养分供给疲劳，尽可能维持田地较好肥力的功效上，耕种与轮种有异曲同工之效。

深耕后的田地，需要进行平整操作。没有平整操作，田地就缺乏水平性，田地里的土壤也是大块状。稻田平整，就不至于有的地方被水养护着，有的地方露出水面、在阳光下暴晒以至于龟裂。麦地平整，雨季来临时就不会形成大小不等、深浅不一的积水，同一地块上局部水涝局部旱灾情况不会发生。并且，大块土壤的田地，显然不适宜于播种小麦、插种稻秧。

耕田耕地。那时，耕田耕地少不得一种叫做木犁的传统农具，称它为木犁，是相对于现代农业中机械牵引的铁犁而言。因此，那时耕田耕地也叫做犁田犁地。

木犁在外形上与菜刀相仿，"刀柄"部分是木犁的把手，"刀背"上远离"手柄"的那一端有拉动木犁前行的牵引点，"刀刃"上远离"刀柄"那一端套着一个翻卷样的三角铁头——让土壤翻腾起来，靠的就是这个铁头。除了铁头，木犁的"刀柄"、"刀背"，以及"刀刃"其他地方，都是木质的。插入到25—35厘米深的田地中，不间断地翻腾起大块泥土，木犁所承受的阻力、需要的牵引力不小。

制作木犁时，村里木匠在选择木料上有讲究，那外形有些弯曲、韧性又很好的树木才能用于制作木犁。槐树是制作木犁上好的材料，其次是樟树，而杉树、柳树、杨树等不能用来制犁。

在长江中下游丘陵地区，多数情况下，耕田耕地靠水牛牵引。水牛是农户的好帮手，农户把水牛当做家庭成员般看待。水牛体型健硕，绝大多数时候性情温和，干活时慢慢吞吞、不急不躁，可以持续拉犁两三个小时。水牛数量紧张、不够时，偶尔也出现人拉木犁情况，就像老电影《金光大道》里的一组镜头。

耕田耕地时，水牛在前，木犁居中，耕作者在后。多数农户的木犁，三角铁头向右翻卷，因此耕田耕地时大多选择逆时针线路。从一块田地的边沿下脚落犁，顺着田地的边沿绕大圈。一次大圈后，紧贴着已经翻腾过的边沿继续绕小一点的圈，如此这般向田地中央靠近，直至整个田块地块被耕完。

技术娴熟的耕作者，善于把握木犁在土壤中的深浅，还有前行方向、行进速度，做到人、牛、犁、地（田）四者协调。入土过深，远远超出了35厘米范围，木犁会因承受的阻力过大而身架断裂。入土太浅，只有几厘米或十几厘米，翻腾土壤的效果会大打折扣。入土时而深时而浅，不仅效果差，还容易折断木犁。

前行方向，以大圈开始、间距均匀、中心点收尾为宜，圈与圈的间距控制在 30 厘米左右。间距过大，翻腾土壤有疏漏；间距过小，重复翻腾不合算。

行进速度，要考虑到水牛的呼吸和步伐，一般在每秒 30 厘米左右。速度过快，水牛累得上气不接下气，耕作者也累得慌。速度太慢，水牛不答应，半天时间难出活儿。

人、牛、犁、地（田）四者协调时，田地间会呈现出一幅美丽画面：水牛一边拉犁一边咀嚼（反刍行为），甚是悠然自得；耕作者左脚踩下右脚拔出，左手扬鞭右手执犁，鼻孔中不经意哼出一段熟悉的小曲，胜似闲庭信步；身后被翻腾过的土块弯弯曲曲、间距均匀，好似在农田上作画。

整田整地。整田整地其实是耙田耙地，主打农具是木架铁钉大耙。这种大耙长约 200 厘米、宽约 50 厘米，呈长方形状。两块长木板的间距为 15 厘米左右，长木板朝向地面方向，均匀固定着近 30 颗 20 厘米长大铁钉。其中一块长木板中间部分，连接着一个 50 厘米许的弧形圆木，这里是牵引大耙的固定点。

耙田耙地时，水牛牵引在前，大耙紧随其后。耙田耙地者双脚分立在大耙两块长木板上，右手拿着鞭儿轻轻挥舞，左手牵着牛绳来引导水牛前行的方向。若能找来一块三五十斤重石头，压在大耙的长木板之间，耙田耙地者就可以跟在大耙后，轻轻扬鞭来引导水牛前行就可以了。这样做既可以减轻水牛的前行阻力，又保证了大耙拥有一定的重量，铁钉可以深入到土壤中去切割、细化土壤。

乍看起来，似乎耙田容易犁田难。事实是，耙田更比犁田难。犁田是 5 分力量 5 分技巧，而耙田是 1 分力量 9 分技巧。老农有句话"先学犁，后学耙"，与大人教导小孩"先学走，后学跑"是相同的意思。

犁田犁地、耙田耙地，多数情况下是庄稼汉子的活儿。但当家里缺少男将时，有女将上阵的，也有十二三岁的男孩勉为其难上阵操作的。更小年纪的村童，无法达到耕田整地的最低力量要求，即使心有余，也只能等待长大的那一天。

2. 秧田育苗

插种水稻前，需要先培育出秧苗。秧苗的好坏，直接影响当季水稻的质量和产量。选择稻种、浸泡稻种、打理秧田、播撒稻种，环环相扣，一丝不苟，这样出来的秧苗就差不到哪里去。

选种。良种有两个来源，一是村民将上一年度产量高、口感好的稻谷留存一部分，作为下一年度的稻种；二是到种子站去购买专业机构培养出来的优质稻种。

浸泡。在长江中下游丘陵地区，农户们沿袭着"不插五一秧""不插八一秧"做法，早稻在 5 月 1 日前插完，晚稻在 8 月 1 日前插完。如果只种中稻，中稻在 6 月 1 日前后插完。

稻种浸泡始于插秧前一个月，按照每亩稻田 30 斤左右稻种准备。一个生产队一般种植百亩早稻，会选取稻种约 3000 斤。浸泡稻种，多利用生产队停靠在集体鱼塘边的木船来完成。将稻种放置在木船的 6 个大小不一的船舱内，用水覆盖。4 月初，只需 7 天时间，稻种开始发芽。7 月上旬，稻种发芽时间仅需 3 天左右。稻种发芽后，就可以播撒到秧田中。

秧田。3000 斤左右稻种，需要准备秧田约 4 亩。打理秧田，要求上比打理水稻田更高。秧田的泥土近乎细沙般均匀，手摸起来如糨糊般柔软。

秧田的泥土，近乎是一个平面，用水浸没后既没有低洼也没有裸露，如镜面般平整。秧田被分隔成一个个长方形小块，小块之间环绕着小沟。小沟用来保水，水的多少近乎苛刻，以刚刚浸没秧田的泥土为宜。

播撒。将浸泡好的稻种，用葫芦瓢舀入箩筐中。将两个箩筐的系绳往扁担上一缠，肩膀担起，迈步走向秧田。

播撒稻种是需要经验的活儿，播撒的密度和均匀度，全在右手掌控之中。有经验的村民，能够将约 3000 斤稻种均匀地播撒在约 4 亩秧田中。稻种撒完了，秧田也全被覆盖了，不多也不少。

4 月初，气温尚低，秧田播撒上早稻种子后，有条件的生产队会给一块块长方形的秧田块覆盖上一层薄薄的地膜来保温，以利于稻种尽快在泥土中扎根发芽。

管水。秧田需要悉心看管，要管好水，也要守住稻种。秧田的水有专人负责，水不能多也不能少。稻种播撒在长方形泥块上，水太多，已发芽的稻种完全被浸泡在水中，不利于稻种在泥土中生根。水太少，稻种还没有形成独立的根系，刚刚发出的嫩芽会被阳光晒蔫。

看管秧田的，多是有经验的老农。春雨不断时，要给秧田开缺放水，过量的雨水足以将刚刚播撒的稻种冲刷得七零八落，从秧田流落到别的田块地块。半夜起床，披着蓑衣，扛着铁锹去秧田，这样的事老农们都经历过。天气晴好时，要给秧田引水补水。秧田缺水了，稻种会被晒死，秧苗就没有了着落。

驱鸟。相比于管水，守住稻种就没有那么提心吊胆、伤神费力。偷食稻种的，主要是各种鸟儿。

在秧田中间，插上几根竹竿，竹竿上端系上细小的旧布带。微风吹过，布带随风飘舞，鸟儿便不敢贸然靠近来偷食稻种。有手艺的老农，用稻草编制成有头有手有脚的草人。草人头上顶着个破旧草帽，右手横握着系有细布带子的细小木棍。整个草人被固定在竹竿上，将竹竿插在秧田中间。草人与真人颇有几分相像，驱赶鸟儿的效果也远甚于竹竿系布带。

在泥土中，稻种会慢慢扎根发芽，先是假叶，后是真叶。真叶由一片，到两片、三片。叶片从短浅，到慢慢变长。整个秧田颜色，也从点绿渐渐成了片绿。当秧苗长至 20 厘米左右高，就可以扯秧，然后插种到稻田里。

在秧田育苗的过程中，村童能帮衬的事情有限，但看在眼里、记在心里，尤其和老农一起绑扎稻草人时，村童可以大显身手。老农有老农娴熟的绑扎技巧，村童有村童独到的眼光和想象空间。一枚大红辣椒镶嵌在稻草人脸部中央，稻草人就有了似被暴晒得通红的鼻子。用废弃的黑色布块剪出两个小圆形、一个椭圆形，往稻草人鼻子上方、下方一靠，眼睛和嘴巴顿时惟妙惟肖地出现了。

稻草人与中国民间传统的木偶、皮影、木刻、剪纸，以及现代的 3D 动漫等，都是劳动人民智慧的展示和想象能力的释放。

3. 稻田插秧

育好秧苗后，就要进行插秧了。插种晚稻，适逢盛夏酷暑，中午时分，稻田的水被暴晒到摄氏 40 多度。除了热乎乎的水，还有吸血的蚂蟥。

秧田扯苗。走进秧田，右手将密密麻麻的秧苗一小把一小把地从稀泥中拔起，送到左手中。当左手的虎口已握不住更多秧苗时，从腰间的绳索中拉下一两根稻草，将左手中的秧苗捆扎成一把。双手握住这把秧苗，让秧苗根系端在水中上下捣鼓七八次，使根系上的泥土几近分离掉。根部没有了稀泥，秧苗的重量就减轻了许多。从秧田转送到稻田中，村民会轻松一些。

双脚浸泡在秧田，双手在水里拉扯、捣鼓，腰部弯曲成弓形，连续几个钟头下来，令人很有些吃不消，腰肌劳损、腿部乏力的村民更显吃力。

有一种加有底板的小木凳，可以帮助村民缓解疲劳。在长方形小木凳子的四条腿上，钉上一块弧形木板，人坐在这种小木凳子上，凳子不会深陷稀泥之中。相比于猫腰站着，坐在凳子上扯秧苗，腿脚啊、腰部啊，会轻松许多。

转送秧苗。转送秧苗把子，使用的是竹夹子。

一条长 250 厘米左右、宽 3 厘米左右的竹片，放置在柴火上加热，再弯曲成"凹"形。两条这样的竹片，将上端缺口部分穿孔连接，下端部分自由张合，一个竹夹子就做成了。

在农村，竹夹子的用场很多。除了装秧苗把子，诸如挖出土的树桩时啊，湖里打捞刺坨刺梗时，都可以使上竹夹子。

张开竹夹子，下端间距在 10 厘米左右。20 厘米左右高的秧苗把子，就可以逐层码放在竹夹子里。秧苗把子码齐、装满了，用扁担将两个竹夹子担在肩上。村民一边走，湿漉漉的秧苗把子一边往下淌水。

一担秧苗把子停放在稻田田埂上，接下来的是向稻田中均匀地抛掷秧把。右手拿住把子中段，先朝背后缓缓摆动 50 厘米许，停住，然后发力向前抛掷，让秧苗把子根部朝下，稳稳地落在水田里。

有经验的村民会让秧苗把子均匀地立在稻田中——这经验是对力度的把握和手腕的掌控。抛掷力度过大或过小，把子就会偏离预期地点。手腕掌控不够，把子在空中胡乱翻滚，落在水田中很可能是"倒栽葱"——头部入水，根部朝天。遇上暴晒，不能及时插种的秧苗容易被晒死。

会插秧、快插秧，靠的是实践积累。插秧时，每棵以 3 根秧苗为宜。前后左右，棵与棵的间距约 5 厘米。插秧时，双脚分开齐肩宽站立。解开秧苗把上的草绳，左手拿把子，右手取约 3 根秧苗，顺着右手食指和中指让秧苗入水入泥，秧苗根部正好插在稻田的稀泥中。一棵插下，接着第二棵，从左至右、从前往后。初次插秧，容易出现两种小错误：一是秧苗中段入稀泥，根系荡漾在水中，要不了多长时间，这棵秧苗就会死去。二是秧苗根系刚刚接触稀泥，而没有被插入到稀泥中，过不了一天，这棵秧苗就会漂浮在水面，被太阳晒死。

插种秧苗。集体大生产时期，大一点（5—6 亩）稻田是几个人一起插种，小一点（1—2 亩）稻田只需要一两个人。几人一排，埋头苦干，顺序后退。等退到身后的田埂了，原本水光光一片的稻田，就被绿色的秧苗星罗棋布般装点起来了。

快插秧，需要眼疾手快，力量要求倒不怎么高，于是插秧能手中女性多于男性就没有什么奇怪。十二三岁的村童，插秧速度赶得上大老爷们，也不是什么稀奇事。插种一亩计作 10 个工分，能干的妇女从天亮到天黑可以挣上 20 个工分。在农活中，女性难得比男性更能挣工分，插秧算是例外。

"五一"插种早稻还算凉快，"八一"插种晚稻就没有那么幸福。经过五六个小时的照射，中午 12 点左右，稻田里满是热乎乎的水，水面温度高达摄氏 40 多度，远高于人体体表温度。在这样的热水中，双脚站立几个小时，甚至十几个小时，便是一种考验。

吸血蚂蟥。水田中除了水温高，更有蚂蟥的侵扰。这种学名"水蛭"的环节动物，头部有着力量强劲的吸盘。它们成群结队吸附在插秧者的腿部，贪婪地吸取血液。吸血量可以是它们体重的 2—10 倍，一条干瘪的蚂蟥，吸饱喝足后，变得圆滚滚，身体里全是村民的血。

十几条、几十条蚂蟥叮咬，会让插秧者失血不少。插完秧，上田埂，将仍然吸附在腿上的蚂蟥艰难地拨弄下来，被吸血的地方还会流血几分钟、十来分钟，那又是一通血液的流失。

村民们走上田埂的第一件事，就是尽快与蚂蟥脱离干系。用手拉扯，是最常用方法。遇到吸盘功能强大的"顽固分子"，村民会找来一根稻草，拉住稻草两端，紧贴着皮肤，使劲刮蹭，再顽固的蚂蟥也便咕噜咕噜滚下地来。

插秧者对蚂蟥深恶痛绝。对付拉扯或刮蹭下的"吸血鬼"，有村童将它们放置在石头上，用另一块石头捶打成三两截。更绝的村童发明了"火葬"，找来火柴，点燃一小堆杂草，将"吸血鬼"扔进火中。在火中蹦跶十来秒钟，"吸血鬼"就归天了。

应对水田里的蚂蟥，插秧时可以打上裹腿，或穿上套鞋。蚂蟥倒是可以阻挡住，只是更热了，多数插秧者宁可被蚂蟥叮咬而放弃对腿部的保护。

插秧时，在水田中偶尔会碰到几颗野生荸荠。这种只有成年人小手指尖大小的野生荸荠，味道不错。如有机会碰到了，插秧的村童是不会放过的。将荸荠在水中左摆右摆地洗净，连皮带肉放入口中，很是享受。

4. 挥镰收稻

农村流行一句话：小孩盼过年，大人望栽田。过年时，家境稍好的村童可以穿上一件新衣服，多数村童可以放开肚皮，美美地吃上几顿肉鱼。正因如此，小孩盼望过年就在情理之中。插秧栽田，虽苦虽累，却是村民温饱的指望，一家老小生计的来源。因此，大人盼望着插秧栽田，是生存本能使然。

插秧栽田，头顶烈日，挥汗如雨，村民虽苦犹甜。秧苗入田，喷药施肥，除草灌溉，3个月后，放眼望去，稻田尽是金黄色沉甸甸的谷穗。走进稻田，触摸谷穗，村民心中满是丰收的喜悦。

收割稻麦，离不开镰刀。镰刀是农户最常用的一种农具，收割水稻靠它，收割麦子也指望它，一个农户断然少不得两三把镰刀。中国共产党党旗的图案是锤头和镰刀的组合，代表着工农联盟，镰刀在中国"三农"（农业、农村、农民）中的地位可见一斑。

镰刀是一种月牙形刀具，刀刃上有锯条般的铁齿。右手握镰刀时，铁齿朝向怀中。从人机工效角度看，镰刀的外形设计很是科学合理，它凝聚了几百上千年来数亿农民的智慧与经验。左手掌心向右握住一把稻谷或麦秆，右手拿着镰刀贴近稻谷或麦秆下端，往怀里水平一拉，一把稻谷或麦秆就被割离稻田、割离麦地了。

收割稻谷，不能图凉快。收割早稻在 7 月底，白天太阳毒辣，气温够高够热。虽是高温天气，收割稻谷时却要穿上长袖衣服，或短袖衣配上袖套。有图省事的村童，或图凉快的小伙子，短袖上阵，甚至赤膊收割，白天过后，晚上双臂奇痒——他们把老农"稻穗会让皮肤瘙痒"的叮嘱当作了耳边风。

容易青黄不接的五六月熬过去了，终于迎来了 7 月底早稻收割时候。生产队会有一个简短的挥镰仪式，这种仪式无需锣鼓声、没有红地毯，大人、村童下到稻田边沿，队长一声"开割啰"，二三十个身躯齐刷刷地弯下，二三十把镰刀齐刷刷地挥动，耳边只有稻秆被切割时发出的"滋滋"声，那是劳作的声音，是丰收的乐章。

与插秧时脚步挪动的顺序相反，割稻时脚步是从右向左、从后向前。村童手掌小，一次只能收割一棵稻谷。成年人手掌大，一次三五棵没问题。

割下来的稻谷，一排排地被放置在身后空地上。收割时，镰刀离地距离 3—5 厘米，一棵稻谷的主要部分都被切割下来。留在稻田里 3—5 厘米的稻草桩子，可以将已收割下来、一排排平放在田间的稻谷支撑住，避免了被田间存水浸湿（早稻时），或挤压在稻田的软泥中（中稻和晚稻时）。

除了上半部分的稻穗，中间及下半部分的稻秆可以作为稻草使用。稻草用途很多，可以作为水牛的饲料；可以与荆棘搭配后作为烧饭的柴火；可以做成捆扎稻谷的粗草绳和捆扎秧苗的细草绳；扎成麻花辫子形状，点燃后浇上少许水，那浓浓烟雾可以用来驱赶夏日疯狂的蚊蝇……

收割早稻时，田里水漉漉的，因为接着就要犁田耙田、播种晚稻，宝贵的水舍不得被放掉。等到收割中稻、晚稻时，田里如海绵般柔软，脚踩上去很是舒服。中稻、晚稻收割后，稻田当年的水稻任务就完成了，没有了继续存水的理由。在海绵般柔软的稻田里收割，晚霞渐现时，有累了的村童就地一躺，作大字样，仰望天空，长舒一口气，疲劳感顿去。

捆扎稻穗，用的是草绳。挺立的稻穗一排排地平躺在稻田后，村民们就用稻草绳子将稻穗捆扎起来，每一捆有 60—70 斤重。

稻草绳子取材于当年或上一年的稻草，经过竹制摇把加工，四五根稻草交织在一起，就成了比较结实的草绳。

早稻脱粒后，稻草可以用来制作捆扎当年中稻、晚稻的草绳。要捆扎当年的早稻，只能选用上一年的稻草，因为当年的稻草还没有出来呢。

上上一年，甚至更年久的稻草，没有多少韧劲，一拉就断，不适合用来做成草绳。

运回稻捆，靠的是冲担。收割，扎捆，担起，用冲担将成捆的稻穗一担一担地挑回打谷场。

与扁担一样，冲担也是农家用来肩挑的一种主力农具。外形上，冲担与扁担相去较远。冲担的两端向上翘起，扁担的两头向下弯曲。冲担两端连着铁尖，扁担两头仅有防止绳索滑脱的浅槽。冲担的主体部分是木质的，扁担有木质的也有竹质的。冲担用来肩挑成捆的稻谷、小麦、柴火等，扁担用于担起成对的箩筐、竹夹子、筻箕、水桶、粪桶等。

冲担上肩，有四个步骤。冲担担起两个稻捆，有四个连贯步骤，顺序来不得颠倒。第一步，顺着稻捆上草绳的边沿，朝向稻穗的方向，将冲担的一头垂直插入，深入到稻捆中心。第二步，前胸朝向稻捆，右肩膀贴近冲担的木质部分，双手抓起稻捆，连着冲担的稻捆就高高翘起。第三步，空中换肩，背对第一个稻捆，双手前压冲担，将冲担另一头垂直插向第二个稻捆。第四步，双手抓起第二个稻捆，挪动肩膀，使肩膀位于冲担正中间附近，两个稻捆就平衡地挑在了肩膀两头。

初次使用冲担，最常闹翻转的笑话：冲担不是两端上翘地搁在肩膀上，而是180度翻转后两端向下弯，结果还没迈出脚步，稻捆就从冲担两头滑落下来。

5. 冲担挑捆

从稻田到打谷场，近则三五百米，远则一两千米。一担 120—140 斤的稻捆在肩，没点真功夫还完成不了这一趟路程。半天下来，这样的肩挑活儿，一位农村劳动力要往返 2—4 趟。

不敢落地。冲担挑茅草，扁担或夹子挑劈柴，扁担箩筐挑谷粒，扁担水桶挑井水，时间久了，肩膀疼了，腰部受不了，可以放下担子来歇息一下。肩挑稻捆就不成，路程远、肩膀疼、腰难受，你还得撑着，断不能将稻捆放下休息。

稻捆被放下来，与地面一次接触，就是一次小小的脱粒过程，会白白浪费掉些许粮食，这对于视粮食为命根子的农民来讲，难以想象也无法接受。

轮换肩膀。不到打谷场不能卸担，路程远了，人又受不了，解决办法就是轮换肩膀。

肩挑 200 米左右后，受力的那只肩膀会格外难受，就需要换肩了。停下脚步，双手把握冲担，借助双手作用于冲担的旋转力量，头部稍稍低下，左右肩膀就完成了交接，负重过的那只肩膀得以暂时休息。长期肩挑背扛的农民，左右肩膀上有着相同的老茧。

除了让左右肩膀轮换负重，换肩对腰椎也是一种有效保护。长时间负重在一只肩膀上，会引起腰椎侧弯，诱发腰椎疾病。

走小碎步。重重的一担稻捆在肩，再壮实的庄稼汉子也做不到大步流星、阔步向前。

步幅过大，双腿斜向受力，支撑不了太久。频率过缓，路上时间长，肩膀负重多。唯有小碎步，步幅不大，频率却不慢。双腿近乎垂直受力，对腿脚是一种保护。行进速度不慢，对双肩也是一种爱护。

小碎步行进时，肩膀的晃动，会引发稻捆上下摆动，冲担也随之"嘎吱嘎吱"轻轻作响。稻捆上下摆动的频率，不宜与小碎步的频率相同，那样会引起共振。共振，会让稻捆上下摆动的幅度明显增大，带动冲担两头大幅度摆动，结果是冲担被折断，稻捆坠地了。

有经验的汉子和村童，会适时调整小碎步的频率，避免产生共振。

呼吸节奏。肩挑稻捆，碎步向前，呼吸忙碌，鼻嘴不停。通气量的提升，保障了负重时对氧气的需求。调整好呼吸节奏，可以减轻远距离负重带来的疲劳。大口急促的呼吸，虽能吸入足够的氧气、排出相应的二氧化碳，却不免让心肺处于紧张的工作状态，导致机体耐久力下降。

有经验者，会借助鼻孔，来减轻张嘴呼吸的负担。鼻子和嘴巴两个呼吸器官同时运转起来，如同单缸发动机调整为双缸发动机，运转会轻松自如一些，心肺的感觉也更自在一些。

再怎么轮换肩膀、走小碎步、调整呼吸节奏，那么重的一担稻捆在肩，那么长的距离需要到达，行进路上又并非平坦开阔，从稻田到打谷场的路程很不轻松。

冲担被压得咯吱咯吱，鼻孔不停地哼哼唧唧，汗水止不住地往下淌，多数村民会在左手腕上缠着一条已看不出颜色的毛巾，隔上一两分钟就擦拭一下额头上那豆大的汗滴，以免汗滴刺痛了眼睛。

好不容易熬到了打谷场，村民将冲担的一头往下一按，一个稻捆就着地了。拔出冲担的一头，另一边稻捆也瞬间落地。右手握住冲担，左手抹脸擦汗，口里长舒一口气，胸中有着卸掉了三座大山般的惬意。一两分钟后，气就喘匀了，双手抓起稻捆，稻穗朝内、草端向外，呈围屋状将稻捆码放好，既节省了打谷场的空间，又便于后一步稻穗脱粒。

　　冲担挑捆，是高强度的体力活，干这活儿的主要是庄稼汉子。缺少男将的家庭，三四十岁的岁妇女，十二三岁的村童也会加入到这种长距离的担挑中。在担挑路上，妇女、村童的脚步越发显得沉重和艰难。

6. 牛拉磙打

那个时候，只有少数生产队能用上脱粒机，多数生产队依然是传统的牛拉磙打来脱粒的方法。

夜间脱粒好处多。白天将稻谷挑到打谷场上，傍晚时分就开始了稻穗脱粒。

选择在夜间脱粒，有三个好处。一是节约了双抢时间，双抢是抢收抢种，既抢收早稻又抢播晚稻。七八月的天，瞬息万变，今天烈日炎炎，明天可能是暴雨来袭。高温下，沾湿了的稻穗堆积在一起，很容易发芽霉变，在这节骨眼上，时间尤其宝贵。

和车间生产相比，农业生产在露天进行，靠天而收。阳光、风雨、气温、虫害，等等，都能左右一年的农业收成。农业是典型的弱质产业，面临自然环境和市场环境双重风险。自然环境方面，需要风调雨顺，也需要适时跟进。即使当年是风调雨顺，如果农业生产没有同步，慢半拍的结果是：要雨水时出太阳，要阳光时是暴雨。市场环境方面，农业歉收导致农民减收，农业丰收也会因谷贱而伤农。

夜间脱粒的第二个好处是凉快。七八月的乡村，昼夜温差在 10 度左右。白天三十七八度酷热难熬，晚上二十七八度就让人舒服了许多。

第三个好处是抢天气。今晚能做的事情，决不放在明天。今晚是明月高悬，明天指不定就暴雨阵阵。成捆的稻谷堆放在打谷场上，一旦有暴雨会很麻烦。

石磙脱粒五步骤。第一步是磙碾场子，第二步是满铺稻穗，第三步才是牛拉磙打，第四步是扬叉翻转，第五步是清理稻草。

偌大的打谷场，一年中用来打谷的天数屈指可数，平常日子则很少有人看护、打理。打谷前，需将场子清扫干净、碾压平整、剔除瓦砾，这是必要的准备。用大竹扫把将枯枝烂叶统统清扫干净，然后，水牛拉着套上了木架的石磙，在打谷场上细细碾压两三小时。中途发现了瓦砾啊、碎石啊，捡拾起来扔掉。

平整的打谷场，便于稻穗脱粒，也易于清扫收拢谷粒。打谷场的土质被碾压得越结实，谷粒就不容易被镶嵌、粘连在土层，损失的谷粒就少之又少。打谷场上的瓦砾被捡拾得越干净，石磙碾压后混杂在谷粒中的细小石子就越少，谷粒脱壳成稻米后，里面夹杂的细小石粒就越少，稻米煮熟后吃起来就不会磕牙。

在碾压好的场子上，将成捆的稻穗解开，呈旋转形状摆放整齐，厚度均匀、大体在5厘米，稻穗一端指向打谷场中央。一亩见方的打谷场，少则五六头，多则八九头水牛，每头水牛拉着一个石磙在打谷场上转圈。圆圆的石磙，一端略小，另一端略大，表面上凸凹相间。当水牛牵引着石磙在稻穗上逆时针碾压时，谷粒就渐渐与稻草分离开来。

与石磙贴近的稻穗率先脱粒，而潜藏在下面的稻穗是缓缓脱粒。石磙在打谷场上忙碌一两个小时后，村民们会使用一种叫扬叉的农具来翻转稻穗，几近脱粒干净的稻穗被贴地放置，原来贴地放置的稻穗被翻转到上面一层。

扬叉翻转时，水牛有了难得的休息。扬叉呈"丫"字形，有竹质的也有木质的。手握叉柄，将叉头插入稻穗、麦穗中，不经徒手接触就可以完成作物的翻转。待整个打谷场的稻穗全被整齐翻转，水牛和石磙又走进打谷场，开始了转圈碾压。

一两个小时后，打谷场上的稻穗几近脱粒干净，残留在稻穗上的谷粒不足千分之一二，稻穗也就成了稻草。这个时候，水牛下场休息，村民们开始清理稻草，收拢谷粒。

扬叉叉起稻草，在空中上下抖动几下，夹杂在稻草中的谷粒纷纷落下，停留在扬叉上的稻草被叉至场边。清理完稻草，打谷场上就剩下约1.5厘米厚的谷粒层。村民用大竹扫把将谷粒扫向打谷场一角，待扫把清扫不动时，木板做成的拖耙就发挥作用了。拖耙拖过，谷粒层明显浅薄，又可以使用大竹扫把来清扫。一刻钟时间，打谷场上原来平铺着的谷粒层就被收拢起来，呈小山包状堆放在场边。

打谷场上夜壶灯。夜壶的主要派场，是村民在大冬天的夜里用来解决小便之急。买来干净的夜壶，在夜壶的肚里装上柴油，壶嘴子（方言，即壶口）上放入一根粗纱线做灯芯，盖上夜壶的肚口，一盏夜壶灯就成了。

那年月，每个生产小队都有大几个这样的夜壶灯。和煤油灯比起来，夜壶灯挺适合打谷场作业。土陶材质的夜壶灯，比玻璃材质的煤油灯耐受磕碰。夜壶灯的大肚子，比煤油灯可以盛放更多油料，加满柴油后的夜壶灯照明时间更长。夜壶的嘴子上有着粗粗的纱线灯芯，火光更大更亮，照亮范围更广。夜壶灯使用价格低廉的柴油，经济上也更合算一些。

鲜甜可口野味汤。通宵达旦打谷脱粒，村民们要忍受疲劳、瞌睡、饥饿三重考验。为了提振士气、抗御饥饿，有条件的生产小队会派出一两名猎手，去找寻可以用来充饥的野味。

夜间是野味们外出觅食的活跃时期，也是狩猎的黄金时段。大小山岗上，野兔们撒开双腿，斜向狂奔。树枝上，从地里找寻了谷粒、麦粒或幼小昆虫的斑鸠们在吞咽消化。山边的草丛、灌木丛中，野鸡从土窝里出来，或地上寻觅虫子，或空中作短暂滑翔。

扛上鸟铳，背上竹筐，晚上8点前后出发，四五个小时后返回，猎手们多少会有斩获。竹筐里的猎物以斑鸠常见，运气好的时候也能收获到野鸡野兔。三把两把将野味宰杀，剁成小块，放入大锅中沸腾的开水里。食用油都省去了，煮上十来分钟，放上盐，就可以起锅分享了。

挑灯夜战的村民，每人一大碗野味汤。筷子一捞，里面有着两三小块斑鸠肉之类。双手捧起大碗，趁热慢慢喝下，那叫一个美味啊！有做母亲的，虽然饥肠辘辘，手捧野味汤却没有张嘴动筷，而是一路小跑回家，叫醒睡意惺惺的孩子们，让孩子们每人喝上几口汤，吃上一小块肉。

打谷脱粒是个熬夜的活儿，劳动力不够的家庭，十三四岁大的村童会参加前半夜的牵牛拉磙，后半夜实在熬不住了，回家倒床就睡。

7. 晾晒稻麦

端午到，小麦香。及至阴历五月初五，麦浪滚滚，麦穗金黄，地里迎来了小麦丰收。从收割、捆扎、挑捆到脱粒，村民像侍弄水稻一样侍弄小麦。

脱粒后的谷粒麦粒，要及时晾晒并尽快归仓。晾晒活儿由生产队的仓库保管员负责张罗，这些保管员多是生产队里经验丰富、做事细致的庄稼汉子。

选择晴好日子。晾晒稻麦需要好阳光。保管员对第二天天气情况的预判基于两个方面：一是当地气象部门的预报，二是老农看云识天气的经验。春夏秋冬 4 个季节中，气象部门头疼的是夏秋季节，尤其是夏季，"牛背雨""暴雨隔田埂""夏季的天是娃娃的脸——说变就变"都出现在夏季。传承千年的农谚，一定程度上弥补了气象预报的缺憾，"月亮长了毛，半夜雨直嚎""早晨浮云走，午后晒死狗"，等等，都是我国农民经验和智慧的结晶。

平铺谷粒麦粒。预判当天是个大晴天的话，天蒙蒙亮开始，保管员将打谷场边小山包似的稻麦用木板耙子耙开，平铺到打谷场上，谷粒、麦粒厚度在三四厘米。粒层太厚，一两天晾晒不干。粒层太薄，打谷场面积显得不够。

平铺好谷粒麦粒后，拿来竹耙，在粒层上顺序耙过。这种手爪式的竹耙，可以清理出大部分夹杂在谷粒麦粒中的短小稻草和麦秆。

翻转谷粒麦粒。火辣辣太阳晒上一两个小时，就要翻转谷粒麦粒，让下层的谷粒麦粒调换到上面来，让谷粒麦粒背光的一面翻转成向阳的一面。翻转谷粒麦粒，可以使用竹耙。还有一种更有效方法，是脱掉鞋子，光着双脚在场上将谷粒麦粒犁出沟壑状，这方法颇受村童喜爱。脚趾开道，脚板紧贴谷粒麦粒，在完成翻转活儿的同时，村童们不经意地接受了谷粒麦粒对足部穴位的按摩。

在广袤的乡村，那时村童们能够光脚的话就绝不穿鞋。走进稻田会光脚，下到湖水会光脚，上树砍枝会光脚，一年 365 天中，光脚的日子有近一半。光脚的村童，帮家里省下了些许雨鞋钱，也替母亲、奶奶减轻了纳鞋的辛劳。光脚另一个好处是，村童们的双脚有足够时间亲近湖水、亲近泥土、亲近谷粒麦粒，双脚几乎没有脚气之类的皮肤病。

太阳烘烤八九个小时后，有经验的仓库保管员从场上拾起一两颗谷粒麦粒，放入口中，牙齿轻轻一咬，根据牙齿感觉就可以判断谷粒麦粒是否晾晒好了。

看管谷粒麦粒。没有晾晒好的谷粒麦粒，呈圆锥形地堆放起来，用印灰盒做上记号。缺粮少食的年月，打谷场上成堆的谷粒麦粒很有诱惑力，需要严加看守。印灰盒里装上石灰粉，盒子底板上镂刻有"一队"、"二队"、"三队"之类的字样。手提印灰盒，用力向圆锥形谷堆麦堆拍去，谷堆麦堆上就均匀印上了石灰字样。印灰，如同现在的封条，可以监控是否遭遇启封。单有石灰字样还不够，得点上一两盏夜壶灯，派上两名大男将（方言，即成年男子）值守看管。

风选谷粒麦粒。晾晒好了的谷粒麦粒，被收拢到场子中央。自然风力较大时，仓库保管员就用木掀对谷粒麦粒做净化处理。

木掀，形似铁锹又不是铁锹，这种在木把上镶嵌了一块木板的农具，被用来撮拾谷粒麦粒豆子之类。将木掀插进谷堆麦堆，撮拾起满满一板子谷粒麦粒，使劲抛向空中。干瘪的稻壳、麦壳，还有夹杂在谷粒麦粒中的少许短小稻草、麦秆，因为重量轻而被吹向远端，而饱满的谷粒麦粒则坠落在近端。

自然风力弱小时，就得依靠风车。用箩筐将谷粒麦粒倒入风车上方的大斗中，左手控制大斗下方的木阀，右手不停地摇动风车转轮。借助转轮的风力，干瘪的稻壳、麦壳，还有夹杂在谷粒麦粒中的少许短小稻草、麦秆被从风车风口吹出，饱满的谷粒麦粒则直落风车下方的口子。

经过太阳晾晒、净化处理的谷粒麦粒，一部分装入麻袋、准备上缴粮站以完成生产队的上交任务，一部分分给一家一户，一部分用箩筐挑回生产队集体仓库以留作来年的种子。

干瘪的稻壳、麦壳，还有夹杂在谷粒麦粒中的少许短小稻草、麦秆，被悉心收起。它们被粉碎成糠粉后，是很好的猪饲料。

分发谷粒麦粒。 分发粮食，是生产队里的喜事，也是村童们格外开心的时候。分发粮食后，意味着家里可以吃上新鲜大米蒸煮出来的米饭，喝上新鲜大米熬制的稀饭，手里捧上新鲜面粉经由蒸笼蒸出来的香喷喷的大馒头。

谁家都希望早一点分到粮食，生产队多使用抓阄方法来确定分发顺序。抓阄结束拿到顺序号码后，村童们就将各家各户的箩筐逐一排好，形成了弯弯曲曲的箩筐长龙。大人们在差不多的时候提前来到打谷场，称重、装筐、担回家。

分发粮食，不同生产队的依据不尽相同，但大体方法差不多。这大体方法就是总量系数法，生产队约百号大小村民依据年龄不同有着不同的粮食分配系数，总量是指可用于分配的粮食数额。譬如，18—60岁村民的粮食分配系数为100，60岁以上的为80，14—17岁的为80，10—13岁的为60，等等。粮食分配系数，与曾经运行了多年的城镇居民粮食供应定额有些相似。

年底时，生产队对每家每户进行收支核算。首先确定当年一个工分的人民币值，用当年生产队可分配粮食的数量乘以当年粮食的统购价格，测算出生产队当年可分配粮食的人民币值（A）；再统计出当年生产队所有工分数量（B）；用 A 除以 B，就是当年生产队一个工分的人民币值。

每家每户的工分数量乘以一个工分的人民币值，构成农户的收入（C）；每家每户分配到手的粮食的人民币值，构成农户的支出（D）；收入（C）减去支出（D），就是农户当年收支净额（E）。

若 E 值为正，农户可以从生产队领到少量的现金，年关日子就相对好过一点。若 E 值为负、出现赤字，农户就得向生产队上交一定的现金。

上交现金给生产队的，主要是劳动力不足的"半边户"家庭（多数是男方在城镇、女方在务农）、多子女家庭、中年男女长期生病住院的家庭。这些家庭中的孩子们打小就开始捡拾猪粪、帮忙插秧割稻来攒工分，为的是年底生产队核算时，家里能少一点赤字、少一点经济压力。

8. 拍打芝麻

芝麻开花节节高，油菜花开一片黄。6 月收割油菜籽，8 月收割成熟的芝麻。圆圆的油菜籽、扁状的芝麻粒，与谷粒麦粒比较起来，颗粒上要小得多。牛拉碌打方法，不适合将芝麻秆、油菜秆上的小小粒子脱粒下来。因为石碌较重，脱粒下来的油菜籽、芝麻粒，有相当一部分会被挤压到打谷场土壤中，会造成浪费。

连篙拍打。那时生产队采用连篙拍打来脱粒芝麻秆、油菜秆。连篙是一种用于拍打豆荚类作物的农具。除了拍打芝麻秆、油菜秆，还可以拍打黄豆秆、绿豆秆、豌豆秆、蚕豆秆等。

一根竹竿，头子（方言，即顶端）上做成转孔，转孔中嵌入一个有转头的竹板，一副连篙就做成了。连篙的拍打，靠竹板完成。七八根竹条纵向排列，中间用铁条串联起来，就成了连篙上的竹板。

像平铺稻穗、麦穗那样，将收割回来的芝麻秆在打谷场上摊开铺匀后，连篙就可以登场干活了。

操控连篙。连篙拍打，急不得也慢不得。双脚平行或前后站立，左右手前后握住连篙的竹竿。在抡起竹竿的同时，借助向怀里微微收缩的力量，让竹板逆时针转动起来。当竹板转动到空中近乎最高点时，双手控制竹竿，用力向芝麻秆拍打下去。竹竿落到最低点，竹板似砖头般平拍下去。一次拍打完成，继续开始下一次，衔接得如行云流水，没有停顿。

手和腰随着连篙上竹板的转动而同步调整，保持适当力度和节奏。节奏把握不好，竹板落地时就不是平行状态，要么垂直坠落，要么斜向落地，后两种情况都容易损坏连篙。

按顺序依次拍打完场地上的芝麻秆，用扬叉翻转后，再继续拍打。叉走脱粒后的芝麻秆，地上就是灰白色芝麻粒。有了芝麻粒，十里飘香的芝麻油就不再遥远。将场边的芝麻秆捆好了，那是用来烧火做饭的上等柴草，易燃又耐烧。

有管不住嘴巴的村童，拿起尚未脱粒的芝麻秆，在另一只手的手心上敲打几下，掌心就有了一二十颗芝麻粒。将芝麻粒送入口中胡乱咀嚼两下，就着唾液咽下，味美又顶饿。

少油年月。在以粮为纲、温饱第一的那些日子，生产队里水田旱地主要用来种植水稻、小麦。只有边角余料的地块，才用来种植芝麻、油菜。因而生产队里芝麻种植有限、产量有限，分到农户家的芝麻油也就十分有限。那时，每位村民一年分到手的食用油也就一斤左右。

缺油的村民，长成不了胖子。脸蛋红扑扑的村童，百里难找一二。对食用油的渴望，村里的大人、小孩都到了十足的程度。

有一年 7 月底的一天，两个邻近生产队正在山洼里收割稻谷，突然蹿出一头黑猪。确认是无主生猪后，村民们放下镰刀，猫腰加入到扑捉生猪的队伍。百十斤毛重的生猪给逮住了，宰杀后两个生产队平分。卸下一块门板，将分割成半斤一份的猪肉搁在门板上。拥有两个壮劳动力的家庭可以分得一份，半边户家庭两两一拼凑才能领到一份。抓阄领号，号码靠前的，无一例外挑选肥肉多一点的那份。回到家，将猪肉细细切片，肥肉炼油后，在大铁锅里放入半锅水。煮沸了，放点盐，一家老小一人一大碗油花汤，那种开心不亚于过年。油花汤下肚七八天后，另一个村子传来消息说：一个月前他们村子里有农户赶着生猪去食品公司完成上缴任务，路上生猪挣脱麻绳跑掉了。这无主的生猪，原来是这么回事啊。

糠粉炼油。缺油的年月，食用油是好东西。那时有一种叫糠油的食用油，糠油，顾名思义是从糠粉中提炼出来的油。将晾晒好的稻谷放入米机中，分离成白花花大米和细小的谷壳。细小的谷壳被称作"糠"，是喂猪的上等饲料。县级粮油公司用榨油机将一部分糠粉挤压成食用油，来缓解食用油的供应紧张。

较之于芝麻油、菜油等大众食用油，色泽上，糠油不是亮汪汪而是混沌浑浊，口感上不是细腻润滑而是微微刺喉。在所有食用油中，接受程度上，糠油当仁不让地排序最后。但好歹糠油也是食用油，很多村民想食用还食用不上呢。

只要是含油脂的食物，都能提炼出食用油。现在食用油名称很多了，橄榄油啊、花生油啊，茶籽油啊、大豆油啊、棉籽油啊。可惜那时连橄榄、花生、茶树等都很少种植，炼油就更难奢望。

有油就香。缺少食用油，做起菜来，味道总感觉到差那么一截。6—8口人的农户，一年下来分配到的食用油只有区区几斤。这几斤油，要管一年 365 天。每次做菜时，拿着细小的油瓶，通过锅铲往大铁锅里滴上几滴，就算是给油炒菜了。

腌菜、辣椒渣、茄子、丝瓜之类，很能吸油。几滴油进去，这些菜全然没有感觉。有村童往大碗腌菜或辣椒渣中央滴上十来滴芝麻油后，赶紧用筷子将淋上了芝麻油的那一小部分腌菜或辣椒渣挑出，放入口中，合着米饭大口吃下肚，真香啊！

有一个关于芝麻油的真实事儿。一位山村母亲带上一瓶（也就一斤）芝麻油，去县城高中看望住校就读的儿子。母亲离开学校后，儿子拨开瓶塞，一口气将整瓶芝麻油全喝进了肚子。一连几天，这位儿子居然没有任何滑肠拉稀的表现，可见他肚里缺油到了什么程度。

9. 双手车水

　　水利是农业的命脉，农业生产离不开水的灌溉与滋润。老天爷下雨，是有回数的，更做不到农田需要时它就下，因此适时引水是农业生产的一项重要活儿。20 世纪 50 年代开始，广大农村主要依靠肩挑背扛，兴建了一座座大小水库、一个个大小泵站。蜿蜒的水渠一头连接水库、泵站，一头扎进田头地间。

　　从高处往低处引水，省时省力。挖开一条小沟小渠，借助重力势能，高处的水自然而然流向了低处田地。不方便开挖小沟小渠的话，拖来一截软管，灌满水，一端埋入高处水源中，一端置于需要灌溉的田地间，借助虹吸原理就将水源缓缓地引了下来。

　　从低处向高处引水，不可能自发进行，需要持续补充能量才行。现在普遍使用抽水机了，只要油箱不空，就能抽水不止。在 20 世纪 50 至 70 年代的中国农村，水车是从低处向高处引水的主打农具。

　　全木水车。水车是全木结构，包括车身、两端的转轮、环绕转轮的近百个小木板，以及车水时的两个木杆。

　　车水时，人来回拉动木杆，木杆带动上端转轮，转轮牵引着小木板围绕转轮循环往复地运行，下端的水就被一个个小木板源源不断地提升到上端来。水车的运行有些类似于下行手扶电梯，都是顺时针运行。不同的是，扶梯上面一层载重、下面一层空转，水车是上面一层空转、下面一层负重。

水车车身长度多在 10—15 米，与地面放置角度在 30—45 度。水车下端，有半米左右浸没在水源中。水车上下两端，要放稳并固定好。车水前，两个木杆分别套在水车上端转轮两边，呈现自行车左右踏板样。

双手车水。车水时，两个木杆同时发力，水车槽中一个个小木板就能够左右受力。因为有两个木杆，可以双人单手车水，也可以单人双手车水。

双人车水时，两人平行站立，左边的出左手，右边的出右手。过上半个小时，车水车累了，两人更换左右位置，各自的左右手也得以休息。

人手不够，或是车水量不太大时，单人双手也可以车水。单人车水，左右手没有片刻休息，持续发力、持续酸胀，少有人能不间断地坚持一个小时以上。

车水技巧。车水时用力要均匀，不能忽重忽轻；速度要平稳，不能忽快忽慢。陡然发力或突然提速，容易造成水车故障而停摆。

水车常见故障有两种：一种是小木板之间的连轴断裂，类似于自行车的链条断了；另一种是小木板脱离两端转轮，像自行车链条脱离了齿轮盘。出现第一种故障时，找来一根竹筷子，切成合适长度，可以将就着完成当天车水任务，故障暂时得以排除。出现第二种故障时，将小木板逐一理顺，与水车两端的转轴咬合好，水车便可以继续工作。

那时一个生产队有三五部长短不一的水车，以满足不同高度的引水需求。相比于下田插秧、肩挑稻谷，车水活儿免去了蚂蟥的叮咬、腰肩的重压。

村童车水。村童参与车水，需要大人引领，在大人指导下共同完成双人车水工作。初次参加车水的村童易出现两种迷糊：一是开头是猛老虎，接着是蔫鸡子，二是把握不准用力的时机。

因为初次车水时，村童颇有新鲜感，上阵后似乎有使不完的力气。渐渐地，手臂酸胀了，腰部乏力了，整个人就像只蔫蔫的小鸡，无精打采了。

手持木杆、来回发力，需要技巧。那感觉和双脚蹬踏自行车踏板差不多，正向蹬踏用力要持久，反向回来需借助惯性。初次车水的村童，往往正向、反向发力勇猛，而在拐点处出现力量停顿。

水车养护。完成车水后，洗净水车车身的泥土，庄稼汉子将百十斤重的水车扛在肩上，小心翼翼地架空搁置在集体仓库，自然阴干以备下次使用。

水车一年需要做一次维保，包括更换行将破裂的小木板，更换不太牢靠的连轴，将膏灰、苎麻丝、桐油混匀后填塞在水车车身长木板间隙，给整个水车漆上桐油以防腐烂。

使用时小心呵护，搁置期间阴干防腐，一年来上一次全面维护，一辆水车使用十年八年没问题。

10. 田地喷药

　　水稻、小麦等庄稼一经种下，伴随而来的是施肥、喷药、除草。不管是农家肥还是化肥，都是为了补充土壤肥力。隔上十天半个月，清除夹杂在水稻、小麦中的杂草，为的是减少杂草对土壤有限肥力的挤占。喷施农药，是为了杀灭水稻、小麦叶片及穗子上的虫害，阻止害虫对叶片及穗子的蚕食与侵吞。

　　常用农药。那时常用的有敌敌畏、敌百虫、乐果、"1605"等有机磷农药，以及部分有机氯、氨基甲酸酯类农药。这些农药虽能高效杀灭虫害，却存在对人体高毒性、对作物高残留的缺点。

　　那时农药的存放管理不太严格，误服农药、喝下农药自寻短见的悲剧，每年都有发生。在农药喷施过程中，因方法不当而导致农药中毒的例子也并不鲜见。现在，农业生产中已禁用高残留农药，改用拟除虫菊酯等高效、低残留且对人体低毒害的安全农药了。

　　喷药器具。那个年代最常见喷药工具是双肩背挂式喷雾器。向喷雾器容器中倒入适量农药，按照农药标签上的配比说明，加入数倍的池塘净水，盖上容器，双手抱起容器水平摇匀。双肩背起喷雾器，走进田头地间。左手上下摇动加压杆，右手打开喷药杆上开关，握住喷药杆前段 1/3 处，对准水稻、小麦叶片及穗子喷洒。

除了用来喷杀水稻、小麦等作物上的虫害，这种双肩背挂式喷雾器还用来为农户自留地里茄子、豆角、白菜等蔬菜来除害。而辣椒、苦瓜、南瓜、洋姜、冬瓜之类，不需要喷施农药，这些蔬菜似乎天然具有驱虫能力，害虫不怎么去招惹它们。

喷洒要诀。喷洒农药需要慎之又慎，既要提高喷施效果，更要防备人畜中毒。有经验的农民总结出了喷药九要诀。

一是忌用井水或污水配药。井水中的钙、镁离子等易与农药产生沉淀，污水容易堵塞喷雾器喷头。

二是不能长期使用一种农药，那样会让害虫产生耐药性，影响杀虫效果。

三是不在花期和收割前喷施农药，尽可能减少农药残留。

四是避开大风、雨天、高温天喷药。雨水会将刚刚喷施的农药冲刷掉，失去了杀虫效果。大风时候，特别是风向不定时，很容易造成喷施者吸入性中毒。高温时，农药急剧扩散，杀虫效果打折扣，喷施者也容易中毒。

五是戴上口罩，穿上长衣长裤，减少皮肤对农药的吸收。

六是观察风向，从上风向朝下风向喷洒。

七是喷头堵塞后，切忌用嘴巴吸吮。

八是不能将喷雾器中残存农药倒入塘堰或水井边，那样会引起人畜中毒、鱼虾死亡。

九是将农药细心存放好，不能放置在学龄前小孩可以伸手拿到的地方，也不能装在酒瓶、饮料瓶中，以免造成误服误饮。

村童喷药。喷洒农药不是需要多大力气的活儿，主要是要掌握正确方法，牢记注意事项。集体生产时，就有十三四岁村童帮忙喷洒农药。20世纪80年代初分田到户后，十三四岁村童肩背喷雾器的情形只增不减。在大人们示范和叮嘱下，村童们有模有样地背起喷雾器，摇动起加压杆，启动开关，对着叶片和穗子提杆喷扫。

那时的村童会在难得的闲暇时光里寻找属于自己的游戏和快乐。他们受喷洒农药启发，创新出竹筒喷水游戏。找来一截一尺左右长的小竹筒，加工成注射器状。将竹筒一端没入水中，轻轻向后拉动竹筒中的活塞拉杆，水就被吸入竹筒中。对着树叶、对着小狗、对着篱笆墙，用力向前推动活塞杆，竹筒中的水被喷射出来。夏天，村童们用竹筒吸水后对射，那个乐啊，那个笑啊，有似傣族同胞在过欢快的泼水节。

11. 手劈苎麻

衣食，是人类生存的基础条件。靠山吃山靠水吃水，平原摘棉花，山地种苎麻，广袤草原裹皮革，桑树底下织丝绸。千百年来，劳动人民传承了顽强的生存能力和就地取材的聪明才智。

旱地苎麻。在长江中下游丘陵地区，一些生产队在水源条件较差的山地上种植苎麻。苎麻一年可以收获三季，每年5月中旬、插下早稻后开始收获第一季，第二季在8月中旬、"双抢"后收获，11月收获第三季。

苎麻似韭菜，割了一茬又一茬。这种多年生植物，种下苎麻蔸子后可以收获多年。苎麻生命力极强，耐旱耐虫害，不需要过多打理。农谚"头麻挥至蔸，二麻挥至腰，三麻不用瞄"说的是：收获完第一季（头道苎麻）后，挥舞柴刀，将残留在苎麻地中的空心秆子、贴近苎麻蔸的地方砍断；收获完第二季苎麻（二道苎麻）后，用柴刀将残留的空心秆子齐腰部砍断；收获完第三季（三道苎麻），残留的空心秆子不用砍断，寒冷的冬季到来后，它们便自然倒伏，化作了苎麻地里的肥料。

除了砍断第一、第二季苎麻残留下来的空心秆子，一年中苎麻需要人工来打理的工作实在不多。冬季捂兜、三季除草，是仅有的两件打理活儿。

冬天是相对农闲的季节，村民们用筻箕挑来草木灰、腐烂的稻草、拆除废旧土砖房后的碎土碎砖，将苎麻根捂住，既防止天寒地冻，也为苎麻施加了肥料。每收获完一季苎麻，村民们会抽出时间，将苎麻地里杂草锄掉。

成熟的苎麻，每根有成年人小指粗，高度在 1—2 米。竹竿状的苎麻，顶部的苎麻叶在收获时被剔除后遗留在地里，腐烂成肥料反哺苎麻蔸。一根苎麻的主干部分是圆圆的、绿色的苎麻外皮，包裹着空心的苎麻秆子。能够细纺成麻丝、机织成苎麻面料的，是苎麻的外皮，它是苎麻最实用的地方。

收获苎麻。将苎麻制成苎麻丝有手劈苎麻、刮麻去壳、晾晒去水三个步骤。

手劈苎麻。握住一根苎麻主干的距地上半米处，左手在下右手在上。右手向怀里方向折断空心秆子。此时空心秆子虽被折断，但外皮将整根苎麻仍然连成一体。右手向怀里下方向一推，已被折断的空心秆子形成上下错位，外皮也在折断处呈半圆形破裂。右手食指伸进外皮破裂处，沿着外皮与空心秆子连接处用力向身后勾扯，直至苎麻顶端。右手将已去皮一半的上截空心秆子，从另一半外皮中彻底分离出来。左手右手分别捏住两片外皮，朝下方向用力。到达苎麻蔸子后，这两片苎麻外皮就被彻底剥离开来，只留下半米高的空心秆子。

一根苎麻两片皮，将两片外皮方向一致攥在左手中，继续手劈下一根。当左手已抓握不了时，将手中的外皮旋转成一束，放在身后的地面上。待凑齐了五六把这样的外皮后，捆扎成蓑衣状，收工后用冲担（或扁担）挑回。

手劈苎麻时，右手食指需在外皮与空心秆子连接处游走、反复勾扯，最易受伤。村民们会在食指上缠上一两层废旧棉布，起到劳动保护作用。

刮麻去壳。挑回来的苎麻外皮，浸泡在池塘边，或大脚盆中。外皮浸泡好后便于去壳，去壳后才露出麻丝的真面目。

苎麻去壳可以手工操作，也可以半机械操作。手工操作借助刮麻刀，左手握住一片外皮的蔸端，右手 4 指（除却大拇指）及掌心握住刮麻刀，缠着废旧棉布的右手大拇指将外皮挤压在刮麻刀的刀刃上，右手向身体右边伸展，此时除了左手抓住的那约 5 厘米长小段，大部分外皮已壳肉分离，露出了麻丝来。

然后，继续下一片外皮的去壳。待左手抓握不了，就掉个方向，左手握住已去壳的部分，右手用刮麻刀三三两两刮走剩余的壳子。一把湿漉漉的苎麻丝出来了，像晾晒面条那样，将它们薄薄地摊开在晒衣杆、晒衣绳上。

半机械操作需要两个刮麻刀具。在长条凳子左右两端，分别固定一个刮麻刀具。根据长条凳子高度，操作者站立或坐在长条凳前。右手拿来一片外皮，先通过左边的刮麻刀具来剔除外皮左端壳子。随后，左手迅速接过这片外皮左端，右手将外皮右端送入右边的刮麻刀具，左手随即朝怀里下方向拉扯，直至整片外皮全部离开两边的刮麻刀具。外皮在离开刀具的同时，壳肉就分离了，抓在左手的只有湿漉漉的苎麻丝。半机械操作是一气呵成，效率高一些，操作者也要轻松一些，略显不足的是去壳的洁净程度稍稍逊色于手工操作。

和劈麻相同，刮麻既伤手又染手。一季苎麻下来，操作者双手都被刺出了条条沟壑。除此，双手还被苎麻浆液印染成草绿色。一两个月时间，浸透到皮肤的这种草绿色才慢慢褪去。刚刚褪色不久，下一季苎麻又成熟了。

晾晒去水。湿漉漉的苎麻丝，面条般地挂在晒衣杆、晒衣绳上。大太阳的日子，一两个小时就可以翻面晾晒。正反晾晒后，就达到了晾晒去水的要求。

那时公社合作社依据苎麻丝的质量来等级收购，苎麻丝等级分为特级、一级、二级、三级 4 个等级。那些长达 2 米、去壳干净、充分晾晒、自然米白的苎麻，才够得上特级。

村童参与。不少村童全程参与收获苎麻。十三四岁村童，可以独立完成劈麻、刮麻、晒麻全过程。就连七八岁村童也能熟练地掌握刮麻要领，那一招一式很有大人们劳作的风范。

趁着生产队刚刚收获了当季苎麻，还未来得及砍断苎麻秆子，有的村童就利用放学后时间，像捡拾谷子那样，到苎麻地里去捡遗漏的苎麻。捡回来的苎麻多矮小，去壳、晾晒后只能作为三级品收购。但用自己的双手换回少量的钱，用来购买作业本、铅笔，这让村童们又是一阵子开心。

·

第
三
章

村
童
游
戏

·

1. 土坡顺滑

现在大小儿童乐园中，少不了滑滑梯。在 20 世纪 80 年代前的中国，村童们就地取材，将土坡当滑梯，享受童年的快乐。

儿童喜爱的游戏。儿童天真无邪，不加掩饰。只要能够给儿童带来愉悦和欣喜的，都能成为儿童喜爱的游戏。

第一类是给儿童带来视觉愉悦的游戏。将猫啊、鼠啊、狼啊、狗啊、鸡啊、鸭啊等动物的五官放大，表情夸张、色泽绚丽，就能深深吸引住儿童，迪士尼乐园里的游戏是其中的代表。

第二类能够带给儿童肤感上的愉悦。还在胚胎发育时期，胎儿就被呵护在母体环境中。对于水，儿童有着天然和本能的亲近。玩水戏水是儿童所爱，水上乐园是儿童向往的去所。

第三类能够让儿童回归动物本性。像鸟儿那般翱翔，像羚羊那样狂奔，像小狗那样爬行，像熊猫那样滚溜，都是儿童向往的。于是，空中大转盘、高低滑滑梯、管道内爬行，等等，都成为儿童喜爱的游戏。

第四类能够给儿童带来心脑上的愉悦。跳绳啊、斗鸡啊、军旗啊之类，赢了兴高采烈，输了下次再努力，能让儿童于不经意间感悟到精神上的快乐、心灵上的慰藉。

能够顺滑的土坡。在丘陵地区的农村，土坡多多。那种坡度、长度、光洁度、土质都适宜的土坡，是村童们玩顺滑游戏的最爱。

土坡坡度在45—60度较合适，太陡峭了就危险；坡度太小，下滑的自发力量又不够。土坡长度在8—10米为宜，过长会吓着多数村童，过短又不够刺激、不过瘾、不好玩。土坡的表面要比较光滑，那样可以一溜到底。如坑坑洼洼太多，容易造成身体的损伤。土质也要比较紧凑，太松软的话，缺乏支撑力，顺滑时双脚会被陷进去。

每逢村子里集中人力来挖掘土方，譬如削去小山包、整治小学大操场之类，就会出现适合顺滑的土坡。松软黄土堆积而成的土坡，经过半年左右雨水浸润与阳光收敛，土质一天天板结起来。在七八岁的村童们带领下，三四岁的村童也跟着来到土坡，开心顺滑。

土坡顺滑的技巧。通过吸纳成功经验，小结失败教训，村童们无师自通地摸索出了一套安全顺滑技巧：屁股着地，双脚朝前，脚跟贴地，双腿微收，双手抱头，后背悬空，从坡顶一路滑下。速度越来越快，到达坡底后双脚急刹，整个身子就猛然停住了。在顺滑过程中，村童们享受的是速度之美好、落差之快乐。

顺滑的原始动力有两种，一种是伙伴们帮忙从背后轻推一把，一种是村童自己双手向后拨弄土坡，促使身体下滑，然后双手抱头。

在顺滑游戏中，不能光着屁股光着双脚——光着屁股，屁股会被蹭出鲜血。没穿鞋子，脚板心会被磨破外皮。

顺滑看似简单，但有些不得要领的村童还是会闹出滑稽相来：中途侧翻的有之，下滑一段后开始翻滚的有之。好在是土坡，几无什么大碍，最多有点划伤。

村童自创的花样。掌握安全顺滑技巧后，胆大的村童就创新出花样顺滑。有的村童，双手不再抱住后脑，而是左右伸展开来，顺滑时呈鸟儿飞行模样。有的村童，仅仅屁股着地，后背弓起、双腿翘起，身子像跷跷板般向下滑去。

除了单人顺滑，村童们还玩起了双人多人牵手顺滑，以及四五个人于同一条下滑线上先后顺滑。

牵手顺滑，是两人或多人横坐坡顶，手牵着手，在"预备，下！"的口令中，被伙伴们在身后同时推上一把，一起向下滑去。那种集体抵达坡底的感觉，爽啊！

先后顺滑，是四五名村童高低坐在同一条下滑线上，彼此相距二三十厘米，最后一名村童坐在坡顶，前面的村童被后面村童轻推一把，开始下滑，接着是第 2 名、第 3 名村童依次下滑。看着自己不停地追赶着前面的小伙伴，抵达坡底后，大家又叠罗汉似地滚翻在一起，村童们乐翻天！

顺滑是村童们乐此不疲的游戏，滑了一次又一次，爽了一盘又一盘，不知不觉天色渐暗，该回家了。

回到家中，裤子屁股处沾满了黄土，一双布鞋像刚从黄土堆拔出来。更糟糕时，是裤子屁股处磨穿了，布鞋鞋底也磨出了窟窿。运气好一点的村童，只会被家长呵斥几句。运气背了的村童，免不了屁股上挨上一大巴掌。呵斥也好，屁股挨巴掌也罢，下次有了合适的土坡，有着顺滑机会，村童们还是会乐上一次，爽上一盘。顺滑带来的快乐，较之于被呵斥、挨巴掌，村童们觉得前者更值得。

2. 操场溜冰

那时，村办小学有着黄土操场。课间的操场上，女生们跳绳、踢毽子，男生们斗鸡、滚铁环、打陀螺，脚底的黄土被踩压得结结实实。遇上小雨天，板结的黄土操场表面就有着一层薄薄的湿泥，胆大一点的男生玩起了湿地溜冰的游戏。

小雨后的黄土操场，具备了坚实的基础、润滑的表面双重条件。此时在黄土操场上溜滑的虽然是薄泥而非坚冰，溜滑者依然有着三五分溜冰的感觉，村童们将这种游戏习惯性称作操场溜冰。

溜道准备。类似于菜刀在磨刀布上正反刮蹭，想操场溜冰的男生左脚固定不动，右脚在操场上磨蹭十几个回合，被反复磨蹭过的地方就变得润滑起来。向前挪动左脚，继续用右脚来回磨蹭，直至磨蹭出一条长约 15 米，宽度 40 厘米左右的直线溜道。

排队溜冰。一两位男生磨蹭出直线溜道，就会调动众多男生的溜冰欲望。想溜冰的人多了，就排起队来，轮流冲向直线溜道。

操场溜冰第一要领是把握好平衡，5 米开外起跑、加速，进入直线溜道。迅速侧身 90 度，双脚以肩宽间距紧紧贴在溜道上。借助跑步带来的惯性，男生整个身体在溜道上快速直线平滑，然后渐渐减速，直至完全停住。

艺高胆大的男生，在操场上展示出不一样的溜冰技巧。一种是在溜道上作双脚并拢、全身挺立样式的溜冰，这需要有超强平衡能力。一种是双脚在溜道上作小"S"形贴地摆动样式的溜冰，这需要腿脚和身躯保持平衡的同时，腿脚还要作前后方向的贴地收放。后一种技巧，只有少数大胆的男生才敢玩。

操场溜冰时，有条件的会穿上平底球鞋，没条件的就脱掉布鞋，光着双脚。较之平底球鞋，光着脚丫可以溜滑得更远。布鞋不适合操场溜冰，因为手工纳制的布鞋鞋底的防滑性能实在太好了。

溜冰比赛。溜冰比赛比的是溜冰的距离。5米开外起跑后，冲上溜道、收拢双脚，12岁左右男生最远可以前行约30米后停下来。课间操场上的溜冰比赛，会引来学生们夹道观看与阵阵喝彩，那沸腾场景不亚于学校运动会时接力比赛现场。张三溜出了10米远，李四就要奋力溜出11米，小伙伴们你追我赶的劲头，不但赢得了本班男生阵阵"加油"的喊声，也引来了众多校内女生啧啧称赞。

远距离溜冰和跳远运动在诸多技巧上很有些相通之处。要想溜滑得远，除了最关紧要的平衡技巧，还有加速技巧、落脚技巧、双腿技巧、手势技巧等。

加速技巧。有限的5米左右助跑，跑得越快，在溜道上的惯性就越大，能够溜滑的距离就越远。

落脚技巧。助跑后迅速作90度侧身，双脚应轻盈地平放在溜道上，不宜使劲踏上溜道。使劲的过程，就是向地面用力的过程，不利于溜滑得更远一些。

双腿技巧。在溜滑途中，双腿看似只支撑着上身，却暗含让身体微微向前的力量。

手势技巧。双手或齐肩平展打开，或垂直向下、紧贴双腿，既可以平衡身体，也可以减少溜滑过程中的阻力。

远距离溜冰比赛后，原本15米左右长的溜道，是越溜越长，表面也越发润滑。

常在溜道滑，哪有不摔跤。摔倒后的村童一身黄泥巴，上课铃响后，淡定地走进教室，一屁股坐在座位上。乡村小学老师对此早已习惯，毕竟游戏是儿童的天性。家长也默认这类个性略显张扬的游戏，只是叮嘱村童要防备手脚摔骨折。回到家，村童脱下满是泥巴的衣服，拿到池塘边石板上用棒槌捶打，洗净，晾晒后，什么损失都没有。

反复溜滑后的溜道，走路时需要绕开才是。不免有老师和学生误闯误入，来了个仰面摔、伏地摔、侧身摔。所幸只是脏了衣服，也就一笑了之。

3. 团体斗鸡

斗鸡是孩子们喜爱的游戏，农村孩子喜欢，城里孩子也喜欢。男孩们喜欢，一些女孩子也喜欢。只是，农村孩子，尤其是农村男孩子更喜欢这种无需器材的游戏。

农村的男孩子在学校课间休息 10 分钟可以斗鸡，放学后学校操场上可以斗鸡，生产队闲置的操场上、家户人家房前的场子上，都可以斗鸡。

斗鸡时，多数孩子是右腿支撑、左腿抱起，以左腿作为武器攻击对方。斗鸡是双腿、双手协调发力的游戏，作为支撑腿的右腿该起跳时就要高高跳起，该向前时就往前猛冲。作为攻击腿的左腿，该直冲时就直冲，该下压时就下压，该上翘时就上翘。左右手分别抓住左腿的大腿、小腿处，尤其是右手不能脱离左腿的小腿处。

攻势与守势。斗鸡时的攻击方式有三种：直冲式，下压式，上翘式。

直冲式，以左腿膝盖直接冲向对方的左腿膝盖或胸部。下压式，用己方左腿奋力下压对方左腿。上翘式，将己方左腿插入对方左腿下方，然后向上突然发力。三种攻击方式的目的，都是力图打破对方的右手与左小腿的连接。一旦对方的右手脱离了左小腿，即被判负。

斗鸡时的防御方式也是上面三种。当对方气势汹汹直冲过来时，可以采取下压式或上翘式来破解。当对方采取下压式攻击时，可以采取直冲式或上翘式来破解。己方被上翘式攻击时，采取直冲式或下压式来破解。下压与上翘的攻防战中，除了需要一定技巧，更多较量的是力量。哪一方的力量大、耐力强，哪一方就能赢得下压与上翘攻防战的胜利。

与身高差不多的对手斗鸡，可以交替使用直冲、下压、上翘三种方式。遇到身材高大对手，只能是上翘式。对付身材矮小的，则采取下压式或直冲式。

斗鸡时，并不总是人高马大者占优，矮个子斗赢了高大个并不稀奇。当高大个猛冲过来时，矮个子凝神定气、铆足气力，趁着高大个右脚腾空的瞬间，矮个子的攻击腿（左腿）插入对方攻击腿下方，借助对方重心上移的空当，使劲一翘，对方就轰然后仰，达到了四两拨千斤效果。

单挑与群斗。斗鸡分为一对一单挑式斗鸡和多人团体斗鸡。

团体斗鸡又分两种。一种是多对同时厮杀，计算各自团队的胜负，大体与中国象棋国内甲级联赛的战法相似。只是后者的比赛规则更精细，考虑了主帅因素、主客场因素。

例如，斗鸡时，甲乙双方各派出 7 名选手出战，甲方有 4 名选手获胜、3 名选手败阵，那么甲方就以 4∶3 微弱优势取得了团体赛的胜利。

团体斗鸡另一种斗法，是双方确定相同数量的选手及出场顺序后，各自的先锋率先出战，斗败一方派遣下一位选手继续攻擂，这种斗法类似于中日韩三国围棋擂台赛的战法。

譬如，斗鸡时甲乙双方各有 7 名选手，相互攻擂守擂后，甲方尚存有 2 名选手，而乙方已全部败阵，则甲方取得团体赛胜利。

团体赛两种斗法中，男生更愿意选择第二种斗法。这种斗法，既可以决出团体高低，也利于优秀的选手脱颖而出，实现了个人赛与团体赛有机融合。曾经有男生连胜 7 局，以一己之力帮助团体获得胜利。

斗鸡时，双方直接身体对抗，免不了会出现一些小小意外。嘴角流血者有之，眼眶轻微撕裂者有之，左腿膝盖软组织损伤者有之，被掀翻后屁股摔疼者有之。男生流血不流泪，用手按住流血处，止住血后，又走向斗鸡场，继续战斗了。

4. 瓦片跳房

　　捡拾起一块瓦片，在 15 平方米左右空地上画一个形如下方图形的比赛场，两个或多个村童就可以玩瓦片跳房，并进行比赛。

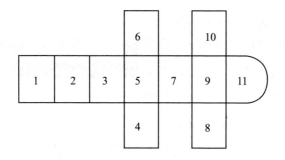

　　比赛规则。单手将瓦片准确地丢进 1 号房子内。左腿弯起，右脚独立。右脚腾空越过 1 号房子的边线，进入 1 号房子中。右脚慢慢挪动至瓦片旁的合适位置，右脚边缘发力，一次性地将瓦片准确踢入 2 号房子中。右脚继续腾空越过 1 号与 2 号房子的边线，进入 2 号房子中，慢慢挪动至瓦片旁的合适位置，右脚边缘发力，一次性地将瓦片准确踢入 3 号房子中……依此类推，最后将瓦片踢入 11 号房子内，右脚从 11 号房子边线中跳出来，才算完成了 1 号房子的程序。

单手将瓦片准确丢进 2 号房子内，右脚跳过 1 号房子后，直接跳进 2 号房子，踢瓦片入 3 号、4 号房子……

单手将瓦片准确丢进 11 号房子，右脚连续跳过 1 号至 10 号房子后，再跳入 11 房子中，将瓦片踢至 1 号房子外（右腿独立的起始点）。率先完成以上程序的，获得比赛胜利。

全场比赛下来，花上一个小时很正常。遇到家长叫唤等而不得不中止比赛的时候，完成度高的村童则获得阶段性胜利。譬如，张三跳到 8 号房子了，而李四还在 6 号房子苦战，则张三阶段性地获胜。

出现以下 4 种情况时，选手将暂停比赛，站在一旁观看对手表演，当对手也出现了暂停情况时，选手则继续上场。接着将游戏步骤继续向前推进。情况一，双脚着地了。情况二，单手没有准确地将瓦片丢进规定好的房子中（不能压线的）。情况三，右脚边缘没有一次性地将瓦片踢入规定好的地方。情况四，金鸡独立的右脚踩着房子边线了。此 4 种情况中，第二种情况、第三种情况更容易出现。

综合实力。瓦片跳房，看似简单，却蕴含着体力支撑、发力把握、准确度展现，以及对地形的判断。

首先是体力支撑，连续性单腿跳几十次，甚至上百次，时间短则一两分钟，长则三五分钟，没有一定体力就无法支撑。

在发力把握上，脚的边缘将瓦片踢入远近不同房子中，近则轻微发力，远则适度加力，力量过轻或过重，瓦片就到不了目的地。

在准确度上，单手丢掷瓦片，既要让瓦片在空中平展飞行，又要估计到瓦片着地后的惯性前移，其难度不亚于用圆圈套酒瓶。

在地形判断上，房子所在场地不可能像打谷场般平整，坑坑洼洼在所难免。单手丢掷瓦片、单腿独跳、脚的边缘踢瓦片，都需要考虑地形的微小变化：小小的下坡，用力小一点；小小的上坡，发力重一点。

如今的高尔夫球场，刻意保留山坡、水洼、树林，来衡量选手们对地形判断能力。高尔夫选手们的心动劲儿，其实比那个时期村童们玩瓦片跳房时强不到哪儿去。不同的是，高尔夫运动花钱多多，而瓦片跳房的游戏成本近乎是零。

选择瓦片。用于空中丢掷、左踢右踢的瓦片，由村童们自己找寻、各自使用，就像乒乓球、羽毛球运动员各自使用自己专用的球拍一样。

那时的农舍顶上，多数是柴火烧制的青色凹形小瓦片。残缺破损的瓦片，房前屋后俯首即见。在跳房游戏中，瓦片的大小和形状都重要。瓦片太大，踢起来费劲。瓦片过小，踢起来没有脚感。那种近圆形或近椭圆形的瓦片，便于脚的边缘发力，运行途中的轨迹也便于掌握。

一枚好的瓦片，往往成为跳房比赛的风向标。即使村童体力够好、技巧也足，如果瓦片选择不当，也难以取得游戏的胜利。偌小的一个跳房比赛，村童们也需要人（游戏者）材（瓦片）合一，方能笑到最后。

跳房比赛规则可以微调，只要参赛者共同遵守就行。有村童们约定，当瓦片不在4号、5号、6号或8号、9号、10号房子时，双腿可呈张开状停留在4号、6号或8号、10号房子中。这种创新规则，可以缓解单腿疲劳。毕竟，瓦片跳房是比赛，更是游戏，娱乐成分应该多一点才是。

5. 手抓石子

7 枚一厘米左右直径的小石子，村童们玩耍起来，竟可以乐此不疲。

准备石子。石头、瓦砾，都是石子的来源。只有那些直径约一厘米、外形似球形的小石头、小瓦砾，才是较合适的游戏石子。

棱角太分明、边缘太锋利的小石头、小瓦砾，容易划伤手指。如果小石头、小瓦砾的体积偏大，7 枚堆放在一起，一个手掌把握不住，小石头、小瓦砾的体积偏小，手指抓起会费时良久，难以在有限时间内完成规定动作。

7 枚石子找定后，玩游戏的村童们就使用同一副石子。

游戏方法。主要有 1、2、3、6 游戏法，和 1、2、3、4、5、6 游戏法。

1、2、3、6 游戏法。在桌面、凳面或地面上，定好"一"字形的 3 个点，点与点的间距在 5 厘米左右，3 个点上分别放置 1 枚、2 枚、3 枚石子。7 枚石子中的另 1 枚石子为母子，类似于台球中的母球，母子放置在 3 个点旁边。

游戏开始时，游戏者用右手拇指和食指捏住母子，掌心向上抛起母子。母子在空中上升、下坠过程中，游戏者用右手的拇指、食指迅速地将第 1 个点上的石子抓在手中，摊开掌心，在母子落地前将母子收入掌中，如此这般则完成了对第一个点的石子的手抓。

将第1枚石子放回原处，继续向上抛起母子，将第二个点上的两枚石子连同母子收入掌中，完成第二个点的石子的手抓。继续游戏，完成第三个点上石子的手抓。将第三个点上的石子放回原处，向上抛起母子，张开右手掌，将"一"字形3个点的6枚石子尽揽于手掌内，并接住母子，就完成了对6枚石子的手抓。

1、2、3、4、5、6游戏法。在桌面、凳面或地面上，定好"一"字形的6个点，点与点的间距在5厘米左右，每个点上放置1枚石子。7枚石子中的另1枚石子为母子，母子放置在6个点旁。抛起母子，抓起第1枚石子，接住母子，就完成了对第一个点的石子的手抓。抛起母子，分别抓起第1枚、第2枚石子，接住母子，完成对两个点的石子的手抓。继续游戏，完成对第三个、四个、五个、六个点的石子的手抓。

两种游戏方法的最后环节，对6枚石子的尽揽是不一样的：第一种游戏法是手掌贴着桌面（或凳面或地面），将3个点上的6枚石子一起收入掌中；第二种游戏法是右手拇指、食指、中指将6枚石子一枚枚地拿捏着送入掌中。第二种游戏法的难度要大一些。

没有强求只能右手单手操作。多数游戏者使用右手，也有少数人左手更比右手巧，这些人用左手单手操作，同样符合游戏规则。

出现以下任何一种情况时，己方暂停游戏，游戏权利轮换到对方。当对方出现暂停情况后，己方接着游戏。情况之一，游戏者手抓、拿捏时，碰动了不该碰动的石子。譬如，在第一种游戏方法中，应该手抓第一个点上石子时，不小心碰动了第二个点上的石子。情况二，游戏者手抓石子后，本应在掌内的石子掉了下来。譬如，在第二种游戏法中，在进行到对4个点石子的手抓时，4枚石子分别被拿捏在掌内，准备接住母子时，掌内的石子掉了下来。情况三，没能接住母子，包括未能准确接住母子或没能完成手抓石子而母子就已落地。

游戏要领。要领之一，看住两头。双眼盯着空中时，余光向下——既要盯住空中的母子，也要用余光扫向下面的石子。

要领之二，把握力度。母子抛得太高太低都不好。母子被抛得太低，母子在空中停留的时间就太短，无法给手抓石子留下相应的时间。母子被抛得太高，容易在空中偏离方向，从而给接住母子带来困难。

　　要领之三，抓握有序。抓起的石子要握牢于掌内。石子从掌内掉下，游戏者就会被要求暂停游戏，游戏权利转移到对方手中。

　　手抓石子游戏适合于两人，也适合于多人，只要记住游戏顺序和各自游戏进展就可以了。

　　手抓石子，对游戏者很安全，男孩喜欢，女孩也乐于参与。这种看似简单的游戏，能够培养村童们眼睛、手指的敏捷与协调。

　　手抓石子游戏，虽然用眼，非但不伤害视力，反而有益于视力，因此，村童中很少有人近视。

6. 烟盒片片

　　20 世纪 80 年代前的中国，香烟凭票供应。一个月两三包香烟的额度，满足不了农村烟民的烟瘾。没有烟民的农户，就将香烟票调剂给有烟民的农户。即使如此，仍然不能解决老烟民的需求。于是，有些农户就自己来开荒种植烟叶。

　　自制烟丝。能够开荒的，都是水土条件极差的边角余料地方。好在烟叶这种植物比较耐旱，对虫害也有较强的抵御能力。及至秋收，那近乎一米长的烟叶被收割下来，风和日丽时摊开，晾晒成金黄色。在长条凳上用木刨子将晾晒好的烟叶刨成丝状，用大布袋装好、收藏起来，老烟民一年的烟草消遣，主要指望着它了。

　　准备抽烟时，烟民找来旧报纸或小学生的废旧作业本，裁剪成小纸片。从贴身小布袋中抠出少许烟丝，放置在小纸片中，慢慢卷起。纸片末端放上嘴唇轻轻一点，点滴口水将纸片粘合起来，一根自制卷烟就成了。火柴点上，猛吸一口，虽然劲大，却很对老烟民的口味。

　　少数村民家保留着祖上留传下来的水烟枪，点着烟斗中的烟丝，握紧烟杆，对着烟嘴猛吸。水壶啪嗒作响，满嘴是烟，鼻腔里也是烟。没点力气，这一米来长的水烟枪，还真吸食不了。水烟枪韵味十足，便利性上却比不得自制卷烟，只能在农闲时偶尔享用一把。

积攒烟盒。对农村烟民来说，卷烟厂的香烟弥足稀罕。抽完香烟后，剩下的香烟盒子也就不多。在那彩色少见的年月，色泽鲜艳、个性鲜明的烟盒很能吸引农村男孩的眼球，积攒烟盒是不少男孩的一项爱好。

　　记得那时的香烟牌子有鸿雁、黄金叶、大前门、三门峡、圆球、大公鸡、新华、永光、大红花、游泳等。价格呢，大红花9分钱一包，算是便宜的牌子；游泳1角5分，圆球2角，大抵是中档牌子；新华和永光在3角以上，属于较为高档牌子了。

　　积攒烟盒，可以互通有无——自己有多个某牌子的烟盒，对方有多个自己没有的烟盒，于是可以来交换，还有就是以游戏论输赢。

　　烟盒游戏。那时，香烟很少有过滤嘴的，几乎是软包装。将香烟盒子拆了，折叠成三角形，就做成了烟盒片片。有了烟盒片片，就有了烟盒片片的摔插游戏。

　　摔插游戏有两种进攻方式，一种是掀翻对方的烟盒片片，一种是插入到对方的烟盒片片身下。

　　掀翻对方的烟盒片片。对方的烟盒片片在地上，手执己方的烟盒片片，使劲摔向贴近对方的烟盒片片的地方，通过摔打时引起的空气流动，将对方的烟盒片片翻个面儿，于是，对方的烟盒片片便属于自己。对方再将另一张烟盒片片放置在地上，己方继续摔打烟盒片片，若无法翻转对方的烟盒片片，则轮到对方摔打己方的片片。己方摔打时，若己方的烟盒片片有部分覆盖在对方的烟盒片片上，则己方的烟盒片片被对方没收，游戏权利也轮转到对方。

　　插入到对方的烟盒片片身下。用力摔打、掀翻对方烟盒片片，靠的主要是力气。而插入到对方的烟盒片片身下，靠的主要是技巧。蹲在地上，找准对方的烟盒片片与地面之间的空隙，一只手将己方的烟盒片片的一角对准对方的烟盒片片，从空中约20厘米处、呈15度角，迅速向对方烟盒片片旁边的空地俯冲下去。

　　己方的烟盒片片俯冲着地时的空气流动，会将对方的烟盒片片掀抬起0.5厘米许。当对方的烟盒片片尚未着地时，己方的烟盒片片已落地滑翔并插入到了对方的烟盒片片身下。于是，己方赢得了对方的这张烟盒片片。对方再将另一张烟盒片片放置地上，己方则继续游戏，若无法成功，游戏权利轮转到对方。

摔插游戏的防守方法，一是尽可能将烟盒片片勒紧、压薄。受空气流动的影响，蓬松的烟盒片片容易被掀翻，也容易被插入身下。二是尽可能将烟盒片片放置在平整的地面，与地面不留空隙或少留空隙，才不容易被对方掀翻或插入。三是在放置烟盒片片前，将三角形边缘略微朝地折叠，类似乌龟壳状，也可以增加被掀翻或被插入的难度。

要采取哪一种进攻方式，会因势而定。当对方的烟盒片片与地面之间存在空隙，有机可乘之时，不妨采取插入身下法。当对方的烟盒片片比较蓬松之时，则摔打的方法很可能掀翻对方。

积攒下来的烟盒片片，可以拆开后，还原，装订起来保存、欣赏。也可以装订起来作草稿本来用。

7. 鞭打陀螺

在现在一些城市中，每逢晴好天气，晚饭过后，路旁、小区边的小块空地上，就能听见啪啪的鞭打声，看见一个个高速旋转的大小陀螺。小的陀螺直径在五六厘米，大的陀螺直径在 15 厘米，甚至更大。媒体报道，有人制作了重达 200 多斤的超级陀螺，需要 3 个人围成一圈来合力鞭打才能让陀螺持续旋转。

城市里喜爱陀螺的，大多是 50 岁以上中老年人，男士居多，也不乏女士，儿时的他们多有过自制陀螺、鞭打陀螺经历。这些城市中鞭打陀螺的老年人，除了重拾儿时乐趣，也以此作为一种日常锻炼。据说锻炼效果还不错，对预防或缓解肩周疼痛、腰椎疼痛尤其有效。

现在城市里有商品化的陀螺出售，连陀螺带鞭子，一副 80—200 元不等。售后服务很不错，鞭子折损了可以免费维修，陀螺底下螺钉磨损了可以免费更换，省去了锻炼者的诸多麻烦。

自制陀螺。那时，村童们玩耍的陀螺，都是自制的。既然是自制，就不似现在工厂生产的标准化规模化，那时自制陀螺可谓五花八门、个性张扬。

从平衡角度来看，高度与直径的比例越小，陀螺的平衡性越好。从便于鞭子着力来看，拥有一定高度，鞭子抽打起陀螺来就容易些。兼顾到平衡性能以及鞭子抽打的方便程度，陀螺的高度与直径比例多在 1—1.5 的范围。矮墩陀螺、瘦高陀螺不是主流，那是村童们个性张扬的产物。

找来直径 4—8 厘米、长 6—12 厘米的一截树枝或树干，用斧头将圆柱形下三分之一处修砍成圆锥状，一个陀螺毛坯子就出来了。

"我的陀螺我做主"，毛坯子上除了完成共性工作外，创意十足的村童们会给自己的陀螺上赋予个性化元素。共性工作是：打磨陀螺毛糙的外周，使之光洁。个性化元素方面：有的在陀螺圆形顶部，绘出大大小小的同心圆，陀螺旋转起来煞是好看；有的在陀螺尖尖底部，钉入一颗大小合适的铁钉，既减少了陀螺旋转时与地面的阻力，延长了自转时间，又增加了陀螺尖尖底部的耐磨性；有的在陀螺周身彩绘上五谷丰登或鸡鸭猫狗图案，让陀螺烙上了自己的印记。

除了陀螺，还得有一条与之匹配的鞭子。陀螺越大，所需的鞭子就越粗越长。最常见的鞭子是用苎麻搓成的绳子系在一根木棍或竹棍上来做成的。

发动陀螺。用鞭子上的绳子将陀螺周身缠绕几圈，左手将陀螺在地上扶起。松开左手的瞬间，右手猛拉绳子，借助绳子的拉力让陀螺踉踉跄跄地旋转起来。此时需要鞭打陀螺，通过间断性的鞭打来保证陀螺持续性旋转。

鞭打陀螺。鞭打陀螺，一要打中部位，二要即打即收。

只有打中陀螺上三分之二的部分，也就是陀螺圆柱形部分，才是有效鞭打。若不小心打中了陀螺下三分之一处，陀螺会蹦跳起来，非但不能给陀螺加速，反倒让陀螺的转速减慢，甚至停转倒地。

即打即收，有点类似于羽毛球比赛后场球对打的手法，或中医治疗中击打大椎的手法。用鞭子抽打陀螺时，发力后如果不迅速回收鞭子，会阻碍陀螺旋转。

陀螺表演。鞭打陀螺，一年四季都适宜。课间休息时，小学操场上几十上百条鞭子齐飞扬，"啪啪"的鞭打清脆悦耳，几十上百个大小陀螺在操场上旋转，那场面简直是陀螺博览会。各式陀螺、各样鞭子，村童们既是陀螺表演者，也是遍地陀螺的欣赏者。

陀螺比赛。除了欣赏，陀螺可以用来比赛。常用比赛方式有两种：持续时间比赛和碰撞能力比赛。

持续时间比赛，是双方将各自陀螺发动起来，使劲鞭打，让陀螺尽可能高速旋转。待裁判方喊一声"停"时，双方收起鞭子，紧盯着各自的陀螺，也监视着对方陀螺。持续旋转一段时间后，陀螺转速越来越慢，最后便耷拉着脑袋般斜躺在地上，不动了。哪一方陀螺首先斜躺，哪一方就输了。

陀螺高速旋转起来后，没有了鞭打的力量，仅仅依靠惯性作用，陀螺可以维持旋转一段时间而不倒地。时间短则半分钟，长的有五六分钟。根据村童们的经验，陀螺的持续自转时间与陀螺的外形、大小、对称性、底部等有关。矮墩的比瘦高的占优。大块头的比小个头的占优。对称性好的比摇晃型的占优。底部有铁钉、图钉之类的比没有的占优。

碰撞能力比赛，是双方将各自陀螺发动起来，使劲鞭打，让陀螺尽可能地高速旋转。待裁判方喊一声"碰"时，双方扬起鞭子，将己方陀螺向对方陀螺驱赶。两个高速旋转的陀螺，犹如红了眼的两只公鸡，"砰"的一声就撞上了。结果要么是两个陀螺又迅速分开，要么是一方陀螺轰然倒地不起。倒地不起的陀螺，被判负。若是半斤八两地碰撞后分开，那就进行第二、第三回合的较量，直至分出胜负。

在对碰中能否取胜，一是看陀螺个头和外形，二是看对碰瞬间陀螺的旋转状态。大个头、矮墩的陀螺，在对碰中容易占到便宜。对碰前尽可能提速，让自己的陀螺以前倾姿势冲向对方的陀螺，碰撞后更不容易斜躺下来。

8. 手赶铁环

滚铁环，其实是手握推杆，赶着铁环前行。较之滚铁环，"手赶铁环"的说法似乎更准确一些。

铁环推杆。一个金属环，一把推杆，是"手赶铁环"游戏所需的全部装备。金属环，多用铁环，也有使用铝丝环的。推杆，可以是铁丝把手加铁丝 U 形头子，可以是木杆或竹竿连接一个铁丝 U 形头子或竹质头子。

铁环直径多在 30—50 厘米。铁环大小与村童个头大体匹配：小一点的村童玩耍小一点的铁环。有条件、又喜欢别出心裁的村童，偶尔也整出个直径一米以上的超级铁环来，周围村童们羡慕的眼光很让铁环的主人受用。

找不到合适的铁丝，就将废旧铝芯线中的铝丝拔出来，3 股铝丝绞缠在一起也能勉勉强强使用，算是最差的一种金属环了。

如果连铝丝也难寻觅到，村童们就用 0.5—0.8 厘米宽的竹片弯成竹环，玩起来照样不亦乐乎。只是，玩耍时的手感略显轻飘。

乡村榨坊里淘汰下来的铁箍，那可是做铁环的极品材料。可惜，不是每位村童能有这种运气和机会。

铁环比赛。手赶铁环，更多时候是自娱自乐。在短暂的课间休息 10 分钟，在散学后的下午，也有村童们会相约进行一场比赛。两三位村童可以比试个人速度，8至10位村童能够进行团体接力赛。

个人速度赛，分为直道速度赛和弯道速度赛。两三位村童在小学操场一端做好准备，待听到"预备，开始"后，奋力向操场另一端推赶铁环，率先到达终点的人则赢得直道速度赛胜利。

在起点和终点间，一条线上几乎等距离地画上几个圈圈，手赶铁环向前冲时，必须通过"8"字形路径，逐一绕过这几个圈圈，直道速度赛就演变成弯道速度赛。

直道速度赛中，短跑能力强、个头大一点的村童往往获胜面大。弯道速度赛中，个头偏小的村童不一定会处于下风。较之于直道，弯道上的技巧更多一些，除了前行，还有左摆右摆的侧身运动。"8"字形绕圈不能过大，那样会影响前行速度；也不能过小，否则绕行圈圈时会遇到阻碍。尺度的拿捏只能于游戏中慢慢感悟。

村童有8至10位，甚至更多一点的话，就平均分成2组，每组排成一行。比赛开始时，每组的第一位选手向前推赶铁环，到达几十米开外的规定地点后，折返回来。第2位接着向前，直至本组最后一位选手完成了折返路线。率先完成的一组赢得团体接力赛的胜利。

9. 竹制手枪

　　那时的村童，尤其是男性村童，对红军、八路军、新四军、解放军有着强烈的崇拜。《地道战》《地雷战》《渡江侦察记》《铁道游击队》《平原游击队》《小兵张嘎》《闪闪的红星》等经典电影中，红军、八路军、新四军、解放军的光辉形象深深植根于村童们脑海中。腰间系根绳带，别上一把木制或竹制手枪，那威风凛凛的形象为众多男性村童所向往。

　　竹制手枪。木材便于雕刻，用木头制作出的手枪，外观上与真手枪颇有几分相似。但在操控性上，由于木材缺乏足够的韧性，木制手枪难以发射"子弹"，全然没有真手枪的感觉。

　　竹制手枪就不一样。竹子的外周部分（篾匠的说法是"青篾"）具有足够韧性和弹性，弯曲的竹条一旦挣脱束缚，释放出来的能量就可以击发"子弹"，这就是竹制手枪在操控性上的优越性。

　　用竹子制作手枪，紧要的是解决"子弹"装填、"子弹"击发两个技术问题。从山坡上砍下直径 3—4 厘米竹子，选取长度在 25—30 厘米的一节。将两端竹节打通，贯通的竹管就是手枪枪膛部分。

　　在竹管后半段上端，挖出长约 7 厘米、宽约 1.5 厘米的空槽。在竹管后半段下端，打开一个长约 1.8—2 厘米、宽约 0.3 厘米的缺口，让缺口对着上端空槽中央部位。将宽约 1 厘米、长约 10 厘米的弧形小竹片一端固定在空槽后端，另一端穿过空槽后、插入到竹管下端的缺口内。

小小弧形竹片，起到了作为竹制手枪内弹簧和撞针的双重作用。上端空槽的前半部分，用于盛放"子弹"，一旦竹片被击发后，它又成了弧形竹片一端的滑行轨道。

竹管上端，大抵如此。竹管下端，需要连接手柄和扳机。截取5厘米左右长一段竹子，略略后斜地固定在竹管后端下部，就做成了手柄。

手柄前端，加装一个竹条，扳机就有了。扣动扳机样的竹条，竹条将竹管下端缺口内的弧形小竹片顶起，弧形小竹片的弹性就能将充填在竹管空槽内的"子弹"击发出膛。

与竹制手枪配套的子弹，也是竹制的。长约1厘米、直径约0.5厘米竹制小圆柱体，就是竹制子弹的雏形。用小刀将这种小圆柱体的两头削圆，使之成胶囊状。

胶囊状的竹制子弹，往枪膛里装填时不会划伤手指，飞行时减少了空气阻力，但击中目标时又能点到为止，不至于有什么伤害。

弧形小竹片的弹性有限，被击发后在枪膛内的滑行距离较短（约3.5厘米），它推动竹制子弹在空中的飞行距离很有限，2—5米不等。虽然竹制子弹射程有限、威力有限，村童们还是能从这种瞄准、击发、射中目标中，找到智慧与快乐的感觉。

一把25—30厘米长的竹制手枪，可以让村童们兴奋不已。一杆长1.2—1.5米的竹制长枪，背在肩上，足以让村童们无比自豪。

在制作原理上，竹制长枪与竹制手枪是相通的。聪颖的村童们，可以惟妙惟肖地制作出一杆杆竹制步枪、冲锋枪、机枪来。因为是全竹构造，无法解决子弹连发技术，虽则外形是冲锋枪是机枪，子弹却需要一颗颗地装填、击发。

竹枪比赛。竹制手枪（长枪）做出来了，村童们会进行枪支比赛。首先比外观，然后比内功。不怕不识货，只怕货比货，是骡子是马，拉出来遛遛就知道了。村童们聚集在一起，交叉欣赏，作品的仿真程度便一目了然。赢得了赞誉的村童则肯定是兴高采烈。作品外观上略逊一筹的村童则铆足了劲，要在内功比拼中争取有所斩获。

　　竹制手枪（长枪）的内功比拼，一是远，二是准。比拼在同类中进行，手枪对手枪，长枪对长枪，公平合理。村童们有模有样地趴成一条线，举枪对准前方，装弹、瞄准、射击，谁的子弹落得最远，谁就赢得了比拼胜利。

　　精准度比拼。用玻璃瓶作靶子，手枪射击时靶子距离 3 米左右，长枪射击时靶子距离 8 米左右。村童们各自击发 5 次，击中靶位最多的获得胜利。

10. 红黑对垒

利用竹制手枪、竹制长枪，村童们开发了一种团体比赛方法。持枪村童（多在 16 人以上）被分成红黑两队，借助于房屋、树林、地形作掩护，开展对垒较量。这种团体比赛方法，更接近于实战演练。

红黑双方充分利用掩体，尽可能地在保护自己的同时想办法击中对方。在比赛中，掩体的利用固然重要，手中武器的性能也很关键。双方在规定时间内，主帅先被击中的一方输掉比赛。若主帅健在，被击中战士数量较少的一方赢得比赛。

分成两组。首先确定红黑双方的主帅，主帅多由年龄长一点、个子高一些的村童来担任。主帅确定后，采取双向选择、合理调配的办法将战士分成两组。

村童们可以根据自己意愿来选择愿意投靠的主帅，主帅也可以根据自己的了解来点招喜爱的战士。那些两位主帅都愿意点招或都没有被点招的村童，根据红黑双方人数相等原则进行调配。

如村童人数为单数的话，单下来的那位留作裁判。人数为双数的话，裁判一职就由比赛双方全体指战员兼任。分组完成后，双方主帅会各选定一名机智灵活的战士作为贴身警卫，当主帅遇到对方攻击时，贴身警卫会舍身来保护己方主帅。

标识、掩体。一方在左手臂上缠上一条旧布带，就与对垒的另一方区别开来，避免了双方较量时误打误撞。

确定主帅、完成分组、选定警卫、搞定标识，红黑双方约定好比赛时间，在双方主帅带领下迅速散去。

掩体是比赛双方保护自己、"消灭"对方的天然屏障，农舍、附近的小树林、斜坡都是不错的掩体。

武器性能。掩体管得了一时，管不了长远。无论你猫在山坡下、躲在墙角边、倚仗小树林，对方依然可以向你发起攻击。这时手中武器的射击距离和精准度就发挥作用了。

当双方于相距 8 米处同时开火时，对方的子弹如能打过来，己方的子弹在途中就坠地了，己方便明显处于劣势。当双方于相距 5 米处同时开火时，己方的精准度好，一枪击中对方，己方便赢得了一对一较量的胜利。

奔跑能力。武器性能好，可以更有效地消灭对方。武器性能弱，如果奔跑能力强，虽无法击中对方，至少可以不被对方击中而得以自保。

奔跑时，既要直线跑，更要折返跑。随身武器不能丢掉，还要猫腰——直立直线奔跑的一方，更易被对方击中。

规定时间。约定的对垒、较量时间在 30—45 分钟。那时村童们没有手表，看表来掌握时间没有可能。好在村童们对小学一堂课 45 分钟的时长颇有记忆，30—45 分钟的对垒时间也就能估摸出八九不离十。

估摸对垒时间到了，一方主帅会高喊一声"比赛结束"。于是，双方指战员不再猫腰，将手枪、长枪举过头顶，从不同掩体走出来，向出发前地点集结。没有裁判的话，双方会互报被击中情况，比赛结果也就瞬间明朗了。

赢得了比赛的一方会欢呼，输掉了比赛的一方同样兴奋。对双方而言，比赛输赢已在其次，过程中的快乐才最重要。

比赛中使用的胶囊式竹制子弹，速度有限、杀伤力轻微，点到为止。村童们还心照不宣地遵守一条比赛规则：只能射击对方的胸部、腹部、四肢，不能射击对方头部。因而在红黑对垒中，村童们的安全问题是不必担心的。

11. 花样跳绳

　　喜欢跳绳的村童，女性远多于男性。一根绳子，在村童手中脚下，居然可以玩出那么多花样，给村童们带来那么多快乐。

　　准备绳子。跳绳所用绳子，多为苎麻搓成，两端打个死结就可以了。绳子不能太粗重，太粗重了会需要更多手腕、手臂的力量，还浪费了苎麻。绳子也不能太纤细，太纤细的绳子荡不起来。

　　单人摇动的绳子，长度在 1.5—1.8 米，直径约 0.3 厘米。双人摇动的绳子要粗长些，短的有 2—3 米，长的可达 10—15 米，直径也有 0.5 厘米。

　　一个人摇动绳子也好，两个人对向或同向摇动绳子也罢，都能玩出可心的花样来。

　　单个村童双手摇绳时，有双手交叉、单脚起跳、两摇一跳、三摇一跳，双人同跳等众多花样。

　　简单跳绳。双手各执绳子一端，同时摇动绳子，弧形的绳子从背后绕过头顶，在即将到达脚底的瞬间，村童双脚起跳。绳过脚落。绳子继续摇动，双脚继续起跳，这是最简单的跳绳方法。

　　双手交叉。掌握了基本跳绳方法后，就可以尝试着手势变化。当弧形绳子从背后绕过头顶，下落到齐肩高度时，迅速交叉左手、右手。在交叉左手、右手的同时，弧形的绳子变成了领带结式。在绳子即将到达脚底的瞬间，村童双脚起跳。跳绳的村童，双手交叉——双手展开——双手交叉，如此这般，如同在编织一幅美丽图案。

单脚起跳。绳子从背后绕过头顶，即将达到脚底的一瞬间，弯起一只脚，另一只脚单脚起跳。绳过脚落，绳子继续摇动，单脚继续起跳。

单脚起跳，多是左脚、右脚交替起跳。这种跳绳方法比较省力，一口气跳上个百十来次不是什么难事。在速度跳绳比赛中，选手们多采用这种省力又快速的方法。

也有持续弯起一只脚，另一只脚间断性起跳的。这种单脚起跳，身体难以平衡，起跳脚很容易疲劳，跳上个 10 次、20 次就让人直喘大气。

两摇一跳。在双脚起跳、尚未着地的瞬间，双手快速摇动绳子，让绳子两次通过脚底。它需要手、脚、绳的精准协调，是力量、速度、技巧的融合。有的村童将双脚起跳一次、绳子通行两次，升级成单脚起跳一次、绳子通行两次，让旁边的伙伴们大饱眼福。

两摇一跳，有经验的村童可以持续十来次。而如此持续百十来次则很少有村童能做到。

三摇一跳。顾名思义，双脚起跳一次，绳子通行脚底 3 次。这种玩法难度更大，只有极少数村童偶尔能完成一两次。

双人同跳。这种玩法要轻松许多。一位村童双手执绳，另一位村童对向或同向近距离站立。当绳子即将到达脚底的瞬间，两位村童同时起跳。

只要两人配合默契，跳上几十上百次也不是一件多难的事情。与执绳者同跳的那位村童，可以轮换：张三跳上几次后迅速撤离，李四立马猫进去同跳。在这一出一进中，村童们咯咯的笑声和绳子着地时轻轻的响声奏响了一曲欢乐的乐章。

双人摇绳。绳子可以一个人独自摇动，也可以两个人合作摇动。两个人同向摇动短一点的绳子，边摇边跳。两个人对向摇动长绳子，摇绳子的人不动，其他人依次进入，依次起跳，或多人同时起跳。

同向摇绳。两位村童肩并肩站立（同向站立），左边的村童用左手抓住绳子一端，右边的村童用右手抓住绳子另一端。两位村童同时摇绳，同时起跳，煞是好看。

对向摇绳。两位村童于七八米开外对向站立，各自抓住 10—15 米长绳的一端，一起发力，将长绳摇动起来，其他村童随着摇动的长绳来翩翩起跳。

张三进去跳啊、跳啊，跳上十次八次就退出来，李四接着进去跳啊、跳啊，如此这般轮番起跳。还可以张三、李四、王五、孙六鱼贯似地进去，七八位甚至十来位村童同时起跳，那场面可壮观了。

有调皮的村童边起跳边原地转圈，有搞笑的村童边起跳边做鬼脸。跳绳者快乐开心，旁观者也捧腹大笑。

摇动绳子的活儿，村童们会轮换着来。大家分享着跳绳的快乐，也承担着游戏的义务，在欢声笑语中不知不觉地成长。

跳绳比赛。除了创新跳绳花样，还可以进行跳绳比赛。跳绳比赛主要是速度比赛，看谁在规定时间内跳绳次数多。没有手表时钟没关系，推选出来的裁判一声"开始"，村童们便绳舞脚跳，嘴里数着"1、2、3……"地快速计数。约摸一分钟后，裁判一声"停"，各自报告跳绳次数，输赢便有了结果。

速度跳绳的最佳方法，当属单脚交替起跳法。多数村童每分钟可以起跳 70—100 次。敏捷的村童一分钟可以起跳 150 次以上，牛着呢。速度跳绳比赛中，参赛者左脚右脚似蜻蜓点水，离开地面的高度甚微，整个身躯略略抖动，双手快速地挥舞绳子，像被笼罩在一个透明的大水泡中。

12. 轴承小车

20 世纪 80 年代前，机动车在乡村很是稀少。一个生产队能有一部东-20型拖拉机，就足以让百十位村民兴奋了。

神奇的拖拉机。记得 1980 年前后，一辆载重 4 吨的东风汽车，计划价格是 1.7 万元人民币。一部东-20 型拖拉机，计划价格在 5000 元左右。

生产队购买拖拉机，需要三者俱全：一是指标，二是钱，三是驾驶员。

三者中，指标最难。在计划经济年代，布匹、香烟、肥皂、火柴等生活用品都是凭票供应，供应额度与实际需求之间总有缺口。像汽车、拖拉机这样大宗物品，更是紧俏货。指标靠申请，第一年未果则第二年接着申请。指标还要靠多汇报多游说——向生产大队（现在的村委会）汇报，到公社（现在的乡镇）去游说。

争取到宝贵的指标后，生产队需要将购车款准备妥当。几十年下来，生产队或多或少积攒了一点集体积累——生产队按年上交公粮，粮站按定购价支付一定费用给生产队，逐年汇总下来就成了生产队的集体积累。

公社有拖拉机站，可以代为培训拖拉机手。争取到指标后，生产队会挑选出两名文化程度较高（高中或初中毕业）的年轻人，到公社拖拉机站接受培训。培训一段时间（3 个月左右）后，参加地市组织的资格考试，考试合格的人就成了具备资质的驾驶员。

生产队里的拖拉机手将崭新的"铁牛"开回来，停放稳当后，队里男男女女、老老少少都放下手里活儿，围拢过来，摸摸金属壳，摸摸大轮胎，满脸是幸福的微笑。

有了拖拉机，原来由村民承担的肩挑稻谷、背扛小麦等重体力活儿，水牛牵引的耕田耙地活儿，一部分就转给拖拉机代劳。除了省心省力的优点，拖拉机更有劳动效率的优势。一台东-20 型拖拉机载重量在 0.5—1 吨，相当于 8—16 位壮劳动力的负重量。负重状态下行进速度，拖拉机是壮劳动力的 3—5 倍。

自制的轴承车。拖拉机的神奇、拖拉机手的牛气，激发了村童，尤其是男性村童对车辆的向往。自己动手，制作一部属于自己的小车，是众多男性村童的梦想。

当然，这种小车只能是无动力三轮玩具车。

制作一部三轮玩具车，需要 3 个轴承和些许木材的边角余料。轴承最难弄到，有了轴承，其他都不成问题。

3 个轴承，最好是 1 大 2 小，大轴承放置在小车前面，两个小轴承置于小车后部。村童所使用的是工厂机械车间中出现了大小故障而被淘汰下来的轴承。这些被淘汰下来的报废品，要么是滚珠出现了破损，要么是滚珠保护片出现了断裂，它们不能继续用于车间生产，制作玩具车却足够胜任。

对村童来说，若是家里有亲戚朋友在城镇工厂的机械车间上班，就有机会弄到这些报废的轴承。

轴承在手，村童就可以开工制作小车。一个底盘、一个方向把手、一长一短两个轴承连接杆，都是用木材来完成。

一个底盘。一块长约 50 厘米、宽约 30 厘米、厚度在 0.8 厘米左右的长方形木板，就是小车的底板。没有整块木板的话，找来两三块小木板拼凑并固定好，也能管用。

一个方向把手。在底盘前端中央，凿开一个直径 5 厘米左右的圆孔，用于穿过方向把手的连杆。用木条、木杆制作出小车方向把手，外观与自行车把手大体相似。上端是把手，中间有穿越底盘圆孔的连杆，下端似音叉，"音叉"的两脚落在前轴承上。

一长一短两个轴承连接杆。将两个轴承固定在一根 35 厘米左右的长木杆的两头，它们构成了小车的后轮部分。大一点的轴承固定在一根 3 厘米左右长的短木杆上，短木杆与方向盘下端"音叉"的两脚连接好。

有了这些，一部前仰式、正三轮轴承玩具车就成型了。为便于放置双脚，村童会在底盘前端的两头，横向固定七八厘米长的木条。

看花容易绣花难。貌似简单的一部轴承小车，着实让村童们费神费心费力一番。对称性、平衡性、稳固性，都需要考虑到。凿孔、锯短、刨平、连接，木工活儿几乎全用到了。一不小心，手指被锤打出青紫色，踏踩木条的左脚被锯开了小口子，是常有的事情。

玩味的轴承车。造车辛苦，造车后的玩耍挺愉悦。轴承小车，可以一个人自娱自乐，更可以引来众多村童集体分享。

自娱自乐。选取一段较为光滑的坡路，坡度不宜过大。轴承小车车头朝坡下方向放置，村童一屁股坐在木板上，双手握住方向把手，左右两脚划桨式地蹬踏地面后迅速收回，放置在车前脚踏处。借助重力作用，轴承小车向下加速滑行。村童要做的事情，就是把持好行进方向。小车滑行到平缓地带后，朝一边缓缓扭动方向把手，小车划出一道弧形，就慢慢停了下来。不用耗费柴油、汽油，就能享受到驾驶乐趣，这种感觉让村童很享用。

集体分享。一部小小的轴承车，可以同时承载两名村童。后面的村童会抱紧前面的伙伴，悬空抬起双腿，或是将双脚搁置在同伴的脚上。双人坡路滑行，比一个人滑行更刺激更来劲，虽则胸贴背，虽然脚上脚，笑声却更响亮、更酣畅。

在平路上，村童们就交替坐车、交替推车。坐车的高兴，推车的也有盼头。可以一人坐车，另一人推车，也可以一人推车、两人坐车，反正推车消耗不了多大的气力。

13. 双人狮舞

　　在丰收年，冬月（阴历 11 月）末、腊月（阴历 12 月）初，村子里会扎狮头、狮身，然后选出几名手脚敏捷的中青年男子，到本村，甚至临近的村子，挨家挨户地表演单人、双人狮子舞，以示喜庆，也期盼来年风调雨顺。

　　青黄难接的五六月，有衣衫褴褛的老年夫妇走村串户。老汉套上一个貌似狮子头的装束，在农家门前左右摇晃、上下摆动一番，引来村童驻足观看。房屋主人出来后，老年妇女双手微微合拢，做恭喜发财样。房屋主人明白，这是他乡异村的同胞因为庄稼收成不好、饭不够吃，出来乞讨粮食来了。进得屋去，出得屋来，葫芦瓢里盛着些许大米，房屋主人将粮食倒进老年妇女的旧布袋子里。老年妇女自然是感谢个不停，老汉拼足力气，继续舞弄一番狮头，便转向下一家农户。

　　无论是村子里喜庆时的奔放的狮舞，还是外乡老人乞讨时狮头的摆动，都能让村童们张大双眼，流连观看，满足了村童们的好奇心。

　　腊月一到，小学就放假了。一穿就要管上几年，甚至十几年的棉袄，开始裹在村童们身上。在寒冷天气里，有村童模仿起那奔放的狮舞，摇晃起属于村童的双人狮舞来。

　　准备舞狮的两位村童，脱下身上的棉袄。准备扮演狮头的村童，将棉袄领口处扣上，头顶棉袄后背，脸部嵌在棉袄上端圆孔处，左手右手捏住棉袄的左袖、右袖，交叉抱住脑后部位。扮演狮尾的村童，低头猫腰，双手扶住同伴下腰处两旁，将自己的棉袄搭盖在身上，也部分地重叠在同伴的棉袄上。

道具有了，起始动作也准备好了，还得有音乐伴奏不是。耳熟的"呛——呛——呛——，呛呛里格呛，呛呛呛，呛呛呛，呛呛呛呛呛"从村童嘴里发出，虽没有锣鼓的气势，却足以让两位村童保持一致的节拍和必要的兴奋感。

村童们的双人狮舞，主要模仿温顺状态下的狮子，偶尔也会激情演绎一把张口站立、愤怒凶悍时的狮子。

慢移脚步、晃头晃脑，温顺的狮子模样，让围观的村童"咯咯"发笑。挺直上身、昂立狮头，彪悍的狮子模样，令急于躲闪的村童张口结舌。

三五分钟的表演下来，两位小伙伴的额头已微微冒着热气。于是，演员改做观众，围观村童中上来两位，充当第二批演员。

那时的冬日里，村童穿着很简单：上身是一件衬衣、一件棉袄，下身是一条短裤、一条棉裤。

双人狮舞时，褪去棉袄后，村童上身就单单一件衬衣。好在狮舞表演的运动量较大，表演中发热多多，充作道具的棉袄也有一部分搭盖在村童身上，狮舞的村童也就不怎么觉得寒冷。

第四章　小学生活

1. 手抄课本

1966—1976 年"文化大革命"十年，大鸣大放"大字报"、大学习大批斗"大革命"，占去了工人师傅们一部分工作和生产时间。"文革"后期，印刷车间往往来不及完成额定任务。新学期开学后，乡村一些小学的学生也就买不到新课本。

手抄课本。好在老师手中会有一本新课本。上课时，老师一手拿课本，一手拿粉笔，在斑驳的黑板上逐段抄写。讲台下，五六十位学生，有用钢笔抄写的，也有用铅笔、圆珠笔抄写的。有抄在练习本上的，也有使用烟盒背面来抄写。抄没抄错，抄没抄漏，老师不知道，学生自己也不一定知晓。

一堂课 45 分钟，抄写课本占去了一半时间，剩下一半才是正经八百的老师教、学生学的教学时间。老师苦不堪言，学生也受累不小。

不是所有科目都要手抄课本，语文、算术（现在的数学）两门主科是逃避不了的。体育、美术、音乐、劳动，学生可以轻松上课快乐学习，免去了手抄课本的烦恼。

民办老师。那时乡村小学，既有公办老师，也有民办老师。公办老师中有"文革"前的老中专生，甚至是大学毕业生。他们因为这样那样的原因，下到乡村小学任教，和贫下中农子弟们打成一片。因为接受过正规大中专教育，他们中有学识渊博、通晓古今的，有文学功底扎实、琴棋书画无所不通的。当然，也不乏南郭先生之流。

民办老师中也有高人。在水平、能力上，这些高人和公办老师各有所长、不相上下。也有些民办老师的水平实在不敢恭维，念错字、写错字的情况不时出现。在工资待遇上，民办老师不及公办老师的一半。虽如此，一些民办老师一辈子就那么坚守着。

板书功底好的老师，将课本内容抄写在黑板上，如同奉献了一件艺术品。坐在前排、帮忙擦拭黑板的同学，下课后，每每要多看几眼板书才不舍地擦去。

日积月累，一个学期下来，学生将语文、算术课本抄写完了，老师也将两门课程的内容大体传授完了。有毅力、会保存的学生，将手抄本用针线装订下来，成为那段特殊时期的记忆，很多年后仍不愿丢弃。

2. 分组朗读

那时，在乡村小学的语文课堂上，大声朗读必不可少。"熟读唐诗三百首，不会吟诗也会吟"，朗读可以培养学生的语感，锻炼学生开口说话的能力。

指导学生朗读，除了让全班学生一起朗读外，老师还有两种方法：逐个朗读，分组朗读。

逐个朗读。老师在1、2、3、4组学生中，各点取一名学生，这4名学生按顺序来依次朗读。有时是重复朗读——4名学生先后朗读相同的一段课文，有时是接力朗读——下一名学生接着上一名学生的内容来朗读。

分组朗读。一个组为一个单位，按照1、2、3、4组的顺序来朗读。朗读的内容，组与组可以相同（重复朗读），也可以后组接前组（接力朗读）。

逐个朗读，比拼的是学生个人能力，包括嗓音大小、普通话水平、对情节的理解、对语感的把握等。分组朗读，展示的是组内成员的集体力量，包括整齐发音、嗓音大小、普通话水平等。

逐个朗读。被点起来朗读的学生会站立起来，挺胸收腹，手捧课本（也许是手抄课本），眼睛睁得大大的，嘴巴张合得挺夸张的，脑袋偶尔会上下左右轻轻摇晃几下。随着胸腔共鸣、腹腔共鸣，甚或夹杂着鼻腔共鸣，课本上一个个的汉字就变成了抑扬顿挫、高低快慢的发音，小小年纪却略有话剧表演艺术家的风范。

逐个朗读，速度快慢、发音高低尽在个人掌控之中，能够有语感有情感，朗读者对文字段落的理解可以通过语音表达出来。

分组朗读。旁人听到的是声音整齐不整齐、嗓音洪亮不洪亮、咬字准确不准确。对情节的理解、对语感的把握几乎被淹没在集体的声音中。

争强好胜，是孩子们天性。虽然老师不会对每一次的分组朗读评出1、2、3名来，但朗读过后，哪组强一点哪组弱一些，学生心里还是明了的。表现优异的一组会挺直腰杆，满脸笑容，周身洋溢着自豪感。表现欠佳的一组多少会耷拉着脑袋，提不起精神。

领读学生。要在分组朗读中取得优势，需要一名嗓门大、发音准的学生来引领十几位组内成员整齐的嘶吼。

每个组都有自己的朗读引领者。这位引领者不是老师"封赐"的，也不是记名不记名投票选出的，他（她）们是在多次分组朗读中自发地脱颖而出的。

逐个朗读时，男生有大嗓门优势，女生有把握情感的天赋。分组朗读时的引领者却几乎由男生担纲，因为他们中气充沛、底气充足、嗓音嘹亮。朗读引领者不仅嗓门大，而且发音比较准确。徒有大嗓门而发音离谱的话，会把组内成员带向错误地方。

一位好的朗读引领者，在分组朗读时能为本组贡献一半的分贝，为分组比赛打下了基础。但组内其他成员的力量也不容低估，他们需要扯开嗓门来朗读，整整齐齐地发音。

组内成员发音不整齐的常见表现是，一拨人比另一拨人领先半个到一个字。于是，大家阵脚渐乱，越读越没有信心，越读越缺乏底气。不仅是发音不整齐，声音也渐渐稀疏起来。此时，如果其他组的同学们起哄一笑，朗读者自己也觉得哭笑不得了。

3. 小学比武

那时，学校与学校之间的比赛不多。在一些地方，乡村小学仅仅开展"一文"（算术竞赛）"一武"（乒乓球比赛）比武活动。

比武活动由公社（现在的乡镇）文教组负责张罗，一两年组织一次。两项比武一天时间内在同一所小学完成，上午比武，下午颁奖，省去了学校和学生的诸多麻烦。

比武办法。每所小学可以选派 9 名选手，其中 3 名毕业班学生参加算术竞赛，3 名男生与 3 名女生参加乒乓球比赛（乒乓球比赛不限定年级和年龄）。

算术竞赛比试的是选手们在两堂课时间内（90 分钟）对相同试卷的解答能力。回收试卷后，阅卷老师马不停蹄对照标准答案开始评分，然后根据选手们得分情况，确定优胜个人名单（一般取前 6 名）和团体排名。

乒乓球比赛分男、女两组。抽签后，选手们捉对厮杀，逐一淘汰，决出男子组、女子组各前 6 名。依据选手排名和所在学校情况，累计得出学校团体得分。

选手的选拔与组成。"一文""一武"比武活动，公社范围内十几所小学都很重视，并积极派学生参加。各个学校参赛代表都是先行进行内部比赛、内部选拔后的优秀学生，代表了本校的最高水平。

轮流做东。考虑到地域的便利性，比武地点主要在几个中心一点的小学轮转。那时小学没有校车，学校即使掏得出钱来，市面上也无车可租，各个学校带队老师、参赛选手都是步行赶往比武地点。

喷香的午餐。中午时分，东道主小学为参加比武活动的 200 多名师生准备了免费午餐。在简陋的小学食堂里，支起两口硕大的铁锅，一锅蒸出飘香馒头，一锅煮出鲜肉蛋汤。

师生们排着长队，轮到自己时，一手接过两个馒头，一手端起一碗鲜肉蛋汤，在教室里的桌椅旁，三下五除二就将午餐填到肚子里。在那馒头就是美味、肉蛋汤更是稀罕的年月，两个馒头一碗肉蛋汤，着着实实能让师生们美美享用一番。

算术竞赛、乒乓球比赛结果一出来，就张榜公布在学校里最显眼的地方。然后就是整队集合、准备颁奖。伴随着学校高音喇叭传出的欢快进行曲声，获得团体奖项的学校代表上台领取奖状，获得个人奖项的学生上台领取奖品。算术竞赛的优胜者，可以获得钢笔、笔记本。乒乓球比赛的优胜者，有乒乓球拍和整筒乒乓球。

那手写有获奖等级、盖有鲜红印章的笔记本，有些同学舍不得使用，细心保存起来，留作纪念。比武结束、回到各自学校后，优胜者带回来的钢笔、乒乓球拍等奖品，令同班同学羡慕不已。

4. 农场劳动

那时，不少乡村小学拥有自己的小农场。

小小农场。农场是学校发动师生年复一年地开荒造田造地造出来的。有的田块地块就在小学操场旁、教室后，有的地块田块在距离小学五六公里外的荒山下、湖汊边。

在面积上，大一点的小学农场有 50—100 亩，小一点的也有 30—50 亩。

小小农场，给学校带来了两方面的便利：一是小学生学农有了稳固阵地，二是学校借此可以对民办教师给予一点贴补。

学校农场的田块地块，一年只种植一季作物，一般是水田种稻谷、旱地种小麦（或芝麻）。

农场远离学校本部的话，学校会搭盖两间简易砖瓦房，请来一对五六十岁的中老年农夫农妇负责看守农场，也负责为作物除除草之类的活儿。播种、收割、脱粒，这类需要众多劳动力的活儿，靠学校师生集体突击来完成。

农场劳动。到了麦种麦收、稻种稻收的时节，学校会通知 4 年级、5 年级的学生（那时小学是 5 年制），分别参加一天生产劳动。

在劳动那天，学生自带工具、自带干粮，早上 7 点在学校门口集合，列队向校外农场进发。

远离了课堂，同学们显得格外兴奋。行走在田埂地边，听高低蝉鸣，闻阵阵蛙声，间或有蜻蜓蝴蝶随影随身。张三讲述着自己的喜闻，李四分享着自己的乐见，不知不觉，9点前后就来到了农场。

带队老师从看守农场的夫妇那里领受任务后，立马分配到班内小组。明确了本小组的任务，同学们放下肩上的工具，埋头苦干起来。种麦子、种水稻、割麦子、割水稻，这些活儿对农村小学生来说可谓轻车熟路。

中午1点左右，在老师的号令下，同学们从田里地里摸爬上来，一屁股坐在田头地边，开始自己的午餐。

自带午餐很简单，一个布袋子里装有两只对扣着的陶瓷碗，碗里大多只有米饭和一点辣椒渣或腌菜。若是哪位同学饭碗里出现了小鱼小虾，同组同学算是有口福、有打牙祭的了。

喝水也不麻烦。用罢午餐，就着水塘、水沟里的水，荡涤一下饭碗，到农场瓦房里，从大水缸中舀上大半碗水，咕噜几下。打小就喝生水长大的农村孩子，有着较好肠胃功能，他们很少因为饮用生水而闹肚子。

午餐用罢，水也喝了，接着劳动呗。持续到下午5点左右，带队老师哨声一响，全体都有了，收拾工具，带好空碗，列队回家。没有完成的活儿，第二天由其他班上同学接着劳动。

在回家路上，同学们没有了前往农场时的那般兴奋与精神。毕竟，一天的户外劳作足以将同学们的体能储备消耗得差不多。

一年4次、一次1天的农场劳动中，地里活儿比田里活儿简单一些——不用卷起裤腿下到水田中，不用承受蚂蟥的侵扰。收割活儿比播种活儿更容易激起同学们的劳动热情。

4天农场劳动，有3天是在学期内，还有1天是在暑期的8月底。农场多选择种植一季中稻，中稻在8月底成熟、收割。虽是假期，小学生们还是很踊跃参加这一次农场劳动。在同学们心里，学校也是自己的家，参加学校农场劳动，为学校做贡献应当应分。

农场收成。学校农场的作物，断然比不上生产队里的精神。由于缺乏足够的田间地间护理，化肥啊、农药啊、灌溉啊，几乎全被省略了，因而亩产量上大打折扣（约生产队里的一半水平）。

收割回来的麦子、稻谷、芝麻，学校请附近农民兄弟帮忙脱粒干净。少量的留作来年的种子，少量的用于支付农民兄弟的劳动，以及中老年夫妇看护的辛劳。剩下的分给民办老师，来补贴他们一年的辛苦。

5. 积肥比赛

庄稼一枝花，全靠肥当家。生产队里开展积肥运动，乡村小学也鼓励同学们开展积肥比赛。

在学生中开展积肥比赛，既培养了学生们热爱劳动的观念，强化"比学赶帮超"的竞赛意识，也能够为学校农场的作物提供一些农家肥料支持。

学生积肥比赛。每个小班制作一张积肥进度图，张贴在教室侧面墙上。横坐标是50—60名同学的姓名，纵坐标是积肥量（单位：担），由班上的劳动委员负责更新维护。

两个筼箕为一担，满满一担肥料计作1.5担，平平一担计作1担，半担算作0.5担。

猪粪、牛粪、草木灰、腐熟好的稻草，包括黑乎乎的淤泥，都是可以收罗的肥料。早上上学时，小学门口有一道独特风景线：一些斜挎书包、肩挑肥料的学生，夹杂在到校的大部队中。

每名同学一般需要两三周时间才能送一担肥料到学校。肥料不似黄土，不是说有就有的。

看着积肥进度图上的个人积肥量慢慢往上冲，学生们特有成就感、自豪感。在学期末，学校会进行评比，积肥先进个人、先进班级能获得一张小小的奖状。那一张手写的奖状足以让班级和个人雀跃与欢呼。

送到学校的肥料，被暂存在操场一角。堆积到一定数量后，被运往学校农场，增加土壤肥力。

家长默默支持。庄稼生长，靠阳光靠水分靠肥料靠温度。在那个年月，庄稼所需肥料主要是农家肥。生产队需要农家肥，农户上交生产队来换取工分需要农家肥，农户自留地里需要农家肥，小学积肥比赛，学生需要农家肥。有限的肥料，众多的需求，家长在几者中艰难地平衡。

学生的事，再小也是大事。自个自留地里的事、上交生产队换取工分的事，经由家长掂量、权衡后，都成了小事。多数家长支持学生积肥比赛，唯恐自家孩子落在后面，淳朴善良的父母们用默默的牺牲履行着"再穷不穷教育，再苦不苦孩子"的观念。

6. 鲁迅鲁速

记得小学时，一位民办老师带领学生朗读"鲁迅论《水浒》"，将"鲁迅"误读成"鲁速"。步入初中后，学生发现小学老师讲授的是错误的：只有文人鲁迅，还有就是三国时期东吴名将鲁肃。估计是那位老师"迅""速"不分，才创造了"鲁速"一说。

教错了字的老师。那时的乡村小学，民办老师的水平参差不齐。有的民办老师勉勉强强才完成初中学业，文化程度本来就不高，如果又不愿意勤翻字典多核实，或多多请教同校有经验老师，一旦走上讲台拿起课本时，教错字、说错话就不是什么稀奇事了。

"鲁迅"念成"鲁速"，确有些离谱。那时，少数民办老师将"沆瀣（hàng xiè）一气"念成"抗瀣（kàng xiè）一气"，"狭隘（xiá ài）"念成"狭益（xiá yì）"，"参差（cēn cī）不齐"念成"参差（cān chā）不齐"，"拈（niān）花惹草"念成"沾（zhān）花惹草"，"哺育（bǔ yù）"念成"抚育（fǔ yù）"，"果脯（fǔ）"念成"果谱（pǔ）"，等等，倒不稀奇。

语文老师念错字教错字，乡村小学有，城里小学也有，只是乡村小学出现的几率大一些。

青胜于蓝的学生。师傅出错，可能会小小地误导弟子一番，但并不能左右弟子的成长。在师资力量并不见长的乡村小学，依然有优秀学生步入初中，完成高中，最终走向了清华、北大的殿堂。这些学子一定是吸收了老师的精华，通过字典或其他途径规避了老师教学中偶然的错误，至少在应试水平上已经超越了他们的老师。

教错字说错话的老师，若干年后，仍或浅或深地留在了学生们记忆里。全班几十号学生摇头晃脑，跟着老师集体朗诵"鲁速论《水浒》"的场景，成为他们想起就会忍不住捧腹大笑的一段回忆。

7. 尽职校工

那时，有的乡村小学会聘请一名校工，校工的身份是临时工。通过比较、筛选后，留下来的校工有的一干就是几十年。

不可或缺的校工。校工基本上是男性，承担的事情一抹带十杂。干的活儿大体相当于现在的门卫、白天安保、夜间安保、食堂师傅、敲钟师傅、菜地管理员、学校保洁员等七六个人做的事情。

下午放学后，学生们陆续离开校园。公办老师回到自己住所，民办教师回到农村家中。锁好校门后，偌大教学区域就只剩下校工一人。

天蒙蒙亮，校工已穿衣起床，拿起扫把，将校门、操场、走廊等打扫得干干净净，迎接到校的师生。

早中晚的非教学时间，校工还要去井边挑水。学校食堂那硕大的陶瓷水缸，要满足大几百号师生白天饮水和老师午餐用水的需求。非教学时间，校工还要到操场边去侍弄菜地，那是二三十位老师午餐的青菜的来源。

在教学时间，敲钟上课、敲钟下课，校工忘记不得。不少学生都巴望着下课，冲向操场去玩耍，也有学生等待着敲钟下课，冲向厕所去解决内急。在敲钟的空当，淘米煮饭，摘菜洗菜，烧菜炒菜，老师的午餐要在 12 点之前准备妥当。

午餐后，便是刷锅洗碗、准备柴火。更勤勉的校工，会用涮锅水、淘米水，连同剩菜剩叶，饲养一两头生猪，待年底宰杀后为教职工整点福利。

尽职尽责的师傅。有一位姓陈的男性校工，在一所小学从 18 岁干到 60 岁才离开。其间，陈师傅结婚生子，儿子成家，陈师傅当爷爷，42 年弹指一挥间。

陈师傅身高 1.75 米，国字脸，见人三分笑。他不抽烟也不喝酒，一天十几担水不在话下，还能纳鞋底做衣服。风和日丽的正午、夜深人静的时候，陈师傅找来碎布，操持剪刀，手捏细针，精美的上衣下裤、扎实耐穿的布鞋，从他手中缝制出来。

那时小学，周一到周五上整天课，周六还有半天课。忙乎完周六的午餐，收拾完灶台锅边，下午陈师傅就可以赶往十几里开外的家里，和妻儿老小短暂团聚。

做好的衣服、纳好的鞋子，放在斜挎着的包袱里，肩上还有满满一担学校厕所里的粪便，陈师傅就这样肩挑步行回家。

一名默默无闻的校工，如同一台机车上不可或缺的部件。他在学校时，师生们不一定能感受到他的作用。一旦他哪天生病缺勤时，师生们才体会到他不在是多么的不便。

8. 脚踏风琴

一所乡村小学如果配备了一台脚踏风琴，它可能就是学校开设音乐课的唯一家当。20 世纪 70 年代，一台脚踏风琴价格约 500 元，近乎是一名小学公办老师一年工资，脚踏风琴也因此成为乡村小学最昂贵的教具。

脚踏风琴与音乐简谱。脚踏风琴，形如钢琴，但没有钢琴那么多按键。多数脚踏风琴是 36 个白色按键、25 个黑色按键，白色是整音阶、黑色是半音阶。

那时乡村小学普及音乐简谱，1、2、3、4、5、6、7 依次发音为哆、来、咪、发、嗦、啦、西。上面加点为高音，下面加点为低音。那时的歌很多是音乐简谱标识。五线谱，乡村音乐老师不教，学生们也不会。

乡村小学多没有专职音乐老师。和美术课、体育课、科技课等一样，音乐课也由语文、算术老师来讲授。如果哪位老师有点音乐功底，又热爱弹琴唱歌，那么音乐老师就是他（她）了。

与音乐简谱配套，代课老师在脚踏风琴每一个按键上标注了对应音阶（1、2、3、4、5、6、7 之类）。有了标注，老师操控脚踏风琴时得心应手了许多。

东家煨汤，邻居闻香。一个班一个星期才轮到一次音乐课，脚踏风琴也就一个星期光临一个班一次。轮到本班上音乐课时，趁着课前 10 分钟休息，班里 4 名大块头一点男生就会跑向老师办公室，将静候在墙角边的脚踏风琴小心翼翼地抬起，再"嘿咻嘿咻"地抬至本班教室的讲台边。

有了脚踏风琴伴奏的音乐课，总能让小学生们倍感轻松和快乐。不仅本班同学能欣赏到悦耳的风琴声，隔壁左右，甚至全校学生都能耳闻到那悠扬的乐声。

音乐老师手按键盘，引吭高歌。伴随着风琴声，一首首歌曲留在学生们脑海中。《打靶归来》《在希望的田野上》《团结就是力量》《浏阳河》《南泥湾》《北京的金山上》《让我们荡起双桨》《我的祖国》《绣金匾》等经典老歌，乡村孩子们都能来上一段两段。除了这些经典老歌，也少不了"文革"那个特别时期的歌曲。

瞅准机会来亲近风琴。看着老师的手指在键盘上轻巧地跳跃，听着美妙音乐随老师双脚交替踩踏而缠身绕梁，同学们对风琴的好奇心与日俱增。学校对风琴看管得较严，除却了代课老师，其他人不让触碰。

同学们还是能找到机会来满足好奇心。在风琴抬进了教室而老师还没有赶来的一两分钟空挡，一些心急的同学就会冲到风琴旁，展示"一指禅"功夫，用食指在键盘上随机按压起来。张三在按压，李四要表现，王五要过瘾，风琴消受不起，不知道该接受哪一位指挥，只能发出杂乱无章的声音，引来同学们哈哈大笑。

9. 钢轨铃声

那时，乡村小学里有手表的几乎是公办老师。手表产量有限，价格也就相对昂贵。记得那时的国产手表中，上海产"宝石花""上海"120元一只，武汉产"武汉"55元一只。南京产的一款9钻手表便宜一些，一只也要33元。一只手表需花费一位工薪族一年的积攒，这还在其次，主要是手表要凭指标购买，准备好了钱，没有指标还是白搭。

铃声响齐作息。小学要正常运转，少不得作息时间表。学生们没有手表，也就不知道几点几分。靠学生来掌握上课时间，显然没有可能。于是，校园铃声应运而生。

20世纪六七十年代，校园铃声只能依靠人工敲打。在中国，20世纪80年代初才有电铃，程控电铃更是20世纪80年代中期的事。

校园铃声要求清脆响亮，能传送到校园每一个角落。乡村小学找来小水桶般口径大小的铁钟，悬挂在坚固的房梁上。铁钟正中悬有一个小铁锤，小铁锤下系有粗绳。手拉绳子，摆动小铁锤，小铁锤间断性地撞击钟体，就能发出金属声。

因为是铁制的，敲上几年十年后，钟体就出现了裂损。裂损后的铁钟，发出的声音明显低沉微弱了。

废钢轨新用途。经过多方联络，学校觅得一段一米左右的废弃钢轨，用粗铁丝穿过钢轨上的螺丝圆孔，"1"字样稳稳悬挂在房梁上，下端留至如成年人高。手拿一把小钉锤轻轻敲击这种工字型钢材，不仅音质清脆，而且声音洪亮。感觉得出，在发音上，钢质的比铁质的占优。

到点敲钟的活儿，由校工师傅承担。学校争取来指标，为校工师傅买一只便宜点的手表，这只手表便与学校作息时间联系在了一起。不用担心这只手表的准确度，校工师傅每天晚上会通过收音机与北京对时。

校工手头的事情多多，但从没耽误过师生们按时上课、到点下课。在这方面，尽职的校工并不逊色于现在的程控电铃。

"呛——，呛呛。呛——，呛呛。呛——，呛呛"，是下课铃声，它节奏舒缓，预示着放松。"呛呛，呛呛，呛呛"，是上课铃声，节奏稍显急促，提示学生们立马归位，准备上课了。

一项活儿，认认真真做个十来年，就成了专家。即使是敲击钢轨这小小的事情，校工师傅也用心揣摩，把它做到了极致。40年过去了，校工师傅那和善的面容和敲击的身姿犹在眼前，敲打出来的钢轨声音仿佛还在耳边回荡。

10. 学生领操

广播体操，易学易会，便于推广，受众广泛。我国第一套广播体操始于 1951 年，2011 年升级为第 10 套。20 世纪 70 年代的乡村小学，普及的是第 5 套广播体操。

记得那时第 5 套广播体操有 8 节，历时约 5 分钟，包括：上肢运动、冲拳运动、扩胸运动、踢腿运动、体侧运动、体转运动、腹背运动和跳跃运动。

广播操。小学的广播体操时间，在上午的 4 节课中间，即第 2 节课后、第 3 节课前。这个时段，容易疲惫、容易犯困，春季尤其明显。

利用 5 分钟时间，全校学生做完一遍广播体操，不仅能消除困乏，而且能舒展筋骨、强身健体，可谓是一种费时少、效果好的体育锻炼。有的小学除安排有广播体操，还安排了眼保健操，让小学生们打下了良好的身体底子。

做广播体操的地点是学校大操场，学生按班级来列队展开。高音喇叭响起，在前奏声中，领操员走上操场前台中央，面向台下学生，随着"发展体育运动，增强人民体质，第 5 套广播体操现在开始"的广播声，台下学生跟着领操员一起做起操来。

领操员。一所小学会预备 3—5 名领操员，领操员是从学生中挑选出来的。作为领操员，要具备三方面优势：一是动作相对规范，二是学习成绩良好，三是得到学生们的认可。有着这些优势的学生，基本上是高年级（四五年级）的佼佼者。

台下个别学生偶尔开个小差、出个小错，不会有什么问题。领操员要是动作出错，就会引起台下学生嗤嗤发笑。

领操员的学习成绩会是比较优秀的。学习成绩不太好的话，站在前台上就少了底气，领操时就缺乏足够的精气神。

领操员还会是拥有较高威信的。得不到学生们的认可，台下学生就有"凭什么该他（她）上台引领咱们"想法，广播体操的效果会打折扣。

给全校领操，是份荣誉，也是压力。那时乡村生活条件比较艰苦，不少学生衣着煞是简单，男生的衣裤更是能够将就便将就。临近夏季，男生多只穿一条短裤、一件上衣。时间久了，短裤下端连接处容易脱线，如果没能及时缝补上，男生的短裤就形似短裙。

有一次，一位男生领操员就遇到了这种尴尬：穿着形似短裙的短裤上台领操，那难受劲就别提了，尤其是做到第 4 节"踢腿运动"和第 7 节"腹背运动"时。好不容易，5 分钟领操的活儿总算结束了，5 分钟的满脸通红慢慢消退了，从诚惶诚恐到如释重负的感觉，想必这位领操员终生难忘。

学生领操，学生做操，场面很是壮观。在这当儿，一些老师站在学生方阵外，跟着喇叭声也一起做操。同样的口令、同样的动作，师生同练，其乐融融，成为留在老师和学生心中美好的记忆。

11. 简易午休

每学年上学期的 9、10、11 月，下学期的 4、5、6 月，我国长江中下游地区的气温适宜，那时一些乡村小学会安排学生午休一下。

家里离学校近距离一点的学生会回家吃午餐，距离远一些的学生要么自带午餐，要么在学校食堂搭伙。

自带午餐也好，在学校搭伙也罢，基本上就是一碗米饭。搭伙相对幸福些，吃到嘴里的米饭总归是热乎的。心细一点的家长，会为学生准备些许下饭的菜，多是腌萝卜、雪里蕻之类的腌菜。

桌凳上午休。午休时段在 13 点到 14 点之间。午休没有定式，学生或躺在桌上凳上，或趴在桌上，全凭两位同桌协商。

趴在桌子上午休，各占各的空间，各坐各的凳子，睡姿比较优雅，今天如此，明天照样，同桌的两位女生基本上采取这种办法。弊端呢，枕着头部的胳膊会酸胀，双腿双脚也容易发麻。发麻后的双腿双脚，似乎已不属于自己，似棉花般软弱，全然没有力量，得用手掐捏好一阵子才能慢慢缓过劲来。

躺在桌凳上午休，可以避免胳膊酸胀、腿脚发麻，只是睡相上难看一点。多数同桌的两位男生更多地选择了这种实用型办法。

躺在桌子上的要舒坦些，道理摆在那儿——桌子比凳子宽。一条窄窄的凳子上，不管是仰躺还是侧躺，都是个功夫活儿。躺着躺着，人从凳子上掉下来，再正常不过。好在凳子离地不高，人也就摔不坏。同学们接着翻身上凳，该怎么躺则继续怎么躺。

即使是男同学，也不会全身趴在凳子上。那样的话，特像猫啊、狗啊的，男同学虽不怎么怕被笑话，脸上终归会有些挂不住。

躺在整条长板凳上还算幸福的。有的同桌只有高低不等的两个小板凳。在这样两个凳子上躺着，除了要经受住宽度考验，还要经受住平整度考验。

高年级督导。学校会安排有高年级学生干部轮流督导午休。两名督导员戴上红袖箍，放轻脚步，逐一巡视各班午休情况，填写在秩序记录本上。偶有调皮捣蛋、自己不睡则别人也甭想睡的学生会被督导员请到教室外走廊面壁 10 分钟，然后才能回到教室。

在午休的一个小时中，同学们有迷迷糊糊、浅睡眠的，有深度睡眠、流着哈拉子的，也有闭着双眼、脑袋想事的。有一点相同，那就是都得闭上眼睛和嘴巴。

午休后，下午上课时，同学们的精神状态不错。午休的潜在效果是：正在长身体的少年儿童，适度的睡眠让他们今后能长得较高、较强壮。

第五章　儿时美味

1. 灰色栗糕

在长江中下游丘陵地区，一些荒山上稀稀拉拉地生长着一种野生栗子树。这种扎根于石缝中的栗子树，十多年树龄后也只有两三米高。地上一米左右是树干，再往上就是树丫套着树丫。树虽不高，却有着如广玉兰般厚实而光滑的树叶。

栗子熟了。每年 9 月底 10 月初，枝丫上的栗子就成熟了。没有人剪枝打理，没有人浇水施肥，枝丫上栗子也就少得可怜，两三米高树上只有30—40 颗栗子。如今房前屋后的橘子树上，一个结节处密密挂着三五个果子的现象，在这种栗子树上不可能看见。

挂在枝丫上的栗子只有莲蓬米大小，外壳较薄，呈浅黄色。用牙齿轻轻一咬，就可以撕开外壳，看见里面的浅灰色果粒。

生吃栗子。和板栗比较起来，这种小栗子含水更少、淀粉更多，口感更坚实。它没有板栗那么甜，夹带着丝丝涩味。浅甜、微涩，交织在一起，并不让味蕾难受。

小栗子的充饥效果不错。小伙伴们将栗子去壳，咬食十几颗后，饥肠辘辘的感觉顿时消除，两三小时后也不会有饿的感觉。

制作栗糕。如果采摘到两公斤以上小栗子，就可以带回家，让大人来制作栗糕。

制作栗糕的工序和制作豆腐有些相似。洗净栗子，在水里浸泡一两小时。在石磨上加水碾磨成浆，用粗白布滤去栗壳部分。将过滤后的浆液煮沸，加入少量熟石膏末。舀入干净脸盆中，放置半个小时，栗子浆液就变成了灰色的果冻样栗糕。

用调羹挑起一小块栗糕，送入口中，滑溜清凉感顿时充填口腔，舌尖上传导着有甜有涩的舒服感觉。吞咽入喉，滑爽的感觉很好。

分享栗糕。一家有栗糕，左右邻里齐分享。做好栗糕后，大人会吩咐小孩往隔壁左右送欢乐：左边张大爷家一小碗，右边李婆婆家一小碗，后坡上王奶奶一小碗。送着送着，脸盆里剩下来留给家人吃的栗糕只有一小半了。

相互馈送栗糕，互相品尝栗糕，大人们借此相互交流着栗糕的制作经验。于是，对火候的把握、加放石膏的多少，大人越发娴熟了。

村里的小伙伴们如果挤不出时间来专门去找寻、采摘野生栗子，在上山捡拾落叶、收集做饭柴火时，偶遇到了成熟的野生栗子，他们就会顺手摘下，放进口袋。若是栗子多了，口袋装不下了，男孩们就会脱下外衣，包裹着带回家。

2. 黑肉茭白

那时，没人看管的野湖湖汊里，自然生长着野生高巴（方言，即茭白、莴笋）。

7 月初，小学刚刚结束了一个学年，野生茭白也渐渐成熟了。适逢假期，水温又正好，村里小伙伴们就相约走向几里、十几里开外的野湖去采摘茭白。

个小产量少。野生茭白只有成年人手指般大小，和现在规模化人工种植的食用茭白相比，不仅个头小，而且产量少。剥开来，里面也不是白色，而是如火龙果肉般黑粒白粒地点缀着。

野生茭白可以生吃。下到湖水中，采摘到第一个茭白后，放入口中，咬断，咀嚼，口感松软，有着牛奶般的香甜和滑润。张开嘴来，同行的小伙伴们一看，满嘴内外，都是黑乎乎的残留物。半天、一天后，大便也是黑乎乎的颜色。

就像玉米棒子生长在玉米秆子上，野生茭白也是依托茭白秆而生。野生茭白秆子从下至上有着长而窄的叶片，零星的野生茭白就隐藏在叶片与秆子连接的地方。

10 根野生茭白秆子，只有一两根上能找寻到野生茭白，大部分秆子只有叶片没有果实。即使是结有茭白的秆子，多数也只有一枚茭白。在一根秆子上能发现两枚茭白，就很是幸运。

下饭的菜肴。采摘回野生茭白，15—20 枚可以做成一碗下饭的好菜。切成丝状或片状，下锅煸炒 3 分钟左右，就可以起锅装碗。喜欢辣味的，将少许青椒切成丝状或片状，一起下锅爆炒，又香又辣的青椒茭白丝或青椒茭白片，是村民们争抢的佳肴。

如果家中还藏有少许腊肉的话，村民便小心翼翼地切下 1 两（50 克）左右。薄薄几片腊肉，或细细几条腊肉丝，放入热锅中煸炒出油。有了腊肉点缀，野生茭白丝（片）飘香四溢，口感更加柔和。菜还在锅里，大人小孩就开始吞咽口水了。

3. 鲜美高笋

4 月，湖汊里的野生茭白秆还没来得及展开叶片，整个秆子形如一根细长的春笋。将茭白秆扯回家，剥去层层外壳，留下底部细小的白色部分，就是可以食用的野生高笋肉。

湖里扯秆。4 月湖水还有些寒凉，有条件的村童会穿上连体套鞋来保温。下到膝盖深的湖汊中，身边便是成片的野生茭白秆。水面上，茭白秆的绿色越来越深，伸向空中约摸有半米之高。

弯下腰，一只手找到茭白秆的入泥处，斜向一掰一拉，一根茭白秆就齐根被掰断，拉出水面，整个过程只用三五秒钟。半个小时，便可扯下三五百根茭白秆。

离开湖汊，上得岸去，几十根茭白秆为一组，将每组的顶头部分绞缠，系成一个死结。将绞缠、系节后的茭白秆架在左右肩膀上扛回家，连盛放的工具也省去了。

回家剥笋。用手扯断茭白秆的上半部分，菜刀剁碎了，可以用来喂猪喂鸡。像剥去春笋外壳那样，一层一层剥去茭白秆下半部分的浅绿色卷叶，留下少许白白的高笋肉。说是高笋肉，其实就是茭白秆子里面那一点点嫩嫩的、蜷缩着的叶子。

如成年人大拇指粗的、40—50 厘米长的下半截茭白秆，只能剥出儿童手指般细小、5—8 厘米长的高笋肉。这一根根细长的高笋肉，有着去壳后春笋那样的节节形状。不同于春笋，野生高笋肉的节间距离大一些，拿捏在手也显得软绵绵的。

食用方法。野生高笋肉可以生吃，做成熟食后，味道会更好。在锅中的沸水里，加入高笋肉，浇上一点鸡蛋汁，添加适量食盐，纵使没有食用油，依然是一碗鲜美可口的高笋蛋汤。

如果再有一两条黄鳝鱼，那就更好了。黄鳝的鲜嫩、野生高笋肉的鲜美、鸡蛋的鲜香，三鲜合一，一碗黄鳝高笋蛋汤堪称鲜汤中的上品。

没有鸡蛋，没有黄鳝鱼，那么就爆炒高笋来吃，也很鲜甜味美。火热的锅中放入一点点食用油，30—50 根白嫩高笋入锅，用锅铲拨弄、翻炒三五分钟，就可以起锅，连味精都免了。

4. 喷香野藕

野藕只生长在野湖的湖汊中，也被称作湖藕。

湖汊野藕。历经数千年数万年自然沉积，湖汊底部有着厚厚淤泥，有的深达一两米。深厚的淤泥适于野藕自由伸展。

野藕细长，一支完整的野藕长度可达两米左右。在藕尖、藕身、藕梢3部分中，藕身约占总长的50%，藕梢约占40%，藕尖最短，约占总长的10%。

“藕断丝连”，野藕表现得很是明显。不管是生吃野藕，还是熟食野藕，都是咬成藕段连着丝。藕段分开30—40厘米后，中间几根、十几根如蜘蛛丝般的藕丝依然连接着。藕断丝连现象，在家藕那里已渐渐淡去。

洗净表层的淤泥后，野藕呈现出淡淡的米黄色；煮熟后，又变成草木灰般的颜色。较之家藕，野藕的纤维含量高，淀粉含量少，馨香味更浓。

野藕煨汤。在食用方法上，用野藕来煨汤是一种很好的选择。煨制藕汤需要荤油（以猪油为代表的动物油），素油（植物油）熬不出好的藕汤。

荤油藕汤分为3类：肥肉藕汤、猪骨藕汤、腊髈藕汤。肥肉、猪骨、腊髈，“性情”上不一样。大火煮沸、文火慢熬过程中，猪骨里面的脂肪、骨髓等营养成分渐渐渗出，慢慢融入一小段一小段的野藕中，猪骨熬制出来的藕汤也因此口感绵柔，味道良好。腊髈既有猪骨的优点，又有腊味特有的芳香。与猪骨藕汤比较起来，腊骼藕汤更胜一筹，算得上藕汤中的上品。

没有猪骨，也没有腊骼时，能用肥肉煨制藕汤也不错，只是少了猪骨藕汤的骨髓香味和腊骼藕汤的腊香味道。

南橘北枳。野生湖泊在渐渐减少，野生莲藕也渐渐稀少。于是有人尝试将野藕的根结部分移栽在水田中、鱼塘边。寒冬腊月，下到水田、走进鱼塘去挖藕，挖出来的莲藕已不再是那细长的野藕形状。三五年后，移栽后的野藕与家藕渐渐趋同，变得粗胖而节短起来，味道上也与野藕渐行渐远。煨出来的汤，也慢慢失去了标志性的灰色。

在南为橘，在北为枳。野藕失去了原有生长环境，也就慢慢不成其为野藕了。

5. 酸菜小笋

在长江中下游丘陵地区，除了生长着高大茂密的竹林，还有矮小的野生竹丛。

野竹扫把。这种矮小的野生竹子，最高不过 3 米，最粗也就如成年人食指般大。将两年以上竹龄的野生竹子，用镰刀砍下。十来根野生竹子捆扎在一起，就做成了一个实用竹扫把，清扫马路、整理场子都很管用。

野生竹子杆小、韧劲好，除了扎成竹扫把，还可以用来编织成笕箕、竹篓，等等。

野生小笋。竹大笋大，野生竹子矮小，野生竹笋也就纤细。在三四月份，小笋子从竹丛中破土而出。清明节前后，小笋子的地上部分长得有如手指那么粗、手掌那么长。掰断了，剥去层层外壳，露出淡黄色的笋心，便是可以食用的部分。

将新鲜小笋在沸水中焯一下，除去了丝丝涩味，留下了清香甜美。焯水后的小笋，怎么做菜怎么好吃，仅仅配上腌菜缸里的一点酸菜，也便是酸爽滑口的美味。

酸菜小笋。将小笋切成 3 厘米许的小段，送入锅中爆炒两三分钟。加入等量酸菜，翻炒一两分钟。起锅后，那淡黄色笋段、深绿色酸菜，单是色泽就诱人涎下。送入口中，笋段的爽滑、酸菜的开胃，令人饭量大增。

有条件的，可以加入一两枚土鸡蛋。竹笋的淡黄、土鸡蛋的橘黄、腌菜的深绿，三色相间。还有土鸡蛋的醇香，爽滑开胃。

不仅新鲜小笋特别美味，风干小笋也挺诱人。若掰回来的小笋较多，便将现吃后剩余的小笋在沸水中过水，捞起，风干后收藏。缺少下饭菜时，找来风干小笋，用水浸泡半小时，沥水，配上腌菜，便是风干小笋烩腌菜。若加入几片腊肉，味道会更美。

很少有村童专门去找寻、掰扯小笋子，大多在捡拾猪粪的路上，在采挖猪菜的途中，看见小笋子，顺手掰下。十几根小笋子，就着腌菜，便是一碗下饭的好菜。

6. 辣渣小虾

虾子不仅种类繁多，个头也大相径庭。大的，如澳洲深海龙虾有两三斤重（1000—1500 克），小的，像江虾塘虾，只有指尖长、米粒大小。

虾子种类繁多。只要有水的地方，就可能生长着虾子。江河中、水塘里，有江虾（沼虾）、塘虾（草虾）等淡水虾。深海处、海岸边，有大龙虾、基围虾、对虾、琵琶虾等咸水虾。

近二三十年来，我国长江中下游各省市，还冒出了小龙虾。有学者考证，小龙虾原产于北美洲，是美国淡水虾类养殖的重要品种。"一战"时，日本从美国引进小龙虾，小龙虾在日本得到繁衍和扩散。后来，小龙虾经由日本传到我国。

虾子营养丰富。虾子味美，营养价值高。不用说海鲜行列的咸水虾，单是江河、水塘中的淡水虾，就老少咸宜，深受人们喜爱。江虾、塘虾的蛋白质含量，是鱼、蛋、奶的几倍，甚至几十倍。江虾、塘虾还富含钾、镁、磷、碘及维生素 A 等人体必需成分。

煮熟后的江虾、塘虾，可以连皮带肉一起吃下，不用担心可能有刺卡住喉咙。江虾、塘虾的虾皮可以帮助人体补充钙质，促进小孩骨骼生长，预防中老年人骨质疏松症。

"虾搭"捕捞小虾。将一种叫做"虾搭"的小网兜，绑在一根长长的竹竿上，不用下水，不用沾湿衣裤，就可以到江河边、水塘旁去捕捞虾子。

抬起竹竿，轻轻放入水中，半分钟后，就可以迅速收竿，"虾搭"中或许就蹦跳着几只可爱的小虾。沿着岸边向前走上几步，继续下竿、收竿。一路下来，随身小水桶里慢慢就有几十上百只小虾了。

青黑色半透亮的塘虾，遇热后周身变成橘红色，颜色鲜艳。而青色透亮的江虾，煮熟后呈白色。

和塘虾相比，江虾更洁净一些。将鲜活的江虾放入清水中，半天时间后捞起入碗，放入适量的盐、食用醋、白酒、酱油、香油、香菜、葱、姜，盖上三五分钟，就做成了生鲜呛虾。

简便一点的做法是直接将江虾、塘虾在锅里加水、加盐焖熟。步骤虽简单，味道依然鲜美。

美味辣渣小虾。捕捞回来的虾子数量有限，只够半碗或小半碗的话，同样可以做成下饭的美味——虾子不够量，颗粒状辣椒渣来帮忙。

早些年，我们每个农户都会做上几十斤辣椒渣，来度过蔬菜淡季。制作辣椒渣的工序并不复杂：石磨将大米碾成粉末状，将菜园子里摘下的生鲜辣椒剁成辣椒末，米粉和辣椒末按 3∶1 左右的比例混匀，放置到腌菜坛中，用水封口保存。需要时，从腌菜坛里舀出辣椒渣，锅中翻炒 15 分钟左右，就成了熟的颗粒状辣椒渣。

辣渣小虾，可以炒成颗粒状，也可以煮成糊糊状。

将小虾放置在锅中，3 分钟左右就翻炒熟了。向锅中加入熟的颗粒状辣椒渣，与熟虾一起翻炒几下，装入碗中，就是颗粒状辣渣小虾。半碗虾子半碗辣椒渣，或是大半碗虾子、小半碗辣椒渣时，多做成这种颗粒状。

在颗粒状辣渣小虾的基础上，加少量水，煮沸，辣椒渣和小虾便你糊着我、我黏着你。小半碗虾子、大半碗辣椒渣时，多做成糊糊状。一筷子捞摸下去，大部分是辣椒渣，也能粘上一两只小虾来。

熟的颗粒状辣椒渣很能吸油，有人做过实验：3 两香油倒入 1 斤熟辣椒渣中，顷刻间香油就被"吞没了"，像水被吸入到海绵中那样悄无声息。

　　缺少食用油时，辣椒渣算不得美味佳肴。添加些许小虾后，素菜成荤菜，辣椒渣也"草鸡变凤凰"，给村童带来了美好的味觉享受。

7. 地马齿苋

    乡村有两种马齿苋。一种在水边，成片生长，生命力旺盛，颜色绿绿的，叶片较大、个头较高，称作水马齿苋。每年四五月，有村童将水马齿苋扯起，背回家，用菜刀剁碎了，混在糠粉（谷壳碎末）里喂猪。

    另一种则零星地生长在旱地里，以苎麻地、小麦地、芝麻地等地里较常见，称作地马齿苋。地马齿苋生长较为缓慢，颜色呈紫红，叶片较小，个头也不大。

    采集。每年5—9月，是采集地马齿苋的季节。即将收获苎麻前，苎麻地里是找寻地马齿苋的好去处。轻轻拨开一人高的苎麻秆子，沿着地沟低头弯腰进去，地沟边、苎麻秆旁就能看见那10—15厘米长的地马齿苋。

    采集地马齿苋是件轻松的活儿：一只手贴地捏住地马齿苋根部，往上轻轻一拉，一颗地马齿苋就到手入篮了。

    三四平方米的范围，一般只有一颗地马齿苋。将一亩左右的苎麻地彻底搜索完，能收获百来颗地马齿苋，可以达到一两碗菜量的要求。

    手劈苎麻后，苎麻叶子满地都是，将地面覆盖得严严实实。这时的苎麻地里是找寻不到地马齿苋的。

    同样地，小麦地、芝麻地，也要赶在庄稼收获前去找寻地马齿苋。

    地马齿苋略带酸味，口感爽滑，有清热解毒功效。身处夏热秋燥之时，地马齿苋可谓健康的野生时令蔬菜。

食用。新鲜地马齿苋有两种食用方法：凉拌或做汤。

洗净后，将地马齿苋倒进沸水中焯上一两分钟，除去地马齿苋中的大部分酸味。捞起，放入冷水中降温。再捞出，入碗，加入油、盐、蒜泥，拌匀，一碗开胃下饭的凉拌地马齿苋就成了。喜欢辣味的，会给上一两枚油炸过的干辣椒。

焯水后的地马齿苋，倒入沸水中，和鸡蛋花一起组成了色香味俱美的马齿苋蛋汤。喝上半碗，祛暑解乏，滋润心田。

采集回来的地马齿苋够多、一时半会吃不完的话，可以做成干菜。放入大锅中焯水，捞起，晾晒，收藏起来。菜肴不济时，地马齿苋干菜就可以发挥作用。浸泡后，可以单独炒着吃，可以配上一点腊肉丝调着味来吃，还可以剁碎后与糯米、豆腐混合，做成地马齿苋糯米豆腐圆子。

像狗肉不上正席一样，地马齿苋也上不得正席。在乡村红白喜事中，大块肉可以上正席，鲢子鱼可以上正席，就连煎豆腐、溜藕片等也可以上正席，地马齿苋却不能。虽则如此，村童们对地马齿苋仍一往情深。

8. 甜甜茅根

只要有水有土，只要不是极热极冷，就有茅草的身影。长江中下游丘陵地区，水土资源丰富，温度适宜，春风吹过，茅草便成片成片地冒了出来。

及至秋天，茅草叶渐渐枯萎。将它们砍收回家，是烧火做饭的好用的柴火。在火势上，茅草虽没有树枝树丫树兜那么耐烧，但比起稻草，茅草还是胜出不少的。

地下茅根。地上的茅草开始枯黄，地下的茅根甘甜饱满。顺着茅草，一锄头挖下去，翻开泥土，泥土层中网状分布着一根根白白的茅根。

茅根横躺在地下，一根茅根约铅笔长，直径不到铅笔的一半。整根茅根粗细较均匀，有八九个近乎等距离的结节。乍一看，茅根似乎是台湾甘蔗的缩微版。

村童们不会特意去挖泥土找茅根。在锄挖树兜、开荒种菜的不经意中，不少茅根就显露在村童眼前。

甜甜茅根。暂时放下锄头，小手将露头的茅根从黄土中拉扯出来，放在裤边擦蹭几下，送入口中，如水牛反刍般咀嚼起来，口中就有了似甘蔗水的阵阵甜味。咀嚼十几下后，咽下茅根的汁水，吐出已索然无味的茅根渣。

咀嚼三四十根茅根后，村童顿感手脚有劲，肚子也似乎被甜甜的汁液填了个半饱，干起活来更有精神了。

那时的茅草地，不会有人去喷施农药，也没有人去播撒化肥，连农家肥也不来光顾。村童们拉扯出茅根，未经水洗就送入口中嚼巴嚼巴，也没有人因此而闹肚子。

查阅相关资料后才知道：茅根不仅富含蔗糖、葡萄糖、果糖，而且含有 21% 的淀粉。难怪小小的茅根既甘甜提神，还解渴充饥。

除了食用功能，茅根还有凉血止血、清热利尿的药用功能。现如今，有餐馆别出心裁地开发出新菜"茅根炒肉丝"，据说颇受欢迎。

水分充足、营养丰盛的茅根可以食用。转眼到来年后，头年的茅根渐渐萎缩成韧性良好的草筋。地下这种网状草筋，有良好的固土作用，可以防止水土流失。

枯黄的茅草可以用来烧火做饭，鲜甜的茅根可以用来充饥，萎缩后的茅根能稳固土壤，防止尘土飞扬。不起眼的茅根茅草有着不可或缺的作用。

9. 紫黑刺莓

在水土资源丰富的长江中下游丘陵地区，乡村路边、田埂两旁、地块与地块之间的接口，见缝插针地生长着杂草和灌木。

在那些知道名儿不知道名儿的灌木中，有一种周身带刺的灌木，能结出味美的野莓子来。村童们将这种野莓子称为刺莓。

能结出刺莓的灌木，矮一点的只及膝盖，高一点的可触及成年人肩部。每年三四月，春暖花开，这带刺的灌木发出新芽，长出嫩嫩的细枝。

嚼食嫩枝。轻挪脚步，谨防踩空，村童小心翼翼地靠近灌木丛。用手折下带刺灌木上一根嫩嫩的细枝，约 8—10 厘米长。剥去这细枝上带刺的嫩皮，便有了如去皮后的莴苣般尖尖的模样。送入口中，咬碎了，舌尖上就有了丝丝清甜。吞咽下肚，有着生吃蔬菜般的感觉。

一棵带刺灌木上会伸展出上百根嫩嫩的细枝。在挖猪菜的路上、捡猪粪的途中，看见这些细枝，村童们会放下手中家什，麻利地折枝剥皮，送入口中。三五分钟时间，20—30 根嫩枝入口下肚了，村童们口里不再干渴，肚子也不再咕噜叫了。

各色刺莓。和春笋渐渐演变成竹子一样，过了春天，带刺灌木上那嫩嫩的细枝渐渐木质化。

盛夏来临时，带刺灌木是另一番景象，枝头上开始冒出如米粒大小的、白绿色的、嫩嫩的刺莓。刺莓生长速度很快，从冒出头到周身熟透，从米粒般大到小手指尖般粗，也就 20 天左右时间。

刺莓个头渐渐长大，刺莓颜色便经由白绿色、绿色、粉红色、鲜红色到紫红色、紫黑色。紫黑色刺莓已熟至极致，没有被采摘的话，用不了两三天便从枝头上自行脱落，化作养护灌木根系的肥料。

紫黑刺莓。不同颜色、不同成熟阶段的刺莓，口感和味道不一样。鲜红色的刺莓，口感上还有些生硬，味道上也略显青涩。紫红色刺莓，口感已渐渐柔和，味道是甜中有涩。及至变成紫黑色，刺莓便是入口即化，味道呢，酸甜酸甜。

村童们第一选择是紫黑刺莓。手指半摘半托，一颗紫黑刺莓就离开了枝头。无需水洗，更不敢擦蹭，村童们直接放入口中。三五十颗刺莓下肚，很解渴很顶饿。渴解决了，饿也顶住了，村童的嘴唇像涂抹了一层厚厚的紫黑色唇膏。吃相豪爽的，甚至连脸蛋两旁也是星星点点的紫黑色印迹。小伙伴们你看着我，我望着你，做出搞笑的怪相，发出咯咯的笑声。

路上遇不着紫黑刺莓的话，紫红色刺莓也是村童们的选择。要是连紫红色刺莓也遇不着，村童又适逢饥渴交加，那鲜红色刺莓也可以将就。口感差一点，味道涩一些，总归可以解饥解渴呢。

10. 烟火爆米

那时年关，乡村时兴阴米米泡和阴米米泡糖。遇到走村串户来爆米花的手艺人，有农户也会来上一两锅爆米花，让村童尝尝鲜。家里粮食还算宽裕，手里也有几个活钱可以支付给手艺人的话，农户会爆上八九锅米花，除了尝鲜，爆米花还能和自制的麦芽糖一起做成爆米花糖。

爆米花机。爆米花离不开爆米花机。说是机器，其核心装置就是一个"黑葫芦"形状的钢质压力锅。

装有大米的"黑葫芦"架在简易铁架上，下面用木柴或煤炭加热。边加热边转动"黑葫芦"，使压力锅内的大米均匀受热。加热到合适程度后，开启"黑葫芦"，受热的大米离开"黑葫芦"，进入到外部环境，便急剧膨胀，成了爆米花。

见到爆米花手艺人来了，最高兴的莫过于村童们了。虽然只有少数村童能够提着米袋，带着活钱，走向爆米花机，但能够全程观看爆米花，耳闻那响亮的"嘭"的一声，偶尔捡拾一点冲向远处的爆米花粒，围绕着爆米花机的村童们还是无比开心快乐的。

烟火爆米。爆一锅米花，需要七八分钟时间。在预热后开盖的"黑葫芦"里，加入6—7两（300—350克）大米。关上"黑葫芦"的活动盖子，用金属把柄旋转盖子上的螺纹杆，十几圈下来，"黑葫芦"的活动盖子就被死死顶住了。

"黑葫芦"被放置在简易铁架上火烤加热。加热"黑葫芦"需要旺火，柴火要间断性地添加，必要时还需鼓风以助火势。手艺人左手拉风箱，右手缓缓旋转"黑葫芦"的摇把，眼睛时时扫视"黑葫芦"摇把旁的压力表，耳朵呢，努力地听着"黑葫芦"内米粒的动静。

旺火上加热五六分钟后，压力表指针到达了满意位置，可以离火起爆了！手艺人停止拉动风箱，将"黑葫芦"偏离柴火，村童们本能地用手捂紧双耳。只见手艺人左手紧握"黑葫芦"摇把，右手将金属套管插在"黑葫芦"活动盖子的金属杆上，"黑葫芦"盖口对准长长的布网。手艺人右脚踏在金属套管上，向下用力一蹬。随着震耳欲聋的"嘭"的一声，"黑葫芦"盖子瞬间开启，巨大的气浪让爆米花冲向布网，还真有点龙腾虎跃气势。

在加热过程中，"黑葫芦"活动盖子必须盖严实，漏气的"黑葫芦"爆不成米花。活动盖子出现微小凸凹不平之处时，手艺人会融化少许锡条，涂抹在凹陷处。

不是每一锅都能爆成米花。遇到密封不严，手艺人又未能觉察出来时，开盖后就听不见那熟悉的"嘭"声，取而代之的是沉闷的"吱"的一声。没有冲向几米开外的爆米花，只有还赖在"黑葫芦"里的、烧烤成焦黄色的大米。这时，手艺人会叹一声气，主动承担责任。村民呢，也大多是宽容的。结果是，加工费不收了，大米也不用赔偿了。

那时，一锅爆米花收费1角至1角5分。村民可以自带柴火来，也可以不带柴火，但一锅要支付3—5分柴火钱。

除了爆米花，爆米花机还可以爆玉米、爆蚕豆，虽然爆玉米、爆蚕豆的村民更少。

爆米花人。爆米花的手艺人，从腊月月头忙乎到月尾，一天中从早上忙乎到深夜。忙完了一个村子的活儿，就肩挑背扛，带着妻儿走向临近的另一个村子。

在爆米花的过程中，烟熏火燎很伤手艺人的眼睛。黑乎乎的"黑葫芦"，黑乎乎的柴火灰，一天下来，手艺人就成了"伐薪烧炭南山中，满面灰尘烟火色"的模样。

那时，笔者结识过一位爆米花手艺人，他们一家 5 口都有城镇户口。手艺人是位老中专毕业生，"反右"中被下放到农村。没有土地，这位中专生就买来一台二手机器，靠爆米花来养家糊口。

较之阴米米泡，爆米花在颜色上更白净，颗粒上要大两三倍，入口后迅速融化，适合于老年人和婴儿食用。

因为膨化得更充分，颗粒内空腔更多、空隙更大，因此在耐久保存上，爆米花赶不上阴米米泡。

11. 端午馒头

　　长江中下游丘陵地区以种植水稻为主，村民们的主食以大米居多。小麦种植面积有限，面食成为村民们过节才有的美食。

　　端午到，麦子香。端午节（阴历5月初5）前，地里麦子渐渐变成了金黄色，这时村民们可以开镰收割小麦了。脱粒，晾晒后，一家一户或多或少能分到一些小麦。

　　将小麦送到村里的粮食加工厂，支付一点加工费用，经过机器去壳、粉碎，金黄色小麦变成了白色面粉。

　　馒头包子。在面粉中加入适量发酵粉，用水调和好。阴历5月初，放置12小时左右，面粉就发酵好了。发酵好的面粉，可以揉捏成圆形、方形或三角形的馒头，可以摊开后放入馅料来做成圆形带褶子的包子，怎么揉捏怎么成。

　　洗净竹制的蒸笼，用新鲜荷叶垫底，将揉捏好的馒头或包子放在荷叶上。蒸笼一笼摞着一笼，加上竹盖后，放在大铁锅上蒸汽加热。

　　约摸20分钟后，揭开蒸笼的盖子，白色的蒸汽扑面而来。待蒸汽渐渐稀薄后，映入眼帘的是白色的馒头、白色的包子，钻进鼻孔的是诱人的面粉芳香。

　　性急村童。灶台边早已站着猴急的村童，嘴巴吹散稀薄的蒸汽，瞅准开盖后的蒸笼，伸出小手迅速抓起一个馒头或是包子，立马离开灶台。那滚烫的馒头或包子在小手里来回倒腾十几次后，滚烫劲儿稍稍消退一点，村童便送入嘴边大咬一口。刚刚出笼、新鲜面粉做出来的馒头或包子，就是香啊！

乡村里的发酵粉，都是自制的。将米酒酒糟搓成小汤圆形状，晾干，放置。需要时，碾碎一两颗，就成了发酵粉。

发酵粉的用量、发酵时的环境温度与发酵时间都会影响面粉的发酵效果。正常发酵的馒头、包子，蒸熟后有之前体积的两倍大。

若是发酵过度了，蒸出来的馒头包子就呈现明显的黄色，非但颜色不好看，口感上也差了许多。发酵不足的话，蒸后的馒头包子，与蒸前比较，个头上近乎一般大。提起那硬邦邦的馒头包子，村民们调侃说："打得死狗。"

刚出笼的馒头，什么馅都没有，2两左右一个，村童们一口气能吃下五六个。

包子就更诱人了。包子馅有红糖、白糖，有鲜肉、韭菜。为区别开来，不同馅料会做成不同形状。如圆形带褶子的是肉馅，三角形的是糖馅，椭圆形的是韭菜馅。

一家有美味，左邻右舍齐分享。馒头包子出笼后，大人会吩咐孩子用陶瓷碗端着，挨家挨户地逐一送上。一锅馒头包子也就三五笼，送出去的居然比自家留下的还要多。

12. 咸水鸡蛋

那时的长江中下游丘陵地区，乡村里有着"鸡屁股银行"的说法，意思是散养的土鸡是村民家里重要的活钱来源。一个鸡蛋 5 分钱，可以换回一本小学生的练习本，或两支铅笔。农户购买食盐啊、酱油啊，甚至拿着布票去扯上几尺布，也指望这一枚枚小小的鸡蛋。

鸡笼鸡蛋。散养，其实是散而有收。村民每家每户都有一两个鸡笼，小一点的鸡笼可以挤进去 10—20 只鸡，大一点的可以挤下 30—50 只鸡。鸡笼上面是稻草铺成的两三个鸡窝，以方便母鸡下蛋。

天蒙蒙亮，村童就打开鸡笼正前方的活动插板，整晚上蹲在狭小鸡笼里的公鸡母鸡一个个急不可耐地鱼贯而出，左摇右晃地奔向笼外，去房前屋后找寻美食。

及至黄昏，填饱了肚子、耍玩够了的鸡们，又一个个返回鸡笼内。村童要做的，就是放下活动插板，断掉黄鼠狼的非分之想。

村民家的母鸡多数是白天下蛋，只有少数母鸡晚上在鸡笼里下蛋。母鸡有灵性，白天要下蛋前，它就折返回家，跳上鸡笼，趴在鸡窝里。三五分钟时间后，随着"个大、个大"的报告声，一枚还带着体温的鸡蛋就躺在草窝里了。

母鸡也有玩高兴、玩忘记了的时候，来不及返回鸡窝的话，母鸡只得就近下蛋。于是，村童们在捡拾猪粪的路上，偶尔也能收获一两枚诱人的鸡蛋。

散养土鸡，操心不多，收获却不错。遇上鸡瘟，大不了从头再来。与放养鸭子相比，侍弄土鸡要容易得多。那时丘陵地区的农户，每家每户都养鸡，放养鸭子的却很少。

咸水鸡蛋。端午节一到，村童们就可以享用到自制的三大美食：粽子、米酒和咸蛋。鸡蛋自家有，鸭蛋很少见，咸蛋其实就是咸水鸡蛋。

村民们摸索出制作咸水鸡蛋的土方法。往大锅里加入两三瓢水，煮沸后，放置成凉白开。向凉白开中放入些许食盐，搅拌均匀。将加了盐的凉白开倒入洗净了的腌菜坛子，小心翼翼地将一个个鸡蛋放入坛子中，盖上坛盖。15—20 天过后，从坛子中小心谨慎地掏出这一枚枚鸡蛋，放置在大锅中，加水煮熟，咸水鸡蛋就可以享用了。大人多舍不得自己品尝它们，煮好的咸水鸡蛋，分给家里的小孩们，每个小孩能分到三五枚。

分得咸水鸡蛋，村童拿出一枚，放在灶台或木凳上敲一敲，剥开鸡蛋外壳，撕掉蛋壳里的膜层，便露出圆亮白净的部分。用舌头轻轻一舔，好光洁的感觉。细咬一口，蛋白部分柔嫩细滑，有着菜汁般的咸味。蛋白里面是黄红色的、圆圆的蛋黄，蛋黄的咸味没有蛋白那么重，吃起来粉粉的。

享用完一枚咸水鸡蛋，捡拾起一年前曾有过的相同的美味记忆，剩下的咸水鸡蛋，村童们多舍不得即刻吃完。放在床头，晚上摸一摸，闻一闻。放久了，有的咸水鸡蛋居然变味了。

在端午节前，每个农户总要想办法做上一些咸水鸡蛋。家人一次性地享用这么多鸡蛋，一年中也仅此一回。平时，这些自产鸡蛋承担"鸡屁股银行"的职能去了。

13. 元宵豆丝

那时的乡村，春节前后一个半月是相对清闲的日子。日子清闲，村民们就想着为农忙时候做些准备，包括吃的方面的准备。

正月十五元宵节，村民们照例会吃上一碗汤圆。除此之外，农户会利用这段时间，做上几十上百斤米粑粑。有条件的人家，还会做上几十斤豆丝。4 月一到，忙碌的春播春种开始了，那简便的米粑粑变成了村民们的快餐——放在锅里热一热就可以食用。

在忙碌的季节，豆丝也能帮上村民们的大忙。几把干豆丝放入沸腾的锅里，给点食盐，连汤带水盛入碗中，没有村民能够抗拒这馋人的味道。

制作豆丝。绿豆与大米，按照 2∶8 或 3∶7 的比例，混匀后加水浸泡半天时间，再碾磨成浆。用河蚌外壳，舀两壳浆液，沿着铁锅边沿，水平旋转一圈，浆液便薄薄地、均匀地涂布在大锅里。中等火候，3 分钟时间，原来稀薄的浆液变成了圆形的薄薄的豆皮。待豆皮的锅底面与铁锅渐渐出现分离模样，便右手拿着河蚌外壳，将豆皮边缘轻轻地挑离锅面，左手托住豆皮，两手掌心相靠，一张圆圆的豆皮就出锅了。

出锅的豆皮，近乎是一张直径约 30 厘米的薄薄软饼，一面略焦脆，另一面呈果冻样鲜嫩。摊开放在饭桌上，像制作北方煎饼那样，将整张豆皮卷叠成 5 厘米宽、30 厘米左右长的长条形。

再用菜刀将条形豆皮卷切开成 0.5 厘米的小段，接着用手抓起、放下，再抓起、再放下，豆皮小段被抖开，成了一根根豆丝。晒上一两天，豆丝就变干变硬了。干硬的豆丝能放置三五个月，依然是原来的质地。

现吃豆皮。村童们更期盼的，是现场制作、现场解馋的幸福时刻。整张热乎乎的豆皮出锅后，撒上些许食盐、葱花，或是白糖、红糖，卷叠成条形。"一滚（烫）当三鲜"，趁着刚出锅的热乎劲儿，用嘴咬上一口，便感受到绿豆的清爽和大米的芳香，还有那半是焦脆半是鲜嫩的口感。一张新鲜豆皮享用完，肚子就有了半饱。两张豆皮下肚，肠胃就被侍弄得舒舒服服。

"大人吃咸，小孩吃甜"。享用新鲜豆皮时，大人们多喜欢给点食盐和葱花，村童们则更喜欢点缀了白糖或红糖的甜味。

一家做豆丝，邻里有口福。锅台边围聚着十几、二十几号村民，热乎乎的豆皮一出锅，村童们张开小嘴吃，大人们笑呵呵地吃。吃罢豆皮，大人们免不了发表一番感言：张家的豆皮筋道，李家的豆皮细腻，王家的豆皮香浓。

该吃的豆皮在吃，该做的豆丝在做。从早上到下午，随着阵阵欢声笑语，不知不觉中元宵节的豆丝活儿就忙乎完了。

14. 夏日泉水

　　20 世纪 80 年代前，在我国乡村，冰箱是闻所未闻的物件。那时年复一年的酷暑盛夏，村童们会以祖辈们代代相传的办法来找到能消暑解渴的冷饮，这就是清凉畅快的泉水。

　　泉水冬暖夏凉，温度相对稳定，一般在摄氏 15 度左右。夏日里，相对于摄氏三十七八度的气温，15 度的泉水就是很好的冷饮。在冬天，相对于 0 度左右的气温，15 度的泉水反倒显得有些温热。

　　泉水来源。在长江中下游丘陵地区，净高 300—1000 米左右、半高不高的山脚下，或十来亩到上百亩、不大不小的低洼平地中，都有可能涌出泉水。

　　雨季来临，大部分雨水顺着山坡，沿着沟渠，或流进池塘水库，或汇入小河大江。也有少部分雨水，连同积雪融化后的少部分雪水，被山体海绵般地吸纳，被地下深处的土壤吸收。雨季过后，或不再融雪时，这些深藏在山体内或土壤中的积水，就可能汩汩而出，重见天日。

　　百年泉眼。不是所有的山体水、地下水都有机会汩汩而出，还需要有出处，这出处就是泉眼。山脚下的石缝、低洼小平地的松软裂缝中隐藏着这些泉眼。

　　有的泉眼传承了上百年之久，全村男男女女、老老少少都知晓。新的泉眼被发现后，很快也会成为全村的公共资源，没有人会藏着掖着。这些零零星星分布着的泉眼和公共水井一道成了村民们劳作时的水源地。劳作累了，口里渴了，遇到泉眼或水井，双手轻轻拨开上层，左手右手合拢，捧起水来送入口中。喉结上下挪动，解渴的水就下到肚子里了。

泉水回家。盛夏时，村童们会带回一些泉水，给家人当清凉饮料。农舍到泉眼，近一点的200—300米，远一些的500—1000米。泥土烧制出来的陶壶，是村童们灌装泉水最常用的容器。若是家里有那种竹条外壳的开水瓶，保温效果就更好。将泉水提回家，撒上几粒糖精，喝起来除了泉水自有的清甜，还有糖精的甜味。

泉眼维护。有泉眼的地方，村民们不会去耕种，大伙儿自发找来砖头、石块、泥巴将泉眼围圈起来，便成了一个一两平方米的泉水小池。那时农药不多、化肥也少，即使播撒化肥、喷施农药，村民们也会远离泉水小池。乡里乡亲，彼此熟悉，村民们简单地生活、平静地劳作，不会有人在泉水处使坏，更不用担心谁会去投毒。大家都明白，那样做只会害人又害己。

15. 捶打糍粑

糯米是个好东西。只要是糯米做出来的食物，味道都很不错。那时在乡村，糯米主要用来制作米酒和糍粑。

春节前后是农闲的时段，村民们会利用这难得的闲暇来制作糍粑。

制作糍粑。制作过程大体分为 4 个步骤：浸泡，甑蒸，捶打，成形。浸泡、甑蒸、成形的方式，各乡各村大同小异。捶打的方式上，则因地制宜而有所不同。

首先是浸泡。20 来斤糯米经淘洗后，在大木盆中浸泡半天时间。

甑蒸。将沥水后的糯米倒入甑中，将甑放置在大铁锅内，借助沿甑而上的蒸汽，将甑内的糯米蒸熟。蒸煮时间大约一个小时。

那时长江中下游丘陵地区的多数农户家都有一口甑。甑以木质居多，也有竹质的。木质甑中，以杉木甑最常见。杉木在长江中下游地区很普遍，树木直挺，木材轻便，且木香飘逸。用杉木甑蒸出来的饭，有一股淡淡的杉木香味，颇受村民们喜爱。

十几块长度相同的木板或竹板，用铁丝齐上端、中端、下端 3 处箍成圆柱形，底部配以栅栏状的木板或竹板，上面配上一个圆盖，一口甑就做成了。大甑可以装填百来斤糯米，小甑只能蒸十来斤糯米。

捶打。将蒸熟后的糯米趁热倒入容器内捶打。糯米越热乎，捶打起来就越容易、越省力。容器不同,捶打的工具、捶打的方法也就不一样。有在石头凹槽内捶打的,也有在木头凹槽内捶打(湘西一带)的。既找不到石头凹槽又找不到木头凹槽的村民,就在家里的大木盆内来捶打。

那时,有的村子还保留着传承了百年之久的石头凹槽及配套的石头榔头。这样的祖传装置,就搁置在村民房前场子上,一个村子一套足矣,不需要每家每户都有。民间的能工巧匠用大块石头凿成一个凹槽和一个配套的圆锥形榔头,像固定马头那样,用木架将榔头固定起来,连接在木质脚踏板上。村民们手扶木杆,脚踩踏板,就可以带动石榔头在石头凹槽里上下点头来捶打凹槽内的糯米。

村童们很乐意去脚踩踏板,大人则趁着榔头升起的间隙,翻动着凹槽内的糯米,孩子和大人配合得很好。眼瞅着一粒粒蒸熟了的糯米,渐渐变成了橡皮泥状,村童们为快乐劳动换来的成果感到惬意。

也有的村子在船形的木头凹槽内捶打糯米。膀大臂粗的两三名汉子,双手各操一根手臂粗的圆木,捣鼓起凹槽内的糯米。捣鼓十几、二十几下后,双手已是酸胀酸胀的。休息一下,将凹槽内的糯米翻个面,操起圆木继续捣鼓。

村子里没有石头凹槽或木头凹槽的话,一口大木盆、一根洗衣用的棒槌照样能够捶打糯米。只是捶打糯米的人更辛苦一点,木盆呢,也偶尔被捅穿过。

成形。经过 1 个小时左右的捶打,米粒形状的糯米渐渐变成橡皮泥状的糯米团。从凹槽或木盆中双手抓起糯米团,放在平展的竹器上,借着余热,用手掌将它推展成 3 厘米左右厚度的圆形粑粑。放置到第二天,圆形粑粑因为冷却而坚硬起来,外形也固定下来。找来菜刀,根据个人喜好将圆形粑粑切割成小块状,甚至是薄片状,糍粑就做成了。

在成形过程中,也有的村民借助余热,直接将糯米团做成一个个小型糍粑的。

储存糍粑。春节前后,露天放置十来天,糍粑不会变质。要继续存放的话,水里是比较理想的地方。将小块状或片状糍粑放置在水桶中,加水浸泡。气温渐高时，隔上一两天换一次水。

食用糍粑。常温下硬邦邦的糍粑，一旦被加热后又会重新变得柔软。大米的香味、糯米的黏性、无需费力咀嚼就能入肚的便利，使得糍粑成为男女喜欢、老少皆宜的食物。糍粑可以蒸着吃、火烤吃，可以油炸吃，还可以用开水煮着吃。吃法多样，但都很简单。

蒸着吃。大锅做饭的最后环节——蒸饭时，将片状糍粑放置在滤过米汤的饭粒上，加盖。饭蒸熟了，糍粑也就蒸好了。蒸好的糍粑有着糍粑原汁原味的清香。

煮着吃。在开水中放入片状糍粑，三五分钟后糍粑就煮好了。煮熟的糍粑，吃着汤圆的圆润口感。

烤着吃。用火钳托住片状糍粑，深入灶膛内烘烤。两三分钟后，片状糍粑迅速鼓囊起来，表皮脆而淡黄。送入口中，外脆内软，除了糯米特有的清香，还有着烘烤的香味。

油炸吃。有条件的话，在滚烫的油锅里放入片状糍粑，两三分钟后，糍粑便外皮焦黄。稍稍放置后，吃起来外焦内软，油炸香味与糯米清香兼备。

1. 冬天木屐

那时，长江中下游地区的冬天多雨雪。寒冷的雨雪日子，木屐成了村民们重要的出行装备。

木屐的制作。木屐形如带钉子的拖鞋，包括底板和帮子两部分。底板是鞋底形状的一块木板，木板下镶嵌着 5 颗军棋子般大小的铁钉，近似于五角星排列。帮子用牛皮制作，通过铆钉固定在木质底板上。帮子的空间足够宽敞，能盛放下棉靴。

村民家中的木屐只有两个版本：儿童版和成人版。儿童版的适用于 5—14 岁的村童，成年版的适用于 14 岁以上的男男女女。

木屐的使用。那时的冬日，村民们的脚上除了棉靴还是棉靴。面对雨雪后的泥泞路面，单靠棉靴出不了门。穿上棉靴后，再伸进木屐里，脚下防水的问题就迎刃而解。木屐上铁钉的长度，还有木板自身的厚度，合在一起有四五厘米之高，应对多数雨水、雪水路面已绰绰有余。

木屐的保养。冬日过去，棉靴可以收捡起来，木屐也得以赋闲于墙角。夏季来临时，晴好的日子，村民们会挤出时间来打理一下木屐。打理的活儿有三项：一晒二油三正钉。在冬天的雨水和雪水中滚打，又历经了梅雨季节的洗礼，木屐的牛皮帮子、木质底板都需要阳光来去湿。晒好木屐后，找来桐油，用刷子将牛皮帮子、木质底板细细地油过一遍。油过后的牛皮帮子、木质底板，不仅结实耐用，而且防水隔潮。第三项活儿就是正钉，经过一个冬天"啪嗒啪嗒"的蹬踏，木屐底板下5颗铁钉或多或少地有些倾斜或松动，尤其是最前端的那颗铁钉最容易向后倾斜。铁钉倾斜后，木屐底板就不在一个平面上，行走时容易摔跤、跌倒。铁钉松动后容易脱落，少了铁钉的木屐容易失去平衡。因此，一般要用老虎钳子将倾斜了的铁钉逐一复位，再用钉锤将复位后的铁钉连同有些松动的铁钉一一锤牢加固。

那时的冬天，村童们踩着木屐去上学，成为小学校园一道风景线。身背书包，脚穿棉靴，蹬踏木屐，伴随"啪嗒啪嗒"的木屐响声，一个个村童从四面八方走进校门。来到教室门外的走道上，双脚先后拔出，木屐便留在了走道上。没有了木屐负担的村童，双脚顿感轻松，撒开双腿快步走进教室。

冬日里的村民，走村串户时也喜欢蹬踏一双木屐。走到大门口，将木屐往门边一放，轻轻松松就入户了。张三或李四需短时出门，说上一句"借您的木屐用一下子"，得到回应"您请便"后，就可以蹬踏着乡里乡亲的木屐去出门办事了。

2. 千层底鞋

千层底鞋，更准确的说法是多层底鞋。冠以"千层"之说，是为了突出手工缝制时的艰辛与不易。

那时，村民脚下的布鞋，主要靠家中的女人（也有极少数纳鞋底、做布鞋的男同胞）一针一线制作出来。为了持久耐磨，布鞋鞋底是将多层棉布叠合，用结实的棉线一针针地密密缝起来的。

制作千层底鞋。一双千层底鞋，要历经纳制鞋底、制作鞋帮、底帮缝合3个步骤。

首先是纳制鞋底。纳制鞋底是最重要也是最费时费力的步骤。那时，村民只能利用冬季农闲的晚上，在昏暗的煤油灯下挑灯夜战。麻利一点的农妇三五个晚上可以纳制一双千层鞋底，手头活儿不太利索的农妇，得花上8—10个晚上才能完成一双千层鞋底。

纳制千层鞋底，需要找来底样、碎布成壳、对样裁剪、手工纳制4个环节。这4个环节，环环相扣。农户一般备有10来张不同大小的鞋子底样，若嫌弃自家的底样不够好，可以到左邻右舍借来底样一用。

有了合适的底样，便是碎布成壳。农妇将裁缝师傅制作新衣后剩余的边角余料，悉心收藏起来。这些颜色不一、大小不等的碎布，经过面糊涂布、晾晒后，就黏接成了比底样稍大的张张布壳。将布壳在鞋样上码放整齐，整体性好一点、看相强一些的布壳分别放置在最上面和最下面，有了8—12张后，就有了"千层底"模样。

码放好布壳，用针线固定其中间部位3—5个点，就可以对样裁剪了。拿来剪刀，沿着底样边缘外0.5厘米处，将多余的布壳慢慢裁剪掉。再将超出底样边缘的布壳，沿底样边缘卷起，边卷起边用针线纳制、固定。

接下来就是一针一线、密密麻麻的手工纳制环节。那一行行棉线头子，仿佛水田里棵棵秧苗，只不过棉线头子的行间距更小，大约只有0.1—0.15厘米。一双千层鞋底布满了数以千计的棉线头子。每一个棉线头子都是纳鞋人的眼与手的配合、力量与辛劳的付出。

纳鞋人右手食指上会套着一个顶针箍，纳制出一个棉线头子，有着7个连贯动作。

将穿有粗棉线的缝衣针对准要纳制部位，垂直进针（动作1）。

待针尖刺入约0.2—0.3厘米深、针尖动弹不得时，用顶针箍顶住缝衣针针头，朝垂直方向缓缓用力（动作2）。

针尖穿过所有布壳后，出现在布壳的另一边。待露出1.5厘米左右针头时，用小号老虎钳夹住针尖部位，顺着针尖方向拉扯，将整个缝衣针穿过布壳（动作3）。

放下老虎钳，左手抓住布壳，右手拿住缝衣针上的粗棉线，左右手分别向外张开（动作4）。

粗棉线贴近布壳后，低下头，双手使劲，让粗棉线紧紧"咬"住布壳（动作5）。

在准备作为鞋底内面的那一面，将粗棉线贴近布壳，打上一个结，以防松动散开（动作6）。

将缝衣针在额前头发上磨蹭两下（有如将菜刀放在磨刀石上刮蹭），以增强缝衣针的锐利性（动作7）。接着，开始纳制下一个棉线头子。

一次一次穿针，一次一次用力拉扯，一次一次打上棉线结头，原来1.5—2厘米厚的多张布壳，纳制后成了0.5—1厘米厚的千层鞋底。

制作鞋帮。农妇用稍稍大块一点的碎布来制作鞋帮，这样制作出来的布鞋显得美观一点。不少农妇习惯将制作鞋帮的碎布先行过浆，也就是在热热的米汤里打个滚。过浆后，碎布要结实耐用一些。

过浆后的碎布经过晾晒，两三层叠合在一起。颜色深一些的碎布放置在外面，浅一些的搁置在里面。对着鞋帮样式裁剪好，再用细棉线将这两三层碎布缝制起来。

底帮缝合。千层鞋底纳制好了，鞋帮子也缝制完了，剩下的活儿，就是用粗棉线将鞋帮缝合在鞋底上。做完这些，一双千层底鞋才算完工。

舒适的千层底鞋。穿上这一针一线纳制出来的千层底鞋，脚底倍感舒服，走很长的路也不会起泡。最舒适的要算脚趾了，在千层底鞋里，10 个脚趾伸缩自如，好不痛快。千层底鞋透气自如，脚穿千层底鞋的人很少患上脚气。

千层底鞋也有短板，在保护脚帮上，它无法与皮鞋比拟。脚穿布鞋，脚踝一不小心碰上了树枝之类的尖锐物体，或磕上了带棱角的石块，鞋子的主人免不了要受点苦楚。

破损的千层底鞋。舒适是千层底鞋的最大特点，而耐磨性则稍稍逊色。棉布比不上皮革经久耐磨，村民们又没有几双鞋子换着穿的条件和习惯，因此一双千层底鞋平均寿命大约是一两年。

千层底鞋容易出现破损的地方：一是鞋帮的大脚趾处。那些正长个子长身体的村童们，脚下的千层底鞋更容易露出大脚趾来。露出大脚趾的村童会顽皮地上下左右摇摆着大脚趾，自己惬意，也引得同伴们开心；二是鞋底的脚跟外靠后部位，那里是脚下受力最多的地方。穿的时间长了，这样的部位磨损多了，鞋底上的棉线断裂，里层棉布便显露出来了。

预防千层底鞋破损的方法是在鞋帮的大脚趾处，多铺上一两层布，并用针线密密缝合。还有，在鞋底的脚后跟部位钉上一层废旧的板车外轮胎皮。

3. 大一号鞋

那时，农妇为村童纳制千层底鞋，或到供销社去购买塑胶雨鞋时，多会选择比村童的脚实际尺码大一号的鞋子，为的是能多穿些日子。

村童们正处于长身高、长手掌、长脚板的发育阶段。一年下来，村童的脚板长度就增加了 1—2 厘米，与脚板吻合的鞋子也要增加 1—2 个尺码（国际标准尺码）。

穿上大码鞋子的尴尬。小脚配大鞋，脚下松松垮垮的。除了滑稽搞笑，走起路来，脚板在宽松的鞋子里前后滑动，使不上劲。脚趾头难以顶到鞋帮子，踩踏下去时，容易出现"踩空"的现象。

应对大码鞋子的办法。办法总比困难多，村童们找来废旧棉花或废旧碎布，塞进鞋子前端的脚趾头处。有了废旧棉花、废旧碎布的填充，脚板就不会在宽松的鞋子里前后滑动了。

时光在流逝，村童们的脚长长了，大码鞋子里的棉花、碎布在减少。等到不再需要加塞棉花、碎布时，鞋子与村童的脚板就正好匹配了。不过，这个时候，鞋子也磨损得差不多了，甚至还可能出现了破洞。

"新三年，旧三年，缝缝补补又三年。"村童捡拾起哥哥姐姐们穿过的旧鞋子，可能鞋与脚匹配得恰到好处。鞋子虽则旧一些、破一点，但尺码却很吻合，穿起来也很舒服。

4. 半年光脚

长江中下游地区，每年 5—10 月，历经春末、初夏、盛夏、夏末、初秋，最低温度都在摄氏 10 度以上，属于一年中暖和的季节。在这季节里，村童们（尤其是男性村童们）多是光着脚丫度过的。

光着脚丫走路有不少好处，可以省鞋子，图方便，无脚气，常按摩。

省鞋子。风里来，雨里去，日行几里、十来里路，半年这样的时光，若是穿鞋走路，几乎会磨损掉一双鞋子。光着脚丫，这一双鞋就节省下来了。

节省千层底鞋，就是节省有限的布票和纳鞋者有限的时间。节省雨鞋，就是为家庭节省了宝贵的活钱。

那时布匹凭票供应，一名大人一年下来大约只有 1 米布的供给额度，村童的额度更少——在 1 米基础上打折扣。成年人的一件衬衣或一条单裤，就需要耗费 1.2 米左右的布料。相对于家庭对布料的正常需求，家庭能够得到的布料供给实在是很有限。

那时农户手里的活钱少之又少，村童们的小学练习本多是拿着鸡蛋换回来的——一枚鸡蛋换一个本子。记得那时一双浅口塑胶雨鞋大约需要 3—5 元钱，一双深口塑胶雨鞋大约需要 5—8 元钱。3—5 元也好、5—8 元也罢，相对于 5 分钱一个的练习本，对于缺乏活钱的农户来说，雨鞋算是奢侈品了。

图方便。除了上学读书，村童们要帮衬着大人干农活、做家务，免不了走陆地、下水里。村童们光着脚丫，省去了鞋子脱下穿起的麻烦。

无脚气。光着脚丫，离开了袜子的包裹、没有了鞋子的约束，脚趾得以尽情舒展，足底足跟在踩踏下去时与泥土为伴，在抬起时与空气相依。时刻保持着通透，真菌难以在脚丫上生根，脚趾足底也就难以生出脚气病来。

常按摩。细细的泥土，横倒在田埂上网状的杂草，踩踏上去，足底和脚趾甚是舒服。每一次踩踏，足底和脚趾都在接受一次短暂的按摩。无数次行走踩踏，就成了无数次的脚底按摩。

行走路上，偶尔见到破碎玻璃或荆棘枝条，村童们会自觉捡拾起来，放置在行人踩踏不到的角落。这样不经意的举动，既避免了同村小伙伴或大人的脚底受伤，也为村童自己光脚行走提供了一份安全保障。

5. 青灰黄绿

20 世纪 80 年代前，青、灰、黄、绿是我国多数村童的衣着的基本色调。

红、橙、黄、绿、青、蓝、紫 7 色中，包括了青、黄、绿 3 种颜色。黑色和白色调配，就成了灰色。

广义的青色，有深绿色、浅蓝色、靛蓝色和黑色。广义的黄色，包括浅黄、金黄、橙黄、米黄等。

广义的绿色，范围更广，包括豆绿、橄榄绿、茶绿、葱绿、苹果绿、森林绿、苔藓绿、草地绿，水晶绿、石绿、玉绿、孔雀绿、墨绿、深绿、浅绿、暗绿、青绿、碧绿、蓝绿、黄绿，灰绿、褐绿、叶绿、嫩绿等。

青灰黄绿。那时，村童们身着的青色，基本上是那种靛蓝色。灰色，是八路军服装那一种草木灰。黄色呢，是 20 世纪 70 年代解放军军服那种军黄色。绿色，是黄绿色的那一种。

在这 4 种颜色中，青、灰、黄 3 色通用于男女，绿色基本上属于女性村童。

相比于改革开放后款式多样、颜色绚丽的服装，那时我国村童们的衣服款式偏于简单，颜色上也显得比较单一。

在衣服款式上，那时村民崇尚中山服和军服。青色和灰色衣料，用来制作中山服挺不错。黄色衣料，是用来仿军服的良好选择。

除了崇尚特定服饰的原因，还有技术水平的制约。那时村童们穿着的几乎是棉质衣料，与化纤衣料、混纺衣料比起来，全棉衣料的印染要困难一些。这种困难——有调色的困难，有水洗后稳固色泽的困难——影响着当时的布料颜色。虽然随着技术的不断进步，这在现在已不成其为困难了。

灶台染布。多数农妇是拿着布票、揣着角票，从供销社里买来青灰黄绿布料。也有少数农妇，从村子里上了年纪的婆婆手里买来粗纺白布，根据自己喜好，染成各色衣料。

在供销社里买回青、灰、黄、绿染料，洗净做饭用的大铁锅，舀入大半锅水，将水烧开后，倒进染料，搅拌均匀。将粗纺白布展开，放入锅内，用筷子夹住粗布翻转。

约摸半小时后，用筷子将已经染色的粗布夹住，捞起后放置在大脚盆盛装的冷水中，用手搓揉后，拧干，放置在太阳下晾晒。

自己染制衣料，虽然逃不出青、灰、黄、绿 4 种颜色，还会出现染色不够均匀的情况，但"我的地盘我做主，我的布料我染色"，农妇们能够从中找到些许成就感。

适宜劳作。相比于后来出现的色彩绚丽的衣服，青灰黄绿衣服有它们的长处：经脏。

身着军黄色裤子，一屁股坐在泥地上，爬起后拍拍屁股上的尘土，裤子上几乎留不下什么印迹。穿上青色上衣，肩扛树枝后，植物浆液与上衣本色近乎一致。

一年四季，从穿开裆裤的年龄到十三四岁，村童们就是依靠青灰黄绿衣服来遮风御寒，度过了简单而快乐的童年。

6. 玩味军帽

　　那时，拥有一顶军帽的村童真是玩味又风光。

　　军帽来源。军人转业或退伍时，上交帽徽、领章后，戴过的军帽、穿过的军服、系过的腰带等，就可以带回家留作纪念。村子里的后生在光荣参军又光荣退伍后，会将陪伴自己摸爬滚打过的军帽送给侄儿或外甥等至亲。

　　那时，一个30—50户的村子，几乎每年都有一名英俊后生应征入伍，每年也差不多有一名在大熔炉里锻炼过的后生退伍回到家乡。村子里参军退伍的人数不多，村童们得到军帽的机会也少。

　　《闪闪的红星》《红孩子》等一批爱国影片播放后，解放军越发成为村童们崇拜的对象，解放军军帽日趋成为村童们朝思暮想的心爱之物。在后生即将告别村子、奔赴军营时，退伍后的军帽早早已被侄儿或外甥预定了。

　　罩住眼睛。叔叔或舅舅光荣退伍回村时，侄儿、外甥早已翘首以盼。从叔叔或舅舅手中接过军帽，村童立马戴在小脑袋上，模仿解放军"啪"地并腿立正，敬一个不太规范的军礼，惹得大人们哈哈大笑。为成年人脑袋服务的军帽，戴在村童头上后，村童的半个耳朵被盖住了，后脑勺淹没了，眼睛也几乎被罩住了。

谢过叔叔或舅舅，村童便怀揣军帽，一溜烟地从人缝中跑出去，急不可耐地去找寻小伙伴们。

看见军帽，小伙伴们眼睛瞪得老大。头戴军帽，大家都有份，不过要按顺序来，张三戴一下，李四戴一次，每位小伙伴也只能戴上那么十几秒钟，排在后面的小伙伴们还等着呢。

仿制军帽。能够拥有一顶军帽的村童，不过十中一二。没有机会得到正规军帽，村童或多或少地心存遗憾。家里若是省得出军黄色布料来，有的农妇会自己动手，按照军帽款式，比照村童的脑袋大小，缝制出一顶军帽来。

母亲手工缝制的军帽，虽不正规，虽不耀眼，却也能让村童着实高兴一阵子。手工缝制的军帽，有它的好处，那就是更吻合村童的脑袋。在寒冷的冬天，手工帽子的保温效果还是不错的。

7. 白色球鞋

那时，乡村的小学生、初中生无不期盼能拥有一双白色球鞋。

上体育课时，直道弯道上的奔跑、跳高跳远中的瞬间发力，球鞋远比千层底鞋管用。

那时供销社玻璃柜台里只有浅口球鞋，帮子是白色帆布，鞋底是土黄色塑胶。塑胶底上有着凸出的条纹，用于抓牢地面、防摔止滑。村童光脚伸进球鞋，系上鞋带，走上几步，悄无声息又富有弹性。

梦想拥有球鞋。那时一双这样的球鞋，价格为5—7元钱。在一枚鸡蛋5分钱，一名壮劳动力一天挣10个工分、年终结算成0.15—0.2元钱的年月，购买一双白色球鞋需要凑齐100—140枚鸡蛋，或一名壮劳动力勤扒苦做33天左右。对收入来源单一、收入总量微薄的农户来说，白色球鞋是奢侈品。

那时，体育课上能够脚穿一双白色球鞋的乡村中小学生的比例不足20%。

不经脏的球鞋。第一次穿起白色球鞋，不仅同学们羡慕，村童自己也倍觉精神。无奈的是，白色本身就不经脏，在到处是泥土、处处黄泥地的乡村，白色球鞋就更难"洁身自保"。一不小心，同伴踩踏到了村童的鞋帮，一个脚印如同公章似地印在了球鞋上。路过稀泥地时，泥巴被甩得翻卷起来，也会落在鞋帮上。半天不到，洁净的白色鞋帮成了"大花脸"。

悉心打理球鞋。将穿脏了的球鞋放入水中浸泡 15—30 分钟，捞取后在鞋帮上涂抹洗衣皂，用鞋刷来回刷洗。再放入清水中，继续清洗，直至肥皂沫消失殆尽。双手拧一拧鞋帮，再将漂白粉涂抹在鞋帮上。印迹明显的地方，涂抹的漂白粉要稍稍多一些，最后再将鞋子晾晒在阳光下。在阳光照射下，鞋帮由湿转干，鞋帮上的污渍也渐渐消退。

洗净、漂白、晾晒后的球鞋，虽不如新鞋子那般白净，却依然保持着白色球鞋的风范。

洗刷 30—50 次后，帆布鞋帮不再像新买来时那么结实了，疲态渐渐显露，破损慢慢出现。最容易出现破损的地方是鞋帮与鞋底的连接处，因为此处受力的时候多一些，被刷子来回清洗的次数也多一些。

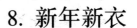

8. 新年新衣

临近春节，积攒了一两年布票的庄户人家，拿着生产队的年底分红，到供销社买来几米青灰黄绿布料，就可以预约裁缝师上门做衣了。

预约裁缝师。乡村裁缝师多为女性，那时，方圆几平方公里、百来户的村落（包括三四个生产队），只有一名裁缝师。虽不是家家户户都能在春节前扯布做衣，但二三十户还是具备条件的。腊月只有 30 天，把冬月下旬算进去，春节前的日子满打满算也不过 40 天。在这 40 天的时间里，乡村裁缝师要走遍二三十户人家，没有预约，难免要打乱仗。上一家张三，下一家李四，再下一家王五，裁缝师的日程要安排得井井有条才行。

迎接裁缝师。和裁缝师敲定上门的日子后，提前一天的傍晚，大人会带上孩童到上一家去抬缝纫机。用一条粗麻绳齐腰将缝纫机捆住，再用一根扁担穿过绳子结头，孩童在前、大人在后，两人各担扁担一头，将缝纫机这宝贝疙瘩抬回家中。

工具挺简单。第二天一早，裁缝师会如约而至。裁缝师到来前，村民早已将自家大门两块门板卸下，放置在条形凳子上，铺上干净床单，为裁缝师准备好了操作台。裁缝师的随身布袋里有一根软尺、一把直尺、一把剪刀、一块粉饼、一把熨斗等，工具简单，但量、画、裁、缝、钉、熨全套工序，裁缝师傅是一点也不马虎。

首先是量体。被告知哪块衣料是为哪位村童做单衣或做单裤，哪块衣料是为哪位大人做棉袄或做棉裤后，裁缝师手拿软尺，让村童或大人站立好，量腰围、量肩宽、量身长、量腿长，再用粉饼一一记下。

接着是画线。粉饼多是粉红色。在操作台上摊开布料后，裁缝师左手执直尺，右手捏粉饼，在一块长方形的布料上留下"线路"。

然后是裁剪。顺着粉饼留下的"线路"，随着剪刀走过发出的微微"滋滋"声，长方形布料慢慢地被裁开。

随后是缝纫。量体、画线、裁剪，裁缝师是站着操作。到了缝纫工序，裁缝师终于由站转坐。脚踏式缝纫机能进行双线缝合，缝纫机机头上插着一个大的线团，针头上下处隐藏着一个小的线团。随着裁缝师双脚前后摆动，缝纫机转轮持续性向怀内方向转动，带动着针头上下均匀地移动。伴随针头的上下移动，针眼上的缝纫线便将两两叠合在一起的布料紧密地连接起来。

缝纫时，裁缝师手要直、眼要准、腿要匀。双手将需要缝合的布料绷直在针头下，随着针头的上下移动，双手向前均匀地移动布料。移动速度不均匀的话，布料上的缝合线就疏密不等。移动方向歪歪扭扭的话，布料上的缝合线就蛇形般难看。除了手要绷直布料之外，眼睛要看准粉饼留下的缝纫线路，双腿在缝纫机踏板上的前后摆动也需要用力均匀。

熨烫前钉扣。那时，乡村裁缝师没有配备锁边机。好在那时布料几乎都是棉质的，锁边不锁边没有多大关系。将一小块一小块布料缝合起来，便有了衣裤的模样，就可以穿扣眼、钉扣子了。在一些乡村，男式衣裤的扣眼（一条小缺口）方向为上下垂直，女式的则为左右水平，在这一点上，裁缝师可马虎不得。

最后是熨烫。熨斗里面有一个空腔，用来装盛燃烧着的木炭。裁缝师吮吸一大口水，雾状般喷洒在操作台的衣裤上。然后手持熨斗，在衣裤上来回熨过。随着蒸汽上腾，衣裤变得平整起来。

不敢慢待了。村民对裁缝师尊重有加，一抬、二搭、三餐是基本礼数。如果哪一家没有在头天晚上将缝纫机抬过来，第二天裁缝师是不会上门的。拆下门板、铺好床单、搭好操作台，也需要在裁缝师上门前完成。裁缝师都上门了，操作台还未搭建好的话，既浪费了裁缝师的工作时间，也让裁缝师有不受待见的感觉。

裁缝师的一日三餐，村民不会怠慢。一大早，村民准备好了一大碗热乎乎的荷包蛋等候着。中餐晚餐时，为裁缝师准备的菜碗里不能没有猪肉。那时乡村有这样的习俗：如果对裁缝师不敬，你就等着穿无领的衣服吧。

边角和余料。忙乎完一天，裁缝师开始收拾工具，村民也将准备好的工钱双手递上。那时，工钱是3—5元钱一天，根据衣服数量多少而略有差异。"谢谢"声中送走了裁缝师后，村民将边角余料收起，那可是缝缝补补、纳制千层底鞋的材料。

布票与钞票。请裁缝、穿新衣，一要有布票，二要有活钱，两者缺一不可。人口较少的农户，往往要积攒两年以上的布票，才够得上请裁缝师来忙乎一天。积攒起了布票，年底手头没有活钱也不成，除了布票，那布料还需要钱来购买。

一年忙乎到头，能够为孩子添置一两件新衣服新裤子，是村民一个甜甜的心愿。迎新年、穿新衣，也让孩子们对过大年充满了期盼。

没有新衣的村童，也照样快快乐乐过新年。那噼里啪啦震耳欲聋的鞭炮声，那轮番上阵捶打糍粑的场景，那盛装登场走村串户的采莲船，还有见首不见尾的壮观的龙灯队伍，等等，足以让村童们感受到新年的喜悦，弥补了没有新衣的小小遗憾。

9. 银质项圈

那时，有些学龄前村童脖子上会佩戴着银质项圈。

银元锻造。三五枚银元（"袁大头"）熔化后可以锻造成一根项圈。能够佩戴这种项圈的村童，家庭环境在村子里属于中等以上。

20 世纪六七十年代，我国的乡村里还散落着些许银元。记得那时有城里人到乡村去收购"袁大头"，开出的价码是 15 元钱一枚。有急等着活钱的村民，将家里珍藏了几十年的几枚"袁大头"就此兑换了，乡村里的"袁大头"便又少了一些。

伸缩自如。游走在乡村的金银首饰艺人，接过村民递上的"袁大头"，放置在坩埚内用高温熔化，吹去表面的杂质，将熔化后的银水倒入条形槽中。稍稍冷却后，流动的银水变成了固态的细细银条。就着银条的热乎劲儿，轻轻捶打，将银条弯转成圆形，两端扭转成可以伸缩的活扣。再经轻轻打磨、抛光，一根光洁如新的项圈就锻造成功。

满月佩戴。那时，乡村里男娃多有贱名，什么大狗啊、石头啊、黑皮啊之类。名字贱，为的是娃儿好养。家里有项圈的话，也基本上给男娃佩戴，为的是辟邪驱秽、保佑平安。

为孩子佩戴项圈，多选择在满月那一天。

孩子满月是农户家里的大事，稍有积余的家庭都要费心费力张罗一番——摆上几桌酒席，爷爷奶奶外公外婆伯父叔父姑姑大姨小姨舅舅婶婶等，还有村子里的邻居们，热热闹闹地吃上一两顿饭，开怀畅饮一两顿粮食酒。

本村的、邻村的盲人，消息很灵通，三五个人一约，拐棍探路，找上门来。村民会热情地将盲人迎进里屋，好菜好汤招呼着。吃饱了，盲人中德高望重的某一位，会让娃儿的奶奶或爷爷报上小孩生辰，左手右手掐算个一两分钟，接着便开讲了。

盲人开讲时神情淡定，娃儿的奶奶爷爷聆听起来全神贯注。开讲时间短则半个小时，长则一个多钟头，内容包括金木水火土五行的缺失、财运的多寡、官运的有无，等等。开讲结束后，娃儿的奶奶爷爷照例会给每位盲人奉上一份"辛苦费"。

除了项圈，也有少数学龄前村童佩戴手圈、脚圈。一对手圈或脚圈只需2个"袁大头"便可以搞定。

到了入学年龄，村童就再不愿意佩戴项圈之类。继续佩戴的话，顽皮的同学会把项圈称作"狗圈"，佩戴者会成为同学们嘲笑的对象。

在村童央求下，家长会取下村童的项圈、手圈、脚圈，转而给年幼的弟弟妹妹戴上，也算是物尽其用了。

10. 十年棉袄

那时乡村，一件棉袄穿 10 年，对村童们来说是寻常事情。

家里兄弟姐妹多。20 世纪六七十年代的中国，家里有三四个孩子的农户是多数，有五六个孩子的农户不稀奇，甚至还有七八个孩子的农户呢。

孩子数量一多，免不了闹出一些笑话。譬如晚上准备关门睡觉时，才发现家里的老五还没回家；早上起床时，老六抓起衣服就穿，等到了校门口才发现穿着的是老五的衣服。

兄弟姐妹一多，带来的是"一个利好"、"一个将就"、"一个犯愁"。

利好，是大的带小的。那时在农村，3 岁小女孩就能熟练地抱起几个月大的小弟弟在房前屋后转悠。

将就，主要在穿着上。老二接过老大的旧裤子将就着穿，弟弟接过姐姐的旧花棉袄将就着穿。虽然旧一点、破一点，总比没有衣服强。

犯愁，是一年 365 天、一天三顿饭。那一个个正在长身体的孩子，吃饭是将就不得的。无法做到让娃们吃好，那就想办法让娃们能吃饱。退一步，做不到让娃们吃饱，总得让娃们吃个大半饱吧。

棉袄是大件衣服。在困难年月，解决一家人的温饱已属不易，村童在新年时能穿上一件新衣或一条新裤就是享受了。

棉袄算得上衣服中的大件。相比于单衣单裤，棉袄的制作要复杂些，花费的不仅有布料，还有弥足珍贵的棉花。那时，棉花也需要凭票供应。布票、棉花票、活钱都具备了，才能请乡村裁缝师来帮忙制作棉袄。每每三五年，一个农户才能添置一件棉袄。

缝缝补补又三年。一件新棉袄，老大从呱呱坠地穿到 3 岁左右。老二出生了，那件旧棉袄就成了他（她）过冬的装束。历经五六个冬天，棉袄由新变旧、由旧变破，棉袄的面子有破洞了，棉袄里面的棉絮露出来了。农妇找来针线，找来碎布，一针一线缝补起来。缝补过后的棉袄，还可以让老三对付三四个寒冬。

同学笑话花棉袄。有的棉袄，制作时使用的就是花色面子。有的棉袄，缝补时找不到同色碎布，就用花色碎布来补洞补缺。如果没有外套，村童只得直接穿着这整块或碎块的花面子棉袄。

乡村小学里总有喜欢捉弄人的小伙伴，身着花面子棉袄的男性村童逃脱不了他们的捉弄。"小男孩，穿花衣；打喷嚏，流鼻涕。"捉弄者顽皮地唱着，被捉弄的村童脸上就挂不住了。

旧棉袄上补扣子。一个冬天过后，村童们的小棉袄上布满了灰尘和鼻涕壳。比不得单衣单裤，棉袄不能放入水中浸泡、清洗。浸泡后，棉花就板结了，保暖功能会大大降低。农妇会赶在冬天来临前，趁着晴好日子，将棉袄暴晒一两天，然后拍打灰尘，搓去鼻涕壳。

经过五六个冬天，小棉袄上原有的扣子几近脱落。心细的农妇会找来大小差不多的扣子钉上，有扣子总比没有扣子强。找不到合适的扣子，村童们也自有办法，找来一根布条当绳子，往腰间一捆，便不至于胸前大开了。

· 第七章 难忘快乐 ·

1. 乡村电影

　　20 世纪六七十年代，电视机还没有走进村民家中。村童们有幸观看到的影片，都是公社放映队播放的。

　　公社范围流动放映电影。一幅约 6×8 米银幕、一部架着两个转盘的放映机、一台便携式发电机、两名放映员，组成了公社流动放映队。

　　那时，一个公社下辖十几个生产大队，一个生产大队有十几个生产小队，公社放映队每年在上百个生产小队中流动着。

　　需要更换胶片的放映队。那时都是在晚上露天放映电影。遇到雨天，放映只能顺延。一年下来，一个生产小队轮转到的放映机会也就一两次。

　　来了放映队，是全队人的喜事，也是周边生产队里村童们的喜事。放映地点多选在队里打谷场上，那里是队里最平整的开阔地。下午三四点钟，在热心村民的帮助下，硕大的银幕被高高挂在打谷场上。离放映时间还有三四个小时，喜庆的气氛却已早早到来。

　　放映开始前两小时，村童们已搬来凳子，放置在打谷场中央，占据有利位置。隔壁左右队里的村童们嘿咻嘿咻赶来时，要么影片行将开始，要么影片放映了一段。打谷场上呢，早已围满了观众。银幕的正面方向的观众太多，有的村童会选择到银幕后面去观看，效果也还不错。

　　一部 1.5—2 小时的电影，多是 4 盘胶片。放映完一盘胶片，需要将胶片从放映机上取下，小心翼翼地装入专用的金属盒子内。再从另一个盒子中取出下一盘胶片，安装在放映机上。

切换胶片，技术老到的放映员一分钟左右可以搞定，动作迟缓一点的放映员则需要三五分钟。此时，急不可耐的观众会大呼：换师傅，换师傅！

一部电影的胶片，偶尔会同一天晚上在县内两个放映点来放映。遇到这种情况，两个放映点会错开近一个小时来开映。除此之外，还得使用拖拉机在两个放映点间转运胶片。衔接不好的时候，观众看完了上一盘胶片，半个小时后才能开始观看下一盘。

加放新闻简报或科教片。流动放映队到生产队里去巡回放映，采取的是"放一送一"：影片正式开映前，会放映一盘15—30分钟的新闻简报或科教短片。新闻简报内容有：毛泽东主席、周恩来总理等领导人会见其他国家的领导人，我国登山队登上珠穆朗玛峰，等等。科教短片专题有：地震的前兆、原子弹的知识（什么是光辐射、冲击波，如何避免受到伤害）、安全用电知识，等等。

村童追着电影看。除了观看在本队放映的电影，村童们会尽可能将附近生产队放映的电影"一网打尽"，做到一场不落。

村童走东村、跑西村去看电影，路程近一点的一两公里，远的有三四公里。去的时候，天空依稀有点光亮，回家时只能摸黑前行。晚上九十点钟，熬夜功夫弱一些的村童，已在他村的打谷场上似睡似醒。放映结束后，迷迷糊糊的村童被兄长拉扯着，高一脚低一脚，懵懵懂懂地回家。

也有信息不准的时候，村童们走完大几公里小路后，才发现是空跑一场。第二天大人们问"昨晚看了什么电影哪"，村童笑答："英雄跑白路"。

爱憎分明的电影。村童们看到的电影以黑白画面为主。电影中的正面人物大多是浓眉大眼、一身正气。反面人物呢，多是贼眉鼠眼、歪瓜裂枣。

电影的主题有反映抗日战争、抗美援朝战争中我国军民威武不屈、精诚团结、智勇双全，以及侵略者的野蛮凶残、惨无人道和最终必定失败的，如《铁道游击队》《上甘岭》《狼牙山五壮士》《苦菜花》等。

有反映在土地革命和解放战争中共产党及其领导的人民武装得道多助，国民党反动派失道寡助的，如《闪闪的红星》《南征北战》《渡江侦察记》《枫树湾》《海霞》等。

有反映中华人民共和国建设时期，正义战胜邪恶的，如《戴手铐的旅客》《黑三角》等。

也有反映世界人民的抗争与生活的，如前苏联的《列宁在十月》、朝鲜的《卖花姑娘》、日本的《望乡》等。

2. 流水婚宴

那时，乡村里的嫁娶婚宴，一开席就是两三天。

借来桌凳碗筷。娶媳妇或是嫁姑娘，是农家的大事、喜事。嫁娶婚宴，少一点的，6—8 桌同时开席，多一些的，10—16 桌同时上菜。

家境好一点、人口多一些的农户有两张饭桌，多数农户呢，只有一张饭桌。需要几张饭桌同时开席的时候，村民们就到左邻右舍那里去借去搬。

农家的饭桌用实木制作，四四方方，结结实实。轻一点的有一二十斤，重一些的有三五十斤。与饭桌配套的，是 4 把长条形板凳。一把凳子坐两个人，一张饭桌围坐 8 个人。

到邻居家借饭桌借长凳时，顺便地，还要借碗筷。农户没有能力，更没有必要储备几十上百号人的碗筷。

邻居们来帮忙。一家有嫁娶，全村来帮忙。善于做菜的男将，在主人家的厨房里帮忙掌锅掌勺。膀大腰圆的男将，挑着水桶往返于水井和水缸。手脚麻利的女将，蹲在地上摘菜理菜、洗碗洗筷。眼疾手快的女将，穿梭于堂屋和厨房，收拾吃过的碗筷，端上为下一桌准备的菜肴。就连邻居家的男娃女娃，也过来帮忙刨土豆、拔鸡毛。

在农闲的冬日。嫁娶婚宴一般在农闲的冬日来办：一来，冬日里村民挤得出时间，腾得出精力来张罗；二来，在低温的冬日，肉啊、鱼啊、鸡啊等菜肴不易走味变质；三来，忙乎了一年的村民，这个时候手头能有一点活钱。

一场流水婚宴下来，主人家的半头，甚至一头大肥猪被用了个精光。

那时的男婚女嫁，男方需要提前两年左右开始准备生猪。一头生猪是基本数，两头生猪比较好。在婚宴的前一天，男方将饲养了两年的生猪宰杀了。其中半头猪的腿脚上被缠着大红纸花，抬到女方家，提供给女方开设婚宴使用。

指长的肥膘肉。婚宴上的菜肴都是用大碗盛装，一般有 8 个菜碗。家境好一些的主人，甚至会安排 10 个，甚至 12 个菜碗。

大碗菜肴中必不可少的是红烧肉。还有清蒸全鱼、鱼丸子、烧鸡块、豆腐丸子之类。

红烧肉是可以给主人脸上增光的婚宴菜。被饲养了两年左右的生猪，毛重约 75—120 公斤。那 100 公斤左右的生猪被宰杀后，红烧后出来的大块肉，有着成年人手指长度的肥膘。送入口中一咬，软软绵绵、肉香四溢，村民们一边吃着大块红烧肉，享受着丰盛的婚宴，吃得满嘴油光闪闪，一边点头夸奖主人家的生猪喂养得好。

村童敞开肚皮。婚宴上菜碗的数量虽不是很多，但每一碗里菜肴的分量却很充足，满满的、尖尖地堆着呢。

村童们喜欢婚宴，除了打牙祭、开开荤，还可以放开肚皮吃个饱。做客婚宴，村童们和大人们一样，无需斯斯文文，无需太多讲究。既然同喜同乐，既然菜肴分量充足，村童们也就可以尽情享受这难得的享用美味的机会。

3. 跟吃长伙

在乡村，嫁姑娘娶媳妇是喜事（红喜事），老人高寿而去也是喜事（白喜事）。遇到红白喜事，村童们就有机会跟吃长伙。

灶膛不熄火、饭桌不断线，称为"长伙"。从中午到晚上，几张、十几张大方桌不停地翻台，一拨离席，另一拨立马上桌。主人家的柴火灶就这么旺旺地燃烧着，主人家的大铁锅就这么不停地冒着白色水蒸气。

吃长伙去啰。亲戚或邻居家有了红白喜事，农户会送上一份薄礼——或许是两三元钱，或许是一两尺布。薄礼送上后，农户便受到邀请去吃酒。

主人家安排有两三位帮忙的，专门负责上门请人吃酒席。被请的农户，若是大人忙乎，或是存心将打牙祭机会留给家里的村童，村童便代表农户去吃长伙。

抢凳子吃长伙。吃长伙无需斯文，正在吃的人是这样，等待席位的人更如此。席位上的 8 个人还坐在凳子上快速吃着，另外 8 位已经站立在凳子旁候着呢。10—15 分钟后，坐着的人打着饱嗝，抹去嘴边的油迹，捎带上肉圆子，刚刚准备起身离去，身旁站立者便就势而下，立马坐在还带着体温的长条板凳上。

第一次跟吃长伙的村童哪见过这般阵势，但被同村子的大人引领一两次后，胆怯怯的村童也渐渐适应了这种快节奏、无遮掩的吃长伙的方式。

筷子伸向大块肉。酒席上的菜肴中，最耀眼的是大碗红烧肉。碗里面不多不少正好 8 块，每块在 2 两半左右。碗里除了肉便是肉，什么勾头也没有，实实在在的。

坐定了，大家的第一筷子便是插向大块红烧肉。经过一两小时焖制，红烧肉如豆腐般柔软。筷子插入后，向上或左右一挑，大块肉就离开了菜碗。

吃长伙时，大家遵从"先肉鱼，后素菜"的顺序。肉、鱼吃完了，素菜吃完了，有村民会将肉、鱼吃剩后的汤汁倒进自个的饭碗里，和着米饭一搅拌，吃起来也美滋滋的。

带着肉圆回家去。酒席上有一碗菜是现场不吃，留着带回家的，那便是肉圆子。一碗肉圆子有 8 个，每个有 2 两左右。既可以是猪肉圆子，也可以是鱼肉圆子，还可以是猪肉鱼肉混合圆子。

离开酒席前，村民们——有的用手帕包着，有的直接用手抓起——每人带着一个大肉圆子，饱着肚子，高高兴兴地回家去。

没能吃上长伙的家庭成员，便从这带回来的肉圆子中，也分享到酒席的丝丝美味。

4. 捡拾鞭炮

那时，村子里小孩多喜欢玩鞭炮，男孩子尤其如此。

玩味的万响鞭炮。鞭炮鞭炮，个头小、火药少的是鞭；个头大、火药多的为炮。供销社里出售的鞭炮，有 100 响、200 响、500 响、1000 响、5000 响、10000 响等几种规格。

100 响、200 响、500 响的，有鞭无炮；1000 响以上才有鞭有炮。那时，村民若是能怀揣一挂万响鞭炮，走起路来，腰板似乎都要直挺些。

有较真的村民，拆开整挂鞭炮的红色外包装纸，细细数过：号称 100 响的，里面只有 80 个左右的小鞭；标明 10000 响的，1 个炮仗折算 20 个小鞭，连鞭带炮也只相当于 8000 个左右的小鞭。看来，鞭炮的实际响数要在标注响数上打个 8 折左右。

燃放鞭炮的日子。那时，农户活钱很少，购买鞭炮时不可能大手大脚。一年中，农户燃放鞭炮的日子很有限。年三十、初一、元宵节（正月十五）这 3 天，每家每户要燃放一挂鞭炮，手头拮据的，放 100 响、200 响；手头宽松一点，放 1000 响、2000 响，甚至 10000 响。

正月里，若是有龙灯或采莲船玩到了家门口，需要鞭炮来迎接。既要鞭炮响又要省着用，有农户就将整挂鞭炮拆散成几小节，一次燃放一小节。

操办红白喜事时，农户家里少不得买上几挂、十几挂鞭炮，毕竟这种事情多少年才有一回。

捡未炸响的鞭炮。鞭炮整挂整节燃放后，总有少许鞭炮来不及炸响。村童们捡拾的，就是那些尚未响起的鞭炮。

村童们会优先捡拾那些残留有引线的鞭炮。没有引线的，村童们不会放过，也能玩出花样来。

若是雨天或在潮湿地面上燃放鞭炮，村童们就难以捡拾到像样的鞭炮，那些掉落在地面、没有炸响的鞭炮很快就被沾湿了，这种时候捡拾鞭炮最不给力。

冲进烟火踩鞭炮。为了得到更多有引线的鞭炮，有胆大的男孩会冲进烟火中，去踩踏那些尚未来得及炸响的鞭炮。

踩踏鞭炮需具备好几个条件：一呢，男孩得有足够胆量。烟火丛中，鞭炮正噼里啪啦爆炸着呢，不是每一个村童都有勇气往里冲。

二呢，得知道是人家为什么燃放鞭炮。娶媳妇嫁姑娘的鞭炮、迎接龙灯和采莲船的鞭炮，可以踩踏。不能踩踏的，是丧事的鞭炮，以及年三十、初一、元宵节的鞭炮。

三呢，得遇上"发懒劲"的燃放者。有的燃放者待鞭炮还剩下小半截时，便将手中鞭炮扔向地面，任其爆炸。这时，村童踩踏鞭炮的好机会就来了。

若是遇到负责任的燃放者，将鞭炮提在手上从头至尾燃放完，或是缠在竹竿上燃放，村童就没了踩踏机会。

四呢，得在一挂鞭炮燃放了大半后再进行踩踏。刚刚炸响的鞭炮就被踩踏了，即使是嫁娶喜事，主人也会不太高兴。

破碗冲上屋顶高。踩踏或捡拾回带有引线的大炮仗后，每一次燃放都会带来村童的雀跃欢呼。找来一个废弃不用的破铁碗，选择房前屋后相对开阔的场地，点燃一个大炮仗，趁着呼呼冒烟，立即将破铁碗扣在大炮仗上。几秒钟后，随着一声巨响，破铁碗被冲上了屋顶高，然后垂直落在地面上。

新鲜牛粪开了花。有顽皮的村童将带有引线的炮仗插在新鲜牛粪堆中央，点燃引线后，迅速跑开大几米远，捂紧耳朵，随着一声闷响，新鲜牛粪堆被炸开了花。

水中炸鞭有技巧。右手拇指和食指捏住小鞭炮的尾部，点燃引线后，瞅准时机，迅速扔进水中。只听得一声闷响，水面被炸起了一个小水花。

要炸起水花，时机把握最重要。点燃小鞭炮的引线后，往水里扔早了不行，扔晚了也不成。扔晚了，鞭炮空中就炸开了。扔早了，鞭炮被水浸湿了，不会有炸开的效果。

无引鞭炮能喷火。没有引线的鞭炮，村童们也能玩出快乐来。双手捏住两端，将它们对折成"Λ"形。鞭炮从中间被折断后，里面的火药就暴露出来。在火药暴露处点着，鞭炮不是爆炸，而是呼呼地向外喷射火焰。

村童们既可以让单个鞭炮喷射火焰，也可以将两个鞭炮对折后，对向喷射火焰。

更好玩的是将几个、十几个鞭炮对折后，折口朝内围成一圈。点燃其中一个，这一圈鞭炮便朝圈内相互喷射火焰了。

手指灼伤小意思。喜欢玩鞭弄炮的村童，没有谁的手指没被灼伤过的。只要不是被灼伤得太厉害，村童就往手指上涂抹一点口水，过不了多久，就没有疼痛感了。该玩鞭的玩鞭，该弄炮的继续弄炮。

5. 摇船耍灯

那时，大年初一采莲船、正月十五看龙灯，是春节期间村童们免费享受到的娱乐节目。

六七个人的采莲船。坐船的、摇船的，艄公、艄婆，敲锣打鼓的，还有张罗的，六七个人各司其职，玩出一台采莲船戏。

说是坐船，其实是挂船。色泽鲜艳的采莲船，系挂在船中新娘身上。采莲船不怎么沉重，系挂起来也就不显得那么吃力。船中的新娘，头戴彩色的头饰，身穿彩色的衣服，与采莲船浑然一体。新娘多数是男性装扮的，只有少数是地地道道的女性。艳丽的采莲船、漂亮的新娘，是村童们跟随一路、评说一路的话题。

摇船的是一台采莲船戏的关键人物。只见他右手荡桨，左手摇船，摇头晃脑，念念有词。摇船的需要些文采和即兴表演能力。记得那时通用的采莲船唱词有：采莲船啊，哟哟；来得早啊，呀呵呵；特事来拜访，呀歪子哟，你孙伯（王叔、赵爷、李哥之类）哟，划着；哟哟，呀呵，你孙伯哟划着。

走到老生产队长家门口时，除了通用唱词，摇船的还会唱起：老队长啊，哟哟；德高望重，呀呵呵；土改时啊，呀歪子哟，带头人哟，划着；哟哟，呀呵，带头人哟划着。

来到光荣军属张爷爷家门口，唱罢通用唱词，摇船的就放开嗓门：张爷爷啊，哟哟；光荣家庭，呀呵呵；儿子参军，呀歪子哟，保家卫国哟，划着；哟哟，呀呵，保家卫国哟划着。

艄公活脱一副济公相，他摇着一把破芭蕉扇，跟在采莲船船尾，晃去晃来。滑稽、活泼的艄公给采莲船戏平添了几分欢乐。有顽皮的村童在一旁使劲高呼：艄公，扇子摇得再快一点！

相比于动作夸张的艄公，艄婆就显得内敛一些。艄公、艄婆分别站立在采莲船船尾的左边和右边，但如果人手紧张时，就只剩下艄公一个人在船尾摇摆着破扇。

敲锣打鼓的、张罗主事的，除了敲着锣、打着鼓，还是合唱时的群众演员。遇到什么"哟哟""呀呵呵""呀歪子哟""划着"时，他们要扯开喉咙来唱。主事的还背有一个大挎包，里面是张三家李四家王五家为采莲船送上的礼物。

大年初一开始，采莲船就可以挨家挨户巡回演唱了。农户在自家大门口用一挂鞭炮迎接，于是，采莲船班子敲锣打鼓、摇船唱演一番。待农户将两瓶散酒，或两盒麻糖，或一瓢米泡糖搁置在船头，摇船唱词的便道一声"谢谢"，然后引领着采莲船向下一农户家走去。

举全村之力的龙灯。正月十五开始，有条件的村子就开始玩耍起龙灯来。一支龙灯队伍至少有一条长龙、30—50只单面鼓。人员充足的话，还会配备两条短龙来与长龙相伴。

一条长龙，20—30个人齐舞，拿绣球的、举龙头的、摆龙尾的、操龙身的，前后联动，相互配合。执掌龙头、操摆龙尾，由体能好、技术熟的村民担纲，那是件劳心劳力的活儿。操摆龙身，相对简单一些，但也得顺势而动、借力发力。

单面鼓，专为玩耍龙灯而制作。村子里的手艺人收集来牛皮，用祖传鞣革方法处理后，借助铆钉将牛皮固定在直径约50厘米、高度约20厘米的木鼓体的一面，即做成了单面鼓。单面鼓挂在梭镖似的长棍或干农活时的冲担一头，扛在肩头。敲击时，村民左手抓住鼓沿，右手拿着裹了碎布的槌子，合着节拍敲击鼓面。

为避免划伤到前后的同伴，长棍或冲担那尖尖的端头，往往插着一小块木板。

用梭镖似的长棍，或尖尖的冲担来挂起单面鼓，是一种沿袭。乡间玩耍龙灯的风俗由来已久。上百年前，因为不同族姓的村民之间玩耍龙灯而引发斗殴的过往，村民们或多或少有所耳闻。那尖尖的长棍、尖尖的冲担，成为应对不测时一种护身器械。玩耍龙灯而引发斗殴的情况，如今虽已几乎不再出现，但单面鼓巡游时，依然挂在尖尖的长棍、尖尖的冲担上。

没有50—100名壮实一点的劳动力，玩耍不起龙灯。除了出人，农户还得分摊相应的花销。扎龙灯要钱，统一装束要钱，修补单面鼓要钱。一次龙灯玩耍，就是村子里所有农户的人力、财力、物力的一次总动员。这种总动员，在光景、收成不错的年份才具备了可操作性。

有日灯和夜灯之分。村民玩耍龙灯，以日灯多见。也有少数村子，组织起夜灯来。

和日灯相比，张罗夜灯更加辛苦。长龙的每一个节点上都要点灯照明，单面鼓队伍旁需配置几十个灯笼来照亮行进的路程，耍龙灯的队伍需要在夜幕中行走在乡间小道上。组织者、玩耍者十分辛苦，观赏的村民却是大饱眼福。夜幕下那黄色长龙，那延绵数百米的一盏盏红灯笼，不仅让村民们期盼着来年的丰收，也给冬夜里的村民带来了温暖。

近水楼台先得月。先在本村子里挨家挨户玩耍过后，龙灯便向邻近的村子进发。日灯，从早上出发及至傍晚返回村子，一路下来，10个小时左右，三五十公里路程。夜灯，傍晚出发，近乎到次日天明才返回村子，时间不短，路途更不易。

龙灯途经的村落，有专人提前告知。所到之处，震耳欲聋的鞭炮声，是对龙灯队伍最诚挚的欢迎。鞭炮声越响亮，鼓点就越急促，龙灯舞动起来就越兴奋。鞭炮声不停歇，龙灯的舞动就不停止。

极少数农户准备了成箱鞭炮，噼里啪啦地狂炸不停。这个时候，龙灯队伍的主事者就会笑呵呵地走近农户主人，商量着是不是要适可而止。农户主人也会顺梯而下，停止放鞭炮，送上贺礼。

为龙灯队伍准备的贺礼，可以是挂在龙头上的一块布，可以是两瓶供销社买来的粮食酒，还可以是为龙灯大军每人准备的一支香烟。

一天（或一个通宵）下来，玩耍龙灯的村民个个腰酸背疼腿抽筋，说着"明年再也不玩了"之类的泄气话。一年过后，村子里若是继续张罗，这些村民似乎全然忘记了以前的酸痛，又精神抖擞地出现在龙灯大军中。

6. 连环画册

除了课本，那时村童翻阅最多的就是连环画册。

黑白连环画。那时的连环画册，也被称作"小人书"。除却了彩色封面，里面几乎是黑白印刷。15×10厘米左右的规格，厚一点的有六七十页，薄一点的只有四五十页。每一本画册封面上有一个名称，《小兵张嘎》《铁道游击队》《渡江侦察记》《永不消逝的电波》《地雷战》《小英雄雨来》《杜鹃山》《江姐》《红岩》《鸡毛信》《小刀会》《龙须沟》《天仙配》，《三国演义》系列、《红楼梦》系列、《说岳全传》系列、《西游记》系列、《水浒传》系列等。

每一张内页的主体部分是一幅手绘的画面，画面下端，配有1—3段文字解说。不识字的村童，可以由浅显易懂的画面来猜测出故事梗概。识字后的村童，更可以从图文并茂的连环画中了解到故事全貌。

每一本画册，讲述的是一个完整故事。有革命战争题材的，有历史典故的，有寓言，有科幻。村童们从连环画中了解到村外世界，了解到过往人物，激发了对科学的兴趣，也明白了不少人生哲理。

除了看画面、知故事，连环画还有助于村童识字记字。一些熟悉的汉字得以巩固，一些课堂还未讲授的生字则连猜带蒙，也知道了个八九不离十。

换阅连环画。那时，到公社供销社柜台去购买一本连环画，薄的 8 分到 1 角 2 分钱，厚的 2 角到 2 角 5 分钱。相比于 5 分钱一个的鸡蛋、5 分钱一个的练习本，连环画在村童眼中是奢侈品。

一年中能够买回一两本连环画，对村童来说就是莫大的喜事。自己购买的连环画数量有限，想阅读更多连环画的欲望又是那样强烈，村童们便自发进行连环画换阅。

拥有区区几本连环画的村童，通过换阅，可以看到几十本连环画。连环画的传播文化的作用得到彰显，村童们求知欲望也部分地得到满足，可谓你好我好大家好的事情。

租借连环画。那时县城街道旁有专门租借连环画的书摊，书摊主人多是爷爷奶奶辈的老人，偶尔也能见到挂着拐杖、腿脚不便的残疾人。

数百本连环画被整齐有序地架在一根根绳索上，需要借阅时从绳索上取下，看完后归还原处，很是方便。

租金呢，也不贵，薄的一两分钱看一次，厚的三五分钱看一次。

前来租借的，多是县城里的儿童，也有间或跟着家人上县城的村童。选取一本自己心仪的连环画，从裤兜里掏出硬币，送到书摊主人手上，便可以坐在书摊前的小板凳上，沉醉于故事情节中。

看完了一本连环画，若是裤兜里还有硬币，难得来县城一趟的村童就会继续选取，继续阅读，不知不觉半天时间就在书摊前度过了。

修补连环画。每一本连环画都得来不容易，村童会倍加珍惜。自己阅读，互换阅读，在反反复复的翻阅中，连环画难免会出现破损。

常见破损有两种：一是散页，二是破皮。散页后，村童就找来缝制被子用的粗线和大鼻子针，将页码顺好后，齐左边装订线一针一线地缝合起来。

破皮，是连环画封面出现了破裂，或是一部分不见了踪影。村童会找来饭粒和草稿纸，用手指将饭粒压扁后涂布在草稿纸上，然后黏附在破裂的封面的反面。

　　若是封面一部分不见了踪影，村童会找来一张大小合适的硬纸壳，糊上白纸。待白纸晾干后，凭借记忆，绘制出一幅封面画来。这自制的连环画封皮，彰显着村童的才华与个性。

7. 望蚕成茧

在长江中下游丘陵地区，不少地方稀稀拉拉地自然生长着大小桑树。春天一到，桑树树枝上便冒出片片嫩绿桑叶来，村童们就可以采摘桑叶来喂养春蚕了。

桑枝才露尖尖角。大自然就是如此神奇，当废旧报纸上那芝麻粒般大小的、褐色的蚕卵开始"破壳"，一条条小蚂蚁般黑色幼蚕顺势爬出时，桑枝上刚刚露出嫩绿细叶来。

早晨桑叶味最美。找来一个鞋盒子，铺上一层旧报纸。轻轻擦拭鲜嫩桑叶上的露珠，将桑叶剪成小条状，或用手撕成小片状。鞋盒内有了桑叶，幼蚕便可以入盒为窝。幼蚕虽小，咬噬起桑叶来却无师自通。幼蚕还很专注，选取身边的叶片后，就埋头苦干，叶片上也就渐渐出现了一个个圆形、椭圆形缺口。

每天，村童会趁早去采摘桑叶。经过夜晚的沁润，早晨的桑叶叶片舒展、水分充足，是春蚕的最爱。那沾着露水的桑叶被采摘回家后，村童一一擦拭掉露水，为的是避免春蚕闹肚拉稀。

白色春蚕食量大。一两个星期后，春蚕的个头变得如幼儿小指般，身体颜色渐渐泛白，食量日益见长，咬噬起桑叶来还能发出轻微响声。

这个时候，桑枝上的叶片越来越多、越来越大，颜色也不再是嫩绿了。村童无须再剪撕桑叶，大片的桑叶被擦干露水后，直接投放到春蚕嘴边就行。

鞋盒子也开始显得狭小了，喂养场所得转移到宽敞的簸箕上。大把桑叶投放下去，用不了两三个小时，几十上百条春蚕便将它们一扫而光，只剩下叶茎和春蚕的颗粒状排泄物。

春蚕性情温和，动作略显迟缓，手摸起来肉乎乎的。只要身边有桑叶，春蚕就不会四处游走。个头越大，春蚕颜色便越白，食量也越大。为了及时给春蚕添加桑叶，夜间起来三五次对养蚕的村童来说很是寻常。

月大春蚕爬上架。一个月后，春蚕个头已有成年人小指粗细，身体白而发亮，食欲开始明显减少。有经验的村童会找来麦秆、小竹棍之类，搭成架子，将春蚕轻轻捧起，转移到架子上。

上架后，春蚕缓缓摆动头部，嘴里慢慢吐出细细的蚕丝。那蚕丝被编织成蚕茧，将它自己包裹在里面。

吐完所有蚕丝，春蚕蜕掉身上那层皮，变成了花生米粒般大的蛹。约10天后，蚕茧内的蛹摇身一变，成蛾出茧。出茧后，雌雄蛾子会交尾。交尾后不久，雄蛾率先死去。雌蛾在村童准备好的废旧报纸上，如同播撒种子般地间隔产卵。几百粒蚕卵产下，雌蛾也结束了奉献的一生。

卖完蚕茧买本子。蚕茧呈椭圆形，有土鸡蛋那般大。颜色以白色居多，也有黄色、红色、橙色的。村童将几十上百个蚕茧收集起来，五颜六色，煞是好看。

村童养蚕，多是好玩，结出的蚕茧可以卖给供销社收购站。卖掉蚕茧，顺手买回几个练习本，村童心里美滋滋的。

8. 鸡笼银行

那时，乡村有着"鸡屁股银行"说法。

农户吃的盐、孩子上学的练习本、去合作医疗点缴纳的 5 分钱，等等，很多时候就是靠揣着一两枚鸡蛋去解决。鸡在晚上栖息在鸡笼里，下蛋也多在鸡笼上的鸡窝里，那小小的鸡笼，实实在在成了农户的"取款机"。如果"鸡屁股银行"不够文雅，那么，"鸡笼银行"的说法似乎更上得台面一些。

请来木工做鸡笼。农户不敢淡看鸡笼。木工活儿马马虎虎的村民，他们自己动手制作鸡笼。多数农户会准备好木材竹料，请村子里木匠师傅到家里来制作鸡笼。

立方体的鸡笼，其大小依农户家饲养的鸡的数量而定。小一点的鸡笼，0.5 立方米左右；大一点的，有 1.5 立方米。

鸡笼前、后、左、右、下 5 个面，用木条或竹条做成栅栏样，既透气，又能保护鸡免受黄鼠狼的侵害。

鸡笼前面正中间部分安装有可以上下活动的门板，那是早上开笼放出鸡、晚上收板关闭鸡笼的机关。

鸡笼上方做成两三个 30 厘米×30 厘米左右的方格，里面垫上些许稻草或麦秆，拨弄成"凹"形，便于母鸡跳上鸡笼、蹲进鸡窝、产下鸡蛋。

鸡笼安放堂屋中。能够在农舍大摇大摆、悠闲进出的动物，除了自家鸡，还有自家的狗和猫。狗和猫享受不到独立笼舍的待遇，它们在屋檐下、灶膛边，随便找个地方就可以眯上一宿。

鸡不但有笼舍，而且笼舍还安营扎寨地放置在堂屋里。那时，村民的房子多是明三暗六（前面看来是 3 间，后面斜坡又 3 间），或明五暗十（前面看来是 5 间，后面斜坡又 5 间）。明三暗六也好，明五暗十也罢，正中的那间是堂屋，相当于城市住宅的客厅。

在村民的住宅中，堂屋有着特别地位。那里是供奉先人画像的地方，是嫁娶婚宴时摆放主桌的地方，也是亲朋好友相聚时谈天说地的地方。

将鸡笼安放在堂屋中，虽然是倚墙安放，虽然只是堂屋的角落，但足以显示村民对鸡的呵护，对"鸡笼银行"的倚重。

葫芦瓢里盛鸡蛋。乡村的母鸡，有晚上在鸡笼里下蛋的，有白天玩高兴了而将蛋下到不知名的旷野的，但多数母鸡还是中规中矩地选择白天时间在鸡笼上方的鸡窝里产蛋。

在外觅食一圈，琢磨着肚子里那个物件快要出来了，母鸡就会急匆匆地赶路回家，径直来到鸡笼旁，扑闪翅膀，"嗖"的一声，母鸡便准确飞进空空的鸡窝里，调整一下坐姿，慢慢蹲下，蛰伏三五分钟后，随着响亮的"个大，个大"声，一枚热乎乎的鸡蛋诞生出来了。如释重负的母鸡，优雅地从鸡笼顶上飞下，继续着外出觅食的活儿。

母鸡唱"个大"，村童心里就乐开了花。下蛋后的母鸡走开了，村童依然不敢将鸡窝里热乎乎的鸡蛋取出来。大人的叮嘱："拿走了热鸡蛋，母鸡就会荒郊野外去下蛋"，村童是不敢忘记的。

5—10 分钟后，鸡蛋不再那么热乎了，村童才放心大胆地走上前去，抓握起鸡蛋，小心翼翼地放进看不出颜色的柜子里那专用葫芦瓢中，在鸡窝里留下蛋壳嵌合成的引蛋，静静等候着下一位母鸡前来。

积攒鸡蛋换粗盐。等到两三个葫芦瓢都被装填得满满的，就积攒了50—70 个鸡蛋。村童将鸡蛋一个一个地转移到布袋中，扎紧袋口，双手托抱着，步行到公社食品公司去卖钱。

送走 50—70 个鸡蛋，换回来 2.5—3.5 元钱。在村童眼中，手里攥着的可是一大笔钱。

按照家长的吩咐，村童会顺便到公社供销社买回三五斤粗盐，然后揣着剩下的两三元钱，连蹦带跳地赶路回家去。

"银行"最怕鸡发瘟。鸡性情温和，早出晚归，自己觅食，还能下蛋换钱，不怎么让农户劳神费力。

农户唯一担心害怕的是发鸡瘟。一旦哪家鸡染上了瘟病，很快就会波及到村子里其他农户的鸡。稍不留神，用不了三五天时间，鸡笼里十几、二十几只鸡就会先后死去。

鸡笼里鸡全没了，农户的"鸡笼银行"也就倒闭了。没有了"取款机"，农户的日子就没了先前那份自在，买点盐、买个本总显得缩手缩脚。

村童慢慢也有了应对鸡瘟的办法来。一旦听说了鸡瘟流行，村童便将自家鸡关在鸡笼里。宁可赔上一些粮食，也比让鸡外出感染瘟疫而死强得多。也有村民请来兽医，提前给鸡注射抗生素之类的药物，来增强鸡的免疫力。如此这般后，一家连着一家、一户接着一户的鸡瘟已被彻底遏制。

9. 乌龟换钱

那时，村民不怎么喜欢湖塘里的野生甲鱼。面对一条 1000 克的鲢子鱼和一只 1000 克的野生甲鱼，大多数村民会毫不犹豫地选择前者。村民的想法很简单、很淳朴：鲢子鱼口口是肉，而野生甲鱼的可食部分有限。

村民也不怎么食用野生乌龟：一来，除去了外壳，野生乌龟就没有多少肉；二来，食用过的村民说野生乌龟肉有一股明显的尿骚味；三来，宰杀野生乌龟，远比剖开一条鱼复杂得多、麻烦得多。

村童捡拾到野生乌龟后，有三种选择：放置在家里，等待走村串户的收购者上门时，拿去换钱；放置在村子里带有天井的下水道口，通过乌龟爬行来疏通天井边的下水道；送给邻里，邻里宰杀后煲汤，给家里有尿床毛病的村童喝。

乌龟换钱。收割水稻时，村童偶尔能在稻田里捡拾到几只硕大的野生乌龟。这些乌龟，有的在 2 斤左右，有的能达到 3 斤。若碰到 1 斤以下的小乌龟，村童便将它们放生了。

捡拾到乌龟后，村童用两三根稻草当绳子，缠住乌龟的四只脚，乌龟便不能再慢悠悠地四处爬行了。

收工时，村童顺手将乌龟捎上，待回家后将乌龟放置在屋子角落。乌龟生命力顽强，半个月不吃不喝，松开草绳后，伸展一下腿脚，又优哉闲哉地爬行起来，像啥事都没有发生过一样。

走村串户的收购者会以按每一斤0.8—1元钱的价格来收购乌龟，几只硕大的乌龟可以帮村童解决一个学期的学习费用。

乌龟通路。舍不得卖掉乌龟的话，村童会让乌龟来帮忙疏通水道。

那时，乡村有一些带有天井的老房子。从正前方看，老房子是3间，中间是前堂，两旁是卧室。从正后方看，老房子也是3间，中间是后堂，两旁是卧室。连接前后卧室的是两间厢房。

这样的老房子，形如一个9宫格，正中的那一格便是天井。天井有诸多功能，自然照明啊，通风换气啊，存水防火啊，等等。雨季来临时，天井上方的瓦片便将承接的雨水哗啦啦地倾倒入天井。

后堂地下埋有泄水通道，天井下朝向后堂的方向有一个栅栏口，那是泄水通道入口。天井中的自然降雨、生活用水，都是通过栅栏口和泄水通道排向屋外。

时间久了，黑黑的淤泥渐渐挤占了泄水通道。雨势过猛时，来不及排泄的雨水会漫过天井，流淌到前堂、后堂中。

打开天井的小栅栏，将乌龟放置在通道入口处，关上小栅栏，借助乌龟的爬行，原本不够通畅的泄水通道就变得畅通起来。

治疗尿床。家里若有频频尿床的小孩，村童捡拾来的乌龟就可以发挥作用。将乌龟宰杀后，去掉头尾、脚尖和胆，洗净内脏，将龟肉切成小块。加入生姜翻炒后放入砂锅中，给适量食盐、水，煨上一两个小时，去渣，取汤，给孩子喝下。

虽不及新鲜猪肉汤那般鲜美，但龟肉汤因其滋阴益肾的功效，对儿童尿床的毛病能起到一定的效果。

10. 脚踩高跷

对那时的村童来说，脚踩高跷不仅是一种快乐游戏，也是一种出行方式。

简单易做的高跷。用两根锄头把粗细、1.8—2米的长竹竿很快就能制作出一副高跷来。在竹竿的细端，锯下约25厘米长的一截。将锯下的两截竹筒，固定在两根竹竿的粗端的上方相同高度处，作为双脚的踩踏杆。

也有少数村童用杉木杆取代竹竿来制作高跷。在柔韧性上，木杆不如竹竿，但木杆高跷也能凑合着使用。

玩出花样的高跷。村童们制作的高跷，踩踏杆离地面高度多在20厘米左右。这样的高度，踩踏起来安全无忧，行进速度也会比较快。

求新求异，是儿童天性。玩高跷，村童们也能想办法来玩出花样。

花样一：速度比试。踩踏上各自的高跷后，3—5名村童从同一起跑线出发，看谁能率先到达正前方的目的地。在比试过程中，协调性好、手脚麻利的村童，似乎已不是在踩踏高跷，而近乎是借助着高跷飞奔。

花样二：平衡比试。比试的两名村童，在高跷上踩踏稳当，相向而立。随后，单竿单脚而立，作金鸡独立状，看谁坚持的时间长一些。

花样三：高度比试。别出心裁的村童，不满足于20厘米高度高跷。他们将踩踏杆的高度渐渐上移，30厘米、40厘米、50厘米，胆大的村童上移到 100 厘米，甚至 120 厘米。

踩踏杆上移得越高，要求承载重量的竹竿就越粗，否则，竹竿会像面条般弯曲，影响踩踏者的安全。

出行帮手的高跷。冬天，路上都是泥泞和积雪的日子，村童们出行要么穿木屐，要么踩高跷。踩着高跷上学去，到校后，几副、十几副高跷停靠在教室后墙边的景象，很是寻常。

那时长江中下游丘陵地区，冬日里出现二三十厘米的积雪，很是常见。最深积雪接近 50 厘米，可以没及成年人膝盖。在松软的积雪路面上，套上木屐踩踏下去后，整个木屐仍被淹没在积雪里。那时那刻，高跷的优势便显露出来。

踩踏高跷，最要注意的是路面上的青石板。一不留神，高跷便在溜光溜光的青石板上滑溜起来。好在村童多身手敏捷，因踩踏高跷而摔伤的村童少之又少。

第八章　淳朴民风

1. 平借满还

那时，多数农户有过向左邻右舍借米借面的经历。

借米借面为应急。村民从队里打谷场上或队里仓库分到了当月的口粮，还未来得及挑到大队加工厂去脱壳成粒，家里大米就断顿了，这时，农户就会差村童到隔壁左右借上一两升米。

家里要糊碎布、纳鞋底，手头又没有现成的面粉，村童也会被家人差到备有面粉的邻居那里去赊借一升来。

借米借面用木升。每个农户家都有一个木升。小小的木升，就是粮店里那种四方形储粮容器的缩微版。上面是敞口，4 个侧面是上大下小的梯形，尺寸形状完全一样，底面是正方形。

之所以被称为木升，是因为一来它是用约 0.3 厘米厚木板制作而成，二来它的容量与 10 厘米×10 厘米×10 厘米的正立方体体积（1 升）大体相当。

看似简单的木升，却找不到一颗钉子。5 个连接面依靠燕尾槽紧紧相连，是村子里木匠师傅智慧的结晶。这看似不起眼的木升，是农户家里不可或缺的小小家当。因为经久耐用，不少农户家的木升已有几十年历史了。

不同年代、不同师傅制作的木升，容量上虽很是接近一升，却免不了存在细微的差异。为了不让借出方吃亏，借米借面、还米还面时，村童都会带上自家的木升。

平升借来满升还。揣着木升，有时还会捎带上米袋、面袋，村童来到左邻右舍家。告一声"陈奶奶好"（或是"张伯母好"之类）后，村童会向陈奶奶禀告：受母亲（或父亲）差遣，家里稻谷尚未脱壳，想找您老人家借上一升（或几升）米来应个急，大约3天（或7天）后还给您老人家。

陈奶奶领着村童来到自家存米的竹箩筐前，将村童带来的木升侧向放入米中，向上一转，舀起满满一升白花花的大米。懂事的村童一边喊着："陈奶奶，不要这么满啦"，一边用小手齐木升边沿抹去堆高的米粒。一平升大米，便到了村童手中。

只要是家里有米有面可借，左邻右舍都不会让村童空跑一趟。

还米还面的活儿，还是村童的。双手小心翼翼捧着满满一木升大米，村童径直来到陈奶奶（或张伯母等）家。"陈奶奶您好，我来还米了。谢谢3天前（或7天前）您借给我们家一升米。"村童口里发出清脆悦耳的童声，脚下跟着陈奶奶来到存米的地方。看到满满一木升大米，陈奶奶会坚持说："还得太多了、太多了，一平升就够了。"村童说："我母亲说了，不多不多。"说罢，便将满满一木升大米倒在了存米处，蹦蹦跳跳地回家去了。

2. 牵子道歉

村童如惹事闯祸了，要被母亲牵着去登门赔礼道歉。

冬瓜南瓜被当做小菜瓜采摘了。四五月份，村民自留地里的冬瓜和南瓜刚刚露出个儿。那嫩绿的小瓜儿，周身带着薄霜般细柔的短毛，盛开后的花儿还萎缩在瓜头处。

如果不考虑藤上叶片的形状和颜色，这嫩绿的小瓜儿与小菜瓜确有几分相像。三五岁的小村童没有能力区分出冬瓜、南瓜和菜瓜，几个小家伙稀里糊涂来到别人家的自留地，看见这嫩绿小瓜儿后，便以为是可以生吃且美味可口的菜瓜。

小家伙们将嫩绿的小瓜儿拧下来，拧了一个又一个，直至将视野范围内小瓜儿全部拧光，然后用衣服将这些小瓜儿兜回家，放在饭桌上。找来一个，用水冲洗一下，送入口中，张嘴便咬，鬼脸立马出来了："怎么这难吃啊，这哪是菜瓜的味道哟。"

等到母亲收工回家，看见这些小瓜儿，就知道小家伙惹上事了。

斗鸡游戏将同伴的嘴唇撞裂了。小伙伴们在一起斗鸡，难免会有碰撞。撞翻在地，身上沾满灰尘，再正常不过。膝盖磕疼了，肘关节撞痛了，是常有的事。只要不流血、不骨折，小伙伴就不吭声，家长也就不知晓。

但如果一不小心，小伙伴被整出血来，想隐瞒都难。斗鸡游戏时，最容易出血的地方是嘴唇。特别是个头高一点的村童，抱着腿向个头小一点的村童迎面压下时，小个头的嘴唇就有可能被撞开一个小口子。

被撞裂后的嘴唇，顿时会冒出殷红的血。用手捂住裂口，用不了十来分钟，血就止住了。受伤的小伙伴，该干嘛继续干嘛，只是吃饭时，嘴唇会略略感受到因食盐而带来的不适。

斗鸡的双方从不会主动将受伤的事告诉自己的家长。当事者不说，不等于家长不知道，因为还有观战的小伙伴。观战的小伙伴会到惹事一方的家长面前"告状"："今天你家二狗斗鸡时，将王五的嘴唇撞裂了，流了不少血呢。"

等到二狗的母亲牵着孩子来上门道歉时，王五的家长才知道有过这么一段插曲。

发射弹弓将邻居家的鸡打瘸了。砍下一截"丫"字形的树枝，留下合适的长度；除去外皮；在两个树杈靠近顶端处刻出小槽，将牛皮筋的两头固定在小槽处；牛皮筋中间，是 3 厘米见方的棉布块或人造革块，用来包裹石子。如此这般，一把弹弓就做成了。

多数男性村童都有过玩耍弹弓的经历。小伙伴们在一起，免不了要比试一下谁的弹弓个头大、谁的弹弓外形好，谁的弹弓射得远、谁的弹弓打得准。

比试打得准，第一个档次是打固定靶子，第二个档次上升到流动靶子。50 米开外的玻璃罐子、约 30 米高处树枝上的一片黄叶、枣子树上硕大的鲜枣，等等，都是可以用来比试的固定靶子。池塘里游弋着觅食的小刁子鱼、洞穴里探头探脑出来的老鼠、空中盘旋着的麻雀，等等，是不错的活动靶子。

也有顽皮小伙伴，将房前屋后哼唧哼唧拱食的猪、走走停停寻捉虫子的鸡等，也当作活动靶子来射击。小猪的块头大一些，被一两颗石子击中后，叫唤一下，飞奔逃命去了。个头单薄的鸡就没有那么幸运，有的被小伙伴弹射出的石子打中腿部后，只能一瘸一拐地吃力行走。

打瘸的若是自家鸡，也便作罢。倘是邻居家的鸡，就有"主持正义"的目击者到鸡的主人那里去告状。

将墨汁粘在前排同学衣服后面。小学同桌之间若是闹了点小别扭，桌面中央就可能出现一条"三八线"。还有，前排同学无意地靠在后排桌子上带来的桌子间歇式的晃动可能引起后排同学的不悦。

有顽皮的男同学，会在桌子前沿滴上几滴墨汁，美其名曰"警戒线""地雷阵"，还煞有介事地告知前排同学"勿要靠近"。课堂上一听讲、注意力一集中，前排同学便将后排同学的警告忘到九霄云外，往后一靠，不得了，几滴墨汁便粘在了外衣上。外衣颜色深暗的话，如黑色啊、深蓝啊，就不太显眼，不怎么碍事。白色外衣粘上这墨汁，就有些麻烦了。

放学回家后，小伙伴背后那深深的墨迹，自然是逃脱不过细心家长的火眼金睛。想为后排同学打掩护是不可能了，小伙伴只能将实情和盘托出。

采摘小瓜、撞裂嘴唇、将鸡打瘸，这些几乎是男性村童干的。得知自家孩子惹事闯祸后，家长不会护短。性情温和的家长会将孩子批评一番，性格暴烈的家长会找来小棍子，照着孩子的屁股"啪啪"就是几下。

批评完了或棍打结束，不同性格的母亲都会做相同的事情：牵着孩子，去受害方的家里登门赔礼道歉。

除了口头赔礼道歉，登门的母亲要么带着一两个大南瓜，要么带 8—10 个鸡蛋，要么带一块洗衣皂，算作对冬瓜、南瓜损失的补偿或嘴唇被撞裂后村童的营养慰问，以及洗涤墨迹时耗损的补救。

受害方的家长也大度，说一句"没事的，都是孩子嘛"，事情便一笑而过。

3. 新娘登门

那时，村子里迎来新娘子后，第一天晚上村童便去闹新房、喝糖茶。第二天晚上，由小姑子或婶娘引路，带上爆米花，捎上茶水壶，新娘会到村子里几十户人家逐一登门拜访。

闹新房、吃喜糖，村童盼望喝糖茶。迎娶新娘子，新郎官高兴，全村子人也开心。大人们可以在婚宴上大口吃肉、大碗喝酒，村童们则趁着晚上闹新房的机会，蹭上几颗糖，喝上一两杯红糖水。

那时新娘子的陪嫁中，少不得两口玻璃罐子：一个罐子盛放糖粒，另一个罐子盛放红糖，预示着婚后生活甜甜蜜蜜。

晚上闹新房时，与新郎官年龄相仿的后生们会借着酒兴、壮着酒胆，将半荤半素的玩笑一个接一个地撒向两位新人，引来围观者的阵阵笑声。

在后生们开玩笑的间隙，村童们的嘴巴也不会闲着，齐声呐喊着："新娘子，好美丽；发喜糖，端茶去。"

满脸绯红的新娘子微笑着转过身去，从玻璃罐子里取来两大把糖粒，手中的糖粒刚刚靠近村童们，瞬间就被十几双灵巧小手一抢而空。

两把糖粒散完，新娘子就去冲泡红糖水。村童们管红糖冲制而成的开水为"糖茶"，似乎要与绿茶叶冲泡而成的"绿茶"、红茶叶冲泡而成的"红茶"扯上点关联。

新娘子左手将托盘端稳了，右手一杯一杯地将红糖水递送到村童们的小手中。第一轮没有喝到红糖水的村童会静候着，待伙伴们喝完后，新娘子开始下一轮派发。

一两个钟头过去了，糖粒在手了，糖茶也下肚了，村童们便作鸟兽散，各自回家钻被窝睡觉，将良宵美景留给一对新人。

爆米花、茶水壶，新娘子逐一来登门。甜蜜的新婚之夜过后，第二天晚上新娘子不会轻松，她要登门认路、认人家。

新娘子登门选择在晚上，因为大白天村民们下地的下地，上学的上学，放牛的放牛。及至傍晚，村民们才陆陆续续回到家中。

给新娘子引路的，多是新郎官的婶娘，或未过门的小姑子。还有一两位亲戚，帮忙拎着爆米花袋子、开水瓶、茶水壶、茶水杯。

来到农户家的堂屋，婶娘或小姑子微笑着跟主人打过招呼，将新娘子介绍给主人，随后转身向新娘子介绍："这是张伯伯和李伯母，那是李伯母家的老大、老二和老三。"一袭新衣的新娘子略有羞涩地应道："张伯伯好，李伯母好，老大老二老三好。"

接着，新娘子麻利地接过身边的糖茶（红糖水），双手递上："张伯伯、李伯母您请喝茶。"接过新娘子手中糖茶，张伯伯、李伯母高兴地一饮而尽。

请家里的大人喝完糖茶，新娘子从袋子中舀出一小葫芦瓢爆米花来，送到 3 个孩子手中。

拜访完张伯伯李伯母家，新娘子被引领着向下一家农户走去。

一毛钱、两毛钱，淳朴村民很热情。新娘子登门后，这位村子里新成员的姓名很快就被男女老少们记住了。挨家拜访，也让新娘子第一次接触到村子里的人家，为新娘子尽快熟悉婆家的生活圈子做好了铺垫。

村民们不会让登门认路的新娘子空手而归。他们将 1 角钱、2 角钱放置在喝空后的茶水杯里，那是给新娘子的见面礼。

4. 送枣尝鲜

一家摘枣子，全村尝鲜枣。村民们传承着口福同享的风俗。

在长江中下游丘陵地区的乡村，虽没有可以与新疆、陕西、山西、山东等比肩的大枣，没有那成片的枣树林，却也零零星星生长着一些本地枣树。

中秋节前后，本地枣树上的枣子颜色变得黄红相间，仿佛在告诉树的主人：可以开始采摘了。

采摘鲜枣。房前屋后或自留地边的枣树准备下果了！小孩子比大人要兴奋得多。低矮一点枣树，村童伸手就可以采摘一大半；剩下一小半，稍微拉扯一下树枝，踮着脚便可以得手。

采摘十来米高的枣树上的枣子，需要用到木梯和竹竿。搬来木梯子，倚靠在枣树干上，顺着木梯横杆往上攀爬，村童将双手可及的枣子尽收于篮中。顶端和远端树枝上的枣子，超越了村童徒手范围，竹竿便派上了用场。在木梯上站稳了，村童手执竹竿，瞅准了远处的枣子，朝着枣子与枝叶连接处轻轻一戳，枣子就落下地来。

四五年树龄的小枣树，只能摘下几斤枣子。一棵十几年树龄、15 米来高的大枣树，可以产下约 50 斤鲜枣。

送枣尝鲜。鲜枣采回家后，村民有生熟两种吃法。将鲜枣在水中稍洗洗，送入口中便可以生吃。性急的村童，直接从篮子里抓起一颗枣子，张嘴便咬，连水洗的程序也省略了。

一岁左右的小孩、八十岁左右的老人，也能够享用鲜枣，办法是将鲜枣煮熟。将外皮黄红相间的鲜枣放入沸水中煮上十来分钟，捞起，煮熟后的鲜枣的外皮颜色转为淡黄色，原来光洁的外皮也变得皱巴巴了。

掰开煮熟后的鲜枣，剔除中间的枣核，就可以食用了。水煮过的枣肉很柔软，适合于没有牙齿的小孩和老人。熟吃鲜枣另一个好处是食用后不容易出现肠胃胀气。

家里收获了枣子，大人会吩咐村童给那些没有枣树的邻里去送枣尝鲜。张家一葫芦瓢生枣，李家一葫芦瓢熟枣，送着送着，家里剩下的也就两三葫芦瓢的枣子了。

口福同享。村民们没有吃独食的习惯。张家摘下鲜枣，大家能一起尝鲜。如同李家在做新鲜豆皮时，大家一起品尝。一如王家过年杀猪，大家也能一起喝到汤。

没有硬性规定，只有约定俗成。没有强迫操作，只有自觉自愿。村民们延续着祖辈传统，悉心呵护着和睦的邻里关系。

5. 合力建房

一家建房，全村男女老少都会来帮忙。

预测主料。子女渐渐长大，儿子准备成家，老房子已岌岌可危，村民就得考虑建造新房。

那时，乡村建造的多是土砖黑瓦房。

确定好地基后，村民会请来村子里的能人绘制出平面草图和结构草图，根据房屋大小、高度、坡度，预测出所需的主体材料用量。主体材料，包括少量石块或熟砖、大量的土砖、相应的黑瓦、木梁木条，有条件的还可能准备一些木料来铺设楼板。

材料的准备多始于建房前一两年，更早的甚至在 8—10 年前，像小鸟造窝般一根木梁一车黑瓦地筹集。

所有材料中，土砖需要众多村民一起参与。建房当天，也需要全村男女老少一起帮忙。

木匣印砖。将泥土变成黏乎乎的泥巴后，就可以借助木匣来制作土砖。

泥土变黏泥，是件耗费时间、需要耐心的活儿。11 月份，庄稼已收割回家，稻田里只剩下短短的稻草垛子。选择一块离新房地基不太远、面积

1—1.5 亩的稻田，灌入适量的水，将稻田犁上一遍。牵来三五头水牛，有经验的老人坐在领头牛的背上，把控着牛鼻子上的绳子，以逆时针方向让水牛跟着并反复踩踏稻田里的泥土。上午到晚上，8—10 个小时后，稻田里的泥土渐渐变成了三四十厘米厚、黏黏的、均匀整齐的泥巴，好似一块硕大的橡皮泥。

第二天一大早，几十位村民汇集在一起，有的挑运泥巴，有的制作土砖，各司其职，热火朝天，不亦乐乎。

担着筬箕、挑运泥巴，是力气活；挪动木匣、制作土砖，是技术活，大多由经验丰富的庄稼汉子来担纲。

制作土砖的工具，是一个约高 10 厘米、宽 25 厘米、长 35 厘米的四方形木匣。不同的乡村，其木匣尺寸略有不同，算不得标准件。在木匣尺寸上，各地虽有偏离，但木匣外形基本一致——上下都是空的。

用木匣制砖，村民称为"印砖"。现场看过制砖操作后，会明了"印砖"的说法更形象更确切。将木匣在大水桶里过一遍水，放置在较为平整的地上。印砖人双手抓抱起身旁的泥巴，放入木匣中。双手握拳，捶击匣内泥巴，让泥巴填满木匣的边角。捶击十几下后，双手齐木匣上沿，将超越上沿的泥巴涂抹下来，摔向下一个印砖点。双手试着轻轻地提起木匣的两边，当木匣渐渐上移并开始与匣内泥巴分离时，快速上提木匣，一块木匣状的泥巴便静静躺在地上。将木匣在大水桶里过水，印砖人继续下一块土砖的印制。

一天下来，印砖人忙乎得直不起腰，挑运泥巴者也是腰酸背疼，收获的却是躺在地上的、数以千计的土砖。

三五天后，地上的土砖已是半干状态，这时需要翻砖、削砖了。三五个人，带上平锹，将土砖翻转过来，用平锹将朝下的一面削整齐了。

再过上三五天，土砖内的水分进一步减少，将它们一块一块搬起，以镂空状码放起来，铺盖上稻草，稻草上压几块破损的土砖。约摸半个月，这些土砖便自然晾干，可以用来建造房屋了。

泥土变泥巴、泥巴印土砖后,该田块的肥力便大大降低。撒上草籽,休种一年,第三年该田块又可以继续种植庄稼了。

砌墙上梁。建造房屋,多选在冬日里的一个晴好日子。

贴近地面的墙基,少不得要用大石块或烧制后的熟砖。砌墙基丝毫不能马虎,墙基不稳,房屋就不结实,住起来心里慌。

墙基砌好后,上面便是一块块、一排排的土砖。上一排与下一排、砖与砖之间的缝隙要错缝而砌,这样的墙体才坚固。

砖与砖之间、排与排之间有黏糊糊的泥巴——既起到黏连效果,又起到填充缝隙的作用。

粗棉线拉出来的水平线、小块砖头吊着的垂直线,用来校验一层一层的平整程度和墙体的垂直程度。

每位砌墙师傅手中都有一把砌刀,用来涂抹泥巴、劈砍砖头。

墙体进行到一半高度后,需要搭设跳板、抛砖接砖。一块完整的土砖,个头大(约高 10 厘米、宽 25 厘米、长 35 厘米),重量也有四五千克。在地面上的人向上抛起两三米高,需要体力。站在跳板上的人,接住砖头更需要技巧。双手向上抛砖时,不能让砖头旋转,那样会增加接砖的难度。好在抛接的次数一多,上下也就形成了默契。

墙体砌好后,就准备上梁。首先上去的是堂屋两边的主梁。下面徒手托举,上面用绳索拉,当系着红带子的两根主梁稳稳地架在墙体后,事先准备好的一两挂鞭炮被点着,"噼里啪啦"地炸响起来。来帮忙的男女老少一起拍手庆贺。

坡顶盖瓦。一根根木梁、一片片木条在坡顶上架设完毕,下一步就是在木梁、木条上加盖黑瓦。

"凹"形黑瓦有它的搭盖要求:从屋檐到屋顶,后面的瓦片部分压住前面的瓦片。屋檐左边到屋檐右边,相连两个瓦片的凸凹方向相反。

每间房屋顶上都有一两片玻璃瓦片,村民称之"亮瓦"。亮瓦与墙体上的门窗,一个在上方,一个居侧面,帮助房屋来自然采光。

辅助活儿。在建房过程中，技术活儿有师傅们做，重体力活儿有壮劳力做。准备饭菜啊，调和黏泥啊，转运土砖啊，这些辅助活儿，妇女、老人、村童干起来也得心应手。

众人拾柴火焰高，男女老少一起动手，建房速度快。从清晨忙乎到傍晚，一幢崭新的房屋就建成了。

6. 夜不闭户

那时，大白天里，出工的出工，上学的上学，老人还要到自留地里忙乎一阵，村民房屋里空无一人是常有的事。无人在家，房屋却无须锁上——一来，那时村民家里就没有什么值钱的物件；二来，那时偷鸡摸狗之徒少之又少。

冬日的晚上，准备就寝入睡时，村民也只是用木栓将前后大门简单地拴上。不是为了防备小偷，而是为了遮挡那呼呼的寒风。大热天的夜晚，图凉快的村民干脆将前后大门敞开，半夜时的穿堂风能够给日间操劳的村民带来丝丝凉爽。

没有钥匙的村童。不管是大人还是村童，那时都没有捎带钥匙出门的习惯。有的农户家压根就没有锁，也就无从谈什么钥匙。有的农户仅有一把锁，也是钥匙从不离锁，将锁挂在门扣上使用。

白天外出时，村民将前后大门带拢了，在门扣上插上一截铁丝，或挂上连着钥匙的锁。逃离了猪笼的生猪、挣脱了绳索的水牛就无法跨进屋内肆意行走。

村民会在堂屋墙角下端留有一个小洞，便于自家的鸡、猫和狗自由进出。

偶尔有外乡来的赶路者口渴了，来到村民家大门口，取下门扣上的铁丝或挂锁，径直走向厨房的水缸边，抓起葫芦瓢，打开水缸盖，舀起水来便喝。喝完后，盖上水缸，放好葫芦瓢，抹一抹嘴边的水滴，出得大门，插上铁丝或挂锁，继续着自己的行程。

没有铁栏的窗户。乡村里老式房屋的窗户是木框的，窗栏也是木质的。每扇窗户有 5—7 根竖向窗栏，1—2 根横向窗栏。窗栏的外形相同——要么都是圆形的，要么都是方形的，或都是菱形的。

比成年人大拇指略粗一点的木质窗栏，仅可以阻挡住鸡飞狗跳。倘若有人存心破坏，窗栏是经不起双手拉扯或单手掌击的。只是这样的情况，那时从未出现过。

稍拨即开的门栓。乡村里的老式房屋，前门、后门都是由两扇长方形木板组成。从屋内闭上大门，插上木栓，大门便轻推不开了。

老式房屋大门的木栓有两种，一种较短，一种较长。短栓的长度只及大门宽度的一半，往往是两个短栓来配合使用。长栓是一根四四方方、结结实实的木棒子，长度与大门宽度吻合。

倘若有人借助两扇门板之间的空隙，从大门外插入刀片，轻轻拨弄短栓，用不了一分钟，短栓就缴械投降，大门就彻底敞开。即使是长栓，从外面插入刀片，将长栓向上轻轻一顶，长栓也不起作用了。

那时乡村大门的木栓，是典型地防君子不防小人、防牲畜防冷风不防贼人。

因为没有什么家当值得小人惦记，也没有什么钱财值得贼人光顾，稍拨即开的木栓反倒没有人去拨弄。村民们日复一日、年复一年，踏踏实实过日子，安安稳稳睡大觉。

7. 送郎参军

在乡村，一人参军，全家光荣；一人参军，全村送别。

根红苗正、体检合格，方能应征入伍。参军入伍，是众多乡村小伙子的梦想。一来，自打小起看到过的电影、翻阅过的连环画，人民解放军的崇高形象已植根于村民的脑海。二来，军属在乡村很受尊重。三来，参军入伍是可能走向城镇生活的一条途径。那时表现优异的士兵可以被提拔为军官，军官转业后就可以留在城镇工作。四来，能参军入伍，说明身体很棒。走出乡村，在军营里学习文化、学习技能，见多识广的复员军人更容易成为乡村姑娘爱慕的对象。

冬季征兵在我国延续了很多年。那时，不是所有乡村适龄青年都有资格报名参军。政审是参军前第一关，贫下中农的后代被认为根红苗正，而地（地主）、富（富农）、反（反动分子）、坏（坏分子）、右（"右派"）这"五类分子"的后代过不了政审关。

报名参军者，需有初中以上文化程度，符合年龄、身高、体重的要求。报名后，要量血压、测心率、做血检。应征空军、海军的，还会增加抗眩晕能力等特别测试。

政审过关、体检合格，被纳入应征名额范围后，小伙子就会接到应征入伍的通知。

张家鸡蛋、李家布鞋，村民自发送行。 从接到应征通知到集中奔赴军营，中间只有短暂的几天时间。

得知喜讯的村民会自发来到小伙子家中。张家大婶送来了一葫芦瓢鸡蛋，说是给小伙子补补身子。李家老奶奶送来了连夜赶制的一双千层底布鞋，说是让小伙子在路上护脚。王家大伯送来了两元钱，说是让小伙子在部队里零用。

看完电影、齐宿礼堂，次日清晨出发。 那时，一个公社一年有近百名优秀的小伙子入伍。

集中开拔的前一天，小伙子们便换上了部队拨发的军装军帽军鞋，只是没有领章和帽徽，每人还有一床捆扎好的军被子。当天晚上，公社放映队少不得在礼堂放映一部招待电影，让周边村童们又能一饱眼福。

与乡亲们一同看完电影，近百名准军人回到礼堂演出台上。摊开干枯的稻草，盖上各自的军被，在激动与兴奋中慢慢进入梦乡。

次日 6 点左右，天还不见亮，负责迎接新兵的军官将小伙子们从梦乡中唤起。穿衣戴帽、捆扎被子后，小伙子们登上汽车，在朦胧的晨光中挥别家乡。

门顶红匾、两侧春联，春节的慰问信。 哪家的小伙子入了伍，公社人武部会上得门来，给他家里送上"光荣军属"的红匾。军属双手接过光荣匾，村子里识字的不识字的都要来摸一下，双手沾沾喜气。

农户在大门正顶墙上钉上 3 颗钉子，将红匾周周正正地挂起来。有的农户家的光荣匾会一直悬挂到儿子从部队光荣转业。

春节前，军属都会收到统一印制的慰问信和鲜红的对联，用面糊涂抹后，将对联贴在大门两侧，会引来村童们驻足朗读。

8. 五保老人

那时，绝大多数生产队有五保户，少的一户，多的两三户，淳朴善良的村民对他们给予了能力范围内的热情照顾。

五保老人。在五保户中，以五保老人居多。也有极少数五保户是失去了双亲的孤儿，或失去了劳动能力又没有法定赡养人的村民。

有单五保老人——只有爹爹或婆婆，也有双五保老人——老夫老妻的爹爹和婆婆。他们共同之处是都没有子女，或虽有子女，但子女没有赡养能力；年龄在 60 岁以上。

这些五保老人，有的一辈子未婚，有的结过婚却一辈子未育，有的儿女不幸夭折，有的儿女残疾，没有赡养老人的能力。

村民供养。那个年月，虽然生活清贫，但村民们你省一口我省一口，无怨无悔地供养着这些五保老人。

一保柴米油盐。在口粮和食用油标准上，五保老人与其他村民一样。但一旦青黄不接、口粮告急时，村民们即使自己吃不饱，也会先保证五保老人不挨饿。五保老人烧火做饭的柴火，村民们会隔三差五一捆捆地送到灶台旁。

二保穿衣零花。村民们会帮老人准备好一年四季的衣服和床上的铺盖。生产队在年底分红时，会优先拿出一部分，作为五保老人的零花钱。

平素里，老人买个针头线脑、牙膏牙刷之类，这些零花钱够用了。

三保安稳居住。生产队为老人免费提供了住房。房屋漏雨时，会有村民们爬上屋顶，查漏检修。墙体出现裂缝时，村民们也会及时赶来，帮忙维修。

四保看病吃药。当身体不适，到合作医疗点就医时，五保老人连其他村民需要缴纳的 5 分钱挂号费也免去了。如果五保老人瘫痪在床，生产队就派人轮流上门，帮助洗衣做饭、料理生活。在照顾五保老人的耐心程度上，村民们表现出甚至超出了对待自己爹娘的那份耐心。

五保入土为安。五保老人去世后，丧事一应由村民集体出力打理。

福利优先。冬日里，集体鱼塘开塘泄水、干塘捕捞，村民会将个头大一点的草鱼、鲤鱼，优先分给五保老人。八九月，榨坊里芝麻飘香，五保老人也能率先享用到美味的香油。生产队请来了放映队时，打谷场上中间的好位置也是留给五保老人的。

村民们就这样自觉履行"老吾老以及人之老"，五保老人也得以颐养天年。

9. 送回鸡蛋

乡村里，自家母鸡偶尔到邻家鸡窝下蛋，不是什么稀奇事。邻家孩子将鸡蛋送还，那孩子也没觉得他有多高尚，反倒认为应当应分。

偶尔窝外下蛋的鸡。早上，鸡笼的活动木板被掀起后，鸡们便争先恐后从笼子里鱼贯而出，扑闪双翅，活动腰肢，到房前屋后的草堆瓦砾中去寻觅食物。

多数时候，鸡不会晃荡得太远，它们活动半径在 300 米左右。吃饱了，喝足了，准备下蛋了，母鸡也多会预留出足够时间，从容地返回自家鸡窝里"个大"下蛋。

偶尔，母鸡晃荡得离家太远，一不小心没有预留出返回自家鸡窝的足够的时间。于是，母鸡可能就地下蛋，如房前屋后的草堆啊，村子里灌木丛下啊。母鸡还可能急不择窝，跳进邻里的鸡窝中下蛋。

不在自家鸡窝或自家鸡笼中下蛋，村民们称为"下野蛋"——意思是母鸡玩野了，玩忘记了，将鸡蛋下在不该下的地方。有细心村童做过初步统计，母鸡下野蛋的概率在 1%—3%。

有着不同标识的鸡。有农户剪掉自家鸡尾巴上一小段羽毛，有农户在自家鸡的左翅膀涂抹点滴红色涂料，有农户在自家鸡的右腿上系上一圈碎布条，诸如此类，自家的鸡与邻里的鸡便区分开来了。

村童瞟上一眼，就知道那鸡属于自家还是邻家。若是看见邻家母鸡急不可待地跳进自家鸡窝，村童也不作驱赶，只等待这只下野蛋的母鸡唱着"个大、个大"出窝，几分钟后，热乎乎的鸡蛋渐冷了，村童便从鸡窝里捡握起鸡蛋，送到邻家。

送蛋上门的村童，会受到邻家的微笑称赞。张三家的村童送蛋到李四家，李四家村童送蛋到王五家，王五家村童送蛋到张三家，送去送来，鸡蛋回到了各自的主人家。鸡蛋总量没增加，但农户间的感情在加深。

晚上进错笼子的鸡。天黑时，有急急忙忙赶路回家的鸡，一不小心认错了门，进错了笼，跑到邻家的鸡笼里去了。

鸡有团队精神，鸡认熟不认生。那稀里糊涂闯进邻家笼子的鸡，会遭到邻家的鸡围攻。邻家的鸡在狭小的笼子里，用尖嘴轮番攻击那位不速之客的头颈。而势单力薄的不速之客，唯有左闪右躲，没有还嘴之力，间断性地发出"咯咯"的求救声。

听见求救声后，村童会掀开活动木板，将那只"冒失鬼"抱出鸡笼，然后借助微弱的光亮来察看"冒失鬼"的标识，再将"冒失鬼"送回它的主人家的笼子。

10. 邻里照顾

　　远亲不如近邻。在农户遭遇紧急情况时，率先主动伸出援手的，往往是乡邻乡亲。

　　下雨收衣。没有老人的农户，大人出工、村童上学后，家里便空无一人。七八月的天，像小孩子的脸——小孩一会儿哭一会儿笑，七八月的天，一会儿雨一会儿晴。

　　九十点钟还是艳阳高照，10 点半可能就来了一场雨。挂在房前屋后竹竿上的衣服，摊开在屋外簸箕里的长豆角、茄子丝，都是雨水袭击的对象。

　　远处田野里劳作的大人，正在课堂上琅琅读书的村童，不可能也来不及赶回家中收拾衣服、收拾豆角茄子。没有事先托付，邻家老人会赶在雨点落下之前，将隔壁家和自家的衣服等一应收回屋内。待太阳重新现身后，又不厌其烦地将衣服等晾晒到阳光下。

　　代看小孩。家里老人是个宝，没有老人很烦恼。学龄前的村童，送学校吧，年龄不够，学校不会接受；送幼儿园托儿所吧，那时乡村里几乎没有这种机构；大人带着出工吧，影响生产效率，生产队也不会允许。

　　于是，没有老人的农户就将求助目光投向了有老人的邻里。邻里老人呢，没有不满口应承的。村子里一些学龄前的孩子，就是在隔壁左右爷爷奶奶的拉扯下，渐渐长大，背起书包，走向小学校园。

一个孙子要拉扯，两个孙子也是拉扯。非亲非故的爷爷奶奶，对求助照看的学龄前孩子很上心，他们对亲孙子亲孙女反倒可能有不耐烦、伸手打屁股的时候。

没有老人的农户，也将帮忙照看小孩子的老人视作自己的父母。在年底，他们少不得帮老人做上一身新衣服。平素日，倘有肉包子之类的美食，他们首先送去给老人尝鲜。老人过世时，他们行子女之礼，披麻戴孝送别老人。

迎客入门。那时农户家没有座机更没有手机，偶有亲戚白天来访却碰不着人，是很正常的事。这时，热心的邻家老人会把客人引到自己家，端茶递水，留吃午饭。若是客人急着往回赶路，邻家老人还会帮忙代为传话，代为收转物件——或许是一两只鸡，或许是一包干豆角、干笋子。

11. 合作医疗

人吃五谷杂粮，没有不生病的。生了病，就得去求医问药。20 世纪 60 年代末到 80 年代初，我国乡村普遍实现互助共济的合作医疗，来解决村民们常见病多发病。

一村一室。1966 年 8 月，湖北省长阳县杜家村卫生室挂牌。它是中华人民共和国第一个农村合作医疗点。经《人民日报》报道、毛泽东同志批示后，合作医疗在全国农村迅速推广开来。

合作医疗以生产大队（现在称"村"）为单元，每个生产大队建立起一个卫生室。

合作医疗的经费来源于三块：一块是农户按人头逐年缴纳的费用，一般是 1 元/人/年；一块是大队从公益金中抽提支持，大体按 5 角/人/年；另一块是村民求医问药时缴纳的挂号费，每次 5 分钱。

卫生室提供的是价格低廉、效果良好的基本药物。也有一些卫生室遵循操作规程，自己动手配置一些消毒液、洗涤液。不少赤脚医生经过培训后，能开展刮痧、拔罐、针灸、推拿等中医诊疗项目。这些项目开展后，大大减少了卫生室的支出。

如有头痛发烧的村民去到卫生室，经诊断后，赤脚医生用小纸片为患者包上几颗、十几颗药丸，或是用肌注方法来帮助村民消炎退烧。

没病没痛，村民不会去卫生室蹭药、囤药，卫生室的每颗药丸、每瓶针剂的作用近乎发挥到了极致。

赤脚医生。一个卫生室配备有一名赤脚医生。赤脚医生是村里公认的"秀才"，多是初高中毕业生。

能够被选拔出来作为赤脚医生来培养，对村里的年轻人来说，是很光荣的事。电影《春苗》播出后，赤脚医生的光辉形象进一步得到彰显，主题歌里唱词"一根银针治百病，一颗红心暖千家"更增强了赤脚医生为村民服务的自豪感。

赤脚医生是奉献的职业，他们不是国家技术干部，而是拿着生产队的工分生活。

因为有文化基础，接受培训时，他们领悟较快。怀揣一颗报答父老乡亲的感恩之心，为村民服务时，他们不遗余力、全心全意。

他们将中医与西医结合，发挥西医见效快的特长，弘扬中医固本健体的优势。拿起注射器，他们能麻利地施行肌注；手持银针，他们熟知常用的穴位。

他们集医、药、护一身：望闻问切、推拿按摩，量血压听心音、清创缝合时，他们是医生；对症包药时，他们是药师；包扎伤口、肌肉注射时，他们成了护士。

他们是全科医生：村民头疼脑热，他们是内科医生；村民撞裂了手臂、摔断了腿骨，他们是外科医生；孕妇生产时，他们是产科医生；村童感冒，婴儿发烧了，他们是儿科医生。

挂号 5 分。村民到卫生室看病，只需要带上一枚 5 分钱硬币，其他的统统免费。家里一时半会找不出 5 分钱，揣上一枚鸡蛋就去也行。

接诊、处理后，赤脚医生会在登记本上详细地记录接诊日期、患者姓名、所在生产小队、性别、年龄、病情、处理等信息，这样既利于一年一度的挂号费汇总、药品去向核对，也便于了解当地村民常见病、多发病的情况。

那时 5 分钱和一枚鸡蛋价格相当，一枚鸡蛋的费用就可以请赤脚医生帮忙解决一次常见病、多发病，农户很是轻松，没有压力。

因为生产大队的公信力，因为村民的淳朴善良，还因为赤脚医生的奉献与付出，"花钱少、效果好"的我国农村合作医疗，被世界卫生组织誉为发展中国家解决卫生问题的成功范例。

· 第九章 民间艺人 ·

1. 木匠雷爹

雷爹，是乡村里一位木匠师傅，他不仅做得一手好的木工活儿，而且为人随和、脾气温顺。

业余时间的木匠。那时，乡村没有持续性、大规模的建设项目，也就无需专职木匠师傅。农忙时节下田地，农闲时候做木工，木匠师傅的第一个身份是农民，第二个身份才是木匠。

遇到生产队的公共农具坏了，如风车叶片断裂了，水车的转轮不动了，空中扬谷的木锨断了把，等等，在田地里忙乎了一个白天的汉子，晚上摇身一变成了木匠师傅。

农闲时候，小到张三家要做一副木水桶，李四家要做个大鸡笼，王五家想新添一张木犁，大到孙六家搭盖新房的全部木工活儿，木匠师傅是有求必应。

跟师学艺的木匠。能工巧匠，是人们对技艺精湛、工艺高超、手艺高明的能人的统称。

以"工"而论，城乡有泥工、木工、水工、电工、机械工等。机械工再能细分为车工、钳工、刨工、铣工、钣金工、电焊工、行车工等。

以"匠"而论，乡村有木匠、铁匠、鞋匠、皮匠、篾匠、泥瓦匠、剃头匠、杀猪匠、阉猪匠等。对识文断字者不够尊重的，甚至将教书先生也纳入"匠"的行列，称之为"教书匠"。

那时，乡村的"匠"都是跟师学艺而成。十四五岁、半大不小的毛小伙子，被父母送到木匠师傅家，行过拜师礼后，就算被收徒了。

师傅在业余时间才可能承接到木工活儿，学徒也只能在农闲时候跟师学艺。那时，约定俗成的是 3 年时间学成出师。第一年，学徒帮师傅牵个墨斗线啊，沿线锯个木板啊。第二年，开始学习刨板啊、钻孔啊。第三年，师傅开始传授设计、对接技巧，学徒尝试独立完成木件活儿。

没有架子的雷爹。雷爹也是经历了这种跟师学艺的过程才成为木匠师傅的。雷爹不抽烟、不喝酒，这在木匠师傅中并不多见。

请来雷爹，农户会很省心，因为雷爹不需要特别的招待。管饭时，有点肉鱼，雷爹自然高兴。就算是家常便饭，雷爹也毫不挑剔。

请来雷爹，农户还很放心，因为雷爹干活从不惜力。一大早，农户将木料放置在雷爹面前，讲明木件的用途和尺寸后，便忙乎自己的活儿去了。临近中午，农户回家一趟，给雷爹准备个简单的午餐，继续该干吗干吗去。晚上回来，农户看到的便是结结实实、漂漂亮亮的木件了。

看啥做啥的雷爹。不但性情温和，雷爹的悟性还很强。只要村民找得来样品，或描述出模样，雷爹就做得出木件。

譬如，一岁前小孩坐的那种外方内圆的"枷枷"（方言，即枷椅）、耕田用的木犁、引水用的水车、村民防备野兽袭击兼打野鸡野兔的火铳、分离大米和谷壳的手摇式风车，等等，雷爹都做得得心应手，做啥是啥。

健康长寿的雷爹。雷爹的好性情也影响着儿子、孙子，他们一家三代在村子里以脾气好、人仗义、人缘好出名。

70 岁时的雷爹，耕田耙地丝毫不逊色于年轻人。80 岁的雷爹，腰板仍然直挺挺的，依旧是大碗吃饭、呼呼睡觉。94 岁时，一辈子没住过医院的雷爹，在家里无疾而终。

2. 杀猪尹伯

尹伯人高马大，有着一手杀猪的好手艺。白刀子进、红刀子出，一刀毙命，从未失手，经他宰杀的生猪不下千头。

冬至到，杀猪忙。24 节气中的冬至一到，有条件的农户就筹划着宰杀年猪。

农户宰杀年猪，不外乎三个方面的用途：或准备娶媳妇嫁姑娘，或即将盖新屋住新房，或腌制了做腊肉。

年前气温低，鲜肉易储藏。嫁娶婚宴、新屋上梁等大型一点的活动，农户都尽量安排在这寒冷又农闲的日子。

年前，村民习惯于将"杀猪"称作"用猪"，既避免了过年前忌讳的"凶"、"杀"等字，也是对生猪所作贡献的肯定。集市上碰见熟人，一声"您家的猪用了吗"便是问候了。

冬至后的某天清晨，村里会传出生猪的阵阵嚎叫声，那一定是哪家农户正在用猪中。

春节前这段时间，尹伯格外忙乎。东家请，西家接，一家排着一家。最忙的时候，上午到张三家，下午去李四家，晚饭后赶往王五家。

先绑腿后进刀。单靠尹伯一人，杀猪仍有困难。农户家大多备有一两名壮劳力，在旁边给尹伯打下手。

宰杀场地多选在农户房前屋后的空地上。生猪被牵出猪栏后，也许是鼻子嗅出了点啥，也许是第六感感悟到了什么，刚开始还是哼哼唧唧、兴高采烈的生猪，忽然间就驻足不前了。

尹伯和帮忙的壮劳力连拉带赶地将生猪拽到预定场地，放倒在准备好的木板上，再用力按住生猪的头背，用绳子将生猪的前脚、后脚两两捆住。预感到情况不妙的生猪使出最大力气，发出阵阵嚎叫声。

嚎叫、挣扎两三分钟后，生猪的气力已消耗了大半。手持一把约50厘米长尖刀，瞅准了生猪颈部，尹伯果断进刀，并直插生猪心脏。不到10秒钟，尖刀原路退回，鲜红的猪血从颈部的刀口汩汩而出，流淌到放有少许食盐的脸盆中。

尖刀点心，是杀猪技术中的关键环节。长长的尖刀入内，在极短时间内迅速点刺生猪的心脏，生猪便瞬间瘫痪，可谓"手起刀入，拔刀血流"。

不是每一位杀猪匠都有尹伯这般手艺。有的杀猪匠愣是找不到生猪的心脏，刀尖在生猪体内拨弄大几分钟，拔出尖刀后，按压生猪的帮忙者稍不留神，平躺着的生猪居然翻过身来，挣脱束缚，箭一般地四处逃窜。杀猪匠和帮忙者只得跟着追赶受伤的生猪，捉住了，拉拽回来，继续尖刀伺候。

入大盆刮猪毛。约摸一刻钟后，大半盆猪血就流进了脸盆里。此时，猪血不再涌出，生猪彻底断气了，帮忙按压者也可以松手歇息一下。

解开生猪双腿上的捆绳，选取生猪的一只后腿，用尖刀在腿脚处将腿皮切开一个小口子。掀开腿皮切口，将一根1.5米左右的长钢棍，沿着切口慢慢插入猪肚、猪背皮下。

拔出钢棍，掀开腿皮切口后，只见尹伯深吸一口气，将嘴巴对准切口，使劲向内吹气。松开嘴巴换气时，立马用手按住切口。继续吸一口气，松开切口，又对着切口吹气。二三十次下来，生猪周身便像气球一样鼓胀起来。接过绳子，尹伯麻利地将生猪后腿切口捆扎紧了。

生猪被吹鼓起来后，尹伯就开始着手用刮刀去毛的程序。

鼓胀后的生猪被放入椭圆形大木盆中，用水桶提来早已准备好的开

第九章 民间艺人

水，将生猪周身淋个遍。两三桶开水淋过后，尹伯拿起小钢片似的刮刀，依猪肚、猪背、猪头、猪腿的顺序来快速刮毛。生猪鼓胀起来了，刮起毛来才使得上劲。特别是猪肚、猪背这些部位，一刮就是一大片。相比之下，腿部和头部上的猪毛要显得顽固一些，需要刮刀游走几个来回，才肯从猪皮上脱离开来。

生猪周身是宝。脸盆中的猪血，在食盐收敛下，很快凝聚成冻状猪血块，猪血块可是村民的美味哟。刮下来的猪毛，收捡起来，可以卖给供销社来换钱，也可以制作成毛刷。猪内脏和块状猪肉，就更不用说了，做成美味菜肴，吃在嘴里尽是享受。

清内脏肉成条。除净猪毛后，生猪变得似浪里白条般白净。松开后腿切口处的捆扎绳，鼓胀的生猪慢慢疲软下来。将生猪两只前腿挂在木梯踩杆上，尹伯左手拿住生猪的右前腿，右手操刀，从生猪颈部刀口开始，沿着生猪肚皮的中心线，将生猪开膛破肚了。

破肚后的生猪，内脏一览无遗。尹伯将手伸进生猪肚内，扒开内脏，将猪胆摘出，然后慢慢扯断内脏上肠系膜之类，双手一捧，心、肝、肺、肾、胃、肠、膀胱等内脏悉数而出。

没有了内脏的生猪，尹伯用砍刀劈成两个半边。若是需要送到新娘子家举办婚宴，这半边猪肉就无需再砍切。剩下的半边猪肉，尹伯会按照农户要求，从猪背到猪肚，切割成3—5斤重的条状，便于腌制和晾晒。

生猪的膀胱，村童称之为"尿泡"。有家长为满足孩子的好奇心，允许孩子将"尿泡"拿去玩耍。这"尿泡"又似气球，村童对着"尿泡"的口子使劲吹上十几口气，扎紧口子后，便做成了"肉质气球"。将它抛向头顶，待轻轻下飘时用手指顶起，村童们玩耍起来不亦乐乎。

宰杀一头生猪，技术娴熟、动作麻利的尹伯前后需要三四个小时。宰杀完毕，尹伯将尖刀啊、切刀啊、砍刀啊，还有挂钩、钢棍等全套工具收拾妥当，吃罢农户准备好的饭菜，接过农户送上的两斤猪肉、一个猪心，哼着小曲回家去了。

3. 糖稀艺人

那时，糖稀艺人走村串户，用精湛的糖稀作品换回一双双旧鞋底、一只只牙膏皮。

一副挑担的佝偻老人。糖稀艺人多是上了年纪的爹爹。挑担在肩，走东村、去西村，糖稀老人的腰背渐渐变得佝偻了。

一副挑担，是老人营生的全部家当。挑担一边，是制作糖稀作品的工具：一个小小的柴火炉子、一口黑乎乎的小铁锅、一把留有小口的铁勺、一块方寸小石板、一个外方内圆的木质转盘，还有一把旧凳子。挑担另一边，是收集来的废旧鞋底和牙膏皮子。

乡村小学门口，是糖稀老人偶尔去的地方。课间休息时或散学后，村童们里三层外三层将老人和挑担围住。场面煞是热闹，老人的生意却不见得兴旺：那时口袋里有活钱的村童，少之又少；村童上学时，又不可能将家里的旧鞋底、牙膏皮揣在书包里。

张三家屋前，李四家屋后，都留下过糖稀老人的身影。肩挑着担子，手里拨弄着的金属片发出"啪啪"的响声，老人嘴里间断性地吆喝着："旧鞋底哦，牙膏皮哦。"

石板上鸟儿栩栩如生。"爹爹，旧鞋底（牙膏皮）"。听到村民的招呼声，老人立住脚，放下担子。

看见停下担子的糖稀老人，村子里的学龄前儿童便小跑过来。若是星期天或寒暑假时期，村里的小学生也慢慢围拢过来。

那时牙膏皮子是铝质的，球鞋鞋底是橡胶的，凉鞋周身是塑料的，因此，用完后的牙膏皮、穿烂了的球鞋凉鞋，都有回收价值。

三只牙膏皮子，或一只废旧球鞋（凉鞋），可以换来一次转盘的机会。那木质转盘内圈上，等距离分布着花啊、鸟啊、蛇啊、龙啊等图案，还有就是黑坨图案。拨弄转盘上的转杆，待转杆停顿下来，转杆下的指针指向啥图案，糖稀老人便做出啥图案的糖稀作品来。

村童们很享受拨弄转盘的感觉，更愿意看到转杆下的指针指向自己心仪的图案。

村童拨弄转盘、确定鸟儿图案后，老人用铁勺从糖盆中捞取小半勺枣红色麦芽糖，放置在小铁锅内。随着柴火的加热，小铁锅里的麦芽糖渐渐融化，变成冒着气泡的糖稀。老人将糖稀舀入勺内，通过铁勺边沿的小口，让热乎乎的糖稀如线条般流向小石板上。

糖稀往下流，老人的眼睛紧盯着，手在时快时慢地挪动着。一分钟左右，小石板上便有了一只平躺着的鸟儿。顺手取来两根小竹签，在锅里蘸上点滴糖稀，按压在石板上鸟儿的腿部。捏住竹签，另一只手用小铁片轻轻拨弄一下鸟儿与石板的连接处，栩栩如生的糖稀鸟儿便出现在老人手上了。

从老人手中接过糖稀鸟儿，村童左看看右看看，就是不忍心吃掉，那可是艺术品哦。

当转盘上指针指向蛇啊、龙啊、花啊、草啊时，老人用糖稀勾勒出的作品同样是那么逼真，令村童爱不释手。

运气不好时，村童很可能转到黑坨图案。此时，老人捞取小半勺麦芽糖，在锅内加热融化后，直接倒在石板上。待稍稍冷却，用小铁片轻压一下，便成了薄薄的圆片，再用小竹签粘住了，拨弄起来，送递到村童手中。

这枣红色麦芽糖圆片，村童们称之为"八坨"。拿到不受待见的"八坨"，村童直接送到嘴边，不一会儿就啃食光了。

也有村童转到了"八坨"，却死活不愿意接受。这时，心软的糖稀老人就会变通一下，帮村童勾勒一只鸟，或一条蛇。看到村童蹦蹦跳跳、开开心心离去，老人那满是皱纹的脸上也露出了久违的笑容。

糖稀渐少而鞋底渐多。糖稀老人在一个又一个村子里走走停停、停停走走，担子里的糖稀越来越少，而换回来的旧鞋底、牙膏皮越来越多。

老人将收集来的旧鞋底、牙膏皮，送到供销社去换钱来维系家里的生计，再用买回的大米，熬制出麦芽糖，继续为村童们送出糖稀作品与快乐。

4. 垒灶孙爷

那时，农户家少不得土灶。盖起了新房子，要垒新灶。旧灶烧垮了，要重新垒灶。垒灶，不是所有村民都能做得来的活儿。孙爷的垒灶技术，方圆十公里出了名的好。

五锅两膛的土灶。那时，村民家的灶台是地地道道的全土结构，用土砖和黏泥就可以垒砌一个灶台来。

孙爷垒砌的土灶"大同小异"——相同的是五锅两灶膛，不同的是锅面大小和台面形状。"五锅"，包括一口加大号铁锅、一口大号铁锅，一口小号热水铁锅、两口挂在灶口的铁吊锅。灶膛是柴火燃烧、加热铁锅的地方。加大号锅、大号锅下面各有一个灶膛，构成了土灶的"两灶膛"。

加大号锅及锅底下的灶膛，靠墙而砌。大号锅与加大号锅至少间隔15—20厘米。大号锅与加大号锅之间是一口热水锅。热水锅的形状有点特别：口小底子深。任意一个灶膛内燃烧着柴火，其余火都能加热热水锅内的冷水。灶膛里的柴火燃烧时间长一些的话，甚至可以将热水锅内的冷水烧开。

大号锅及锅底下的灶膛，村民使用的频率最高。离开了它，村民就会为一日三餐发慌。

一年中使用到加大号锅的天数屈指可数：年底熬制麦芽糖、泡起黄豆做豆腐、宰杀年猪烧开水、自己动手染粗布、糠粉野菜煮猪食，每年也就使用那么几天、十几天。

村民家的铁锅大小不同，厨房面积、厨房形状各有差异，孙爷垒砌出的锅面大小和台面形状也就不尽相同。

讲究一点的农户会请孙爷在灶膛尾部留出烟囱口，通过烟道将燃烧时的烟雾引至厨房外面。

就地取材的台面。 15—20厘米宽的土灶台面，若只是用黏泥整平、晾干，用不了多久，台面就会出现蛇形裂缝，更糟糕时，灶台甚至会垮塌。孙爷就地取材，摸索出一种混合型材料，这种材料使用在土灶台面上，不仅光亮易保洁，而且耐用无裂缝。

孙爷找来废弃纸箱，撕成半个巴掌大小的碎片，放入大脚盆中浸泡一宿。第二天上午，纸箱碎片已膨胀松软，随手一戳即破。孙爷双手揉搓着这些碎片，半个小时后，碎片变成了黄色碎末。再将这黄色碎末，与浸泡了一宿的稻壳，还有黏黏的黄土，按照1：1：1的比例混合、调匀后，孙爷将这混合型材料均匀地涂抹在土灶台面上。

若有多余的混合材料，孙爷会将它们涂抹在土灶的四周，这样土灶会更结实更美观。

分文不取的孙爷。 业余时间帮忙垒灶，在孙爷看来纯属消遣和娱乐。垒砌一个灶台，孙爷要花费大半天工夫。毕竟孙爷年事已高，忙乎下来，腰酸背疼在所难免。但看着忙乎后的作品，听到农户交口称赞，所有酸疼都被孙爷爷抛在了九霄云外。

帮忙垒灶，孙爷不取分文，农户要做的就是替孙爷准备一包烟和半斤卤好了的猪头肉。

5. 铁铺师傅

乡村少不得铁铺。犁田耙地的铁头、收稻割麦的镰刀、烧火做饭的锅铲、开荒刨地的锄头、撮拾泥土的铁锹，等等，村民们所使用到的铁器，几乎来源于乡村铁铺。

只有一只好眼睛的李师傅敲打出来的铁器活儿，质量精良，用起来顺手，颇受村民喜爱。

服务两三个队的李师傅。铁铺太多的话，每个铺子的生意就不多，铁匠师傅就难以养家糊口；铁铺太少，铁匠师傅手头的活儿就显得太多而忙乎不过来，村民也不方便，淘换一把镰刀得走上老远的路程。

那时，两三个生产队会有一家铁铺。

在乡村，木匠师傅是业余的。铁匠师傅不同，他们是专职的，他们只打铁，不下地。打制出来的铁器，可以换钱，也可以淘换粮食。

李师傅最来钱的时候是村民搭盖新房的年底。那时，一幢新房需要大量的抓钉。

最来钱时候，也是李师傅最不敢马虎的时候。一把镰刀、一把锄头，若是质量不过关，大不了回炉重来，大不了不向村民收取费用。但对村民来说，搭盖新房是十几年，甚至几十年才能下定决心的大事。房屋大事，质量第一。抓钉质量是房屋质量的一个重要部分，决定着木梁坚实牢固的程度。有的民房历经百年之久，里面抓钉依然完好如新，可谓"日久见质量"。

锤打抓钉，李师傅有着自己的心得：火候、次数、厚度、状态。

火候，是将铁块或铁条在炉火中烧得通红透亮时取出，趁热均匀地锤打。

次数，是淬火次数。锤打后迅速放入冷水中，再拿起，就完成了一次淬火过程。李师傅铁铺出来的抓钉，淬火次数不会少于3次。

厚度，李师傅铁铺出来的抓钉，厚度都在10—11毫米，从不会打折扣、玩花样。

状态，弯转抓钉的两头时，李师傅只会选择在铁钉通红透亮的状态下进行。这样的抓钉在抓梁受力时，就不易疲软断裂。

徒弟不断线的李师傅。乡村铁匠师傅，几乎是男性。一家铁铺中通常是一师一徒两个人，偶尔也有一个师傅、两个徒弟，或只有孤零零的师傅一人的时候。

徒弟，可能是邻家十四五岁的毛小伙子，也可能就是铁匠师傅自己的儿子。

李师傅家算得上铁匠世家。从他开始，往上5代都是铁匠。打小围着铁铺转悠的大儿子，后来也跟着李师傅干起了铁匠活儿。

李师傅手艺好、口碑好，他身边从来就没有断过徒弟。除了自己的大儿子，30多年中李师傅带出了十多位徒弟。

只握小锤子的李师傅。铁铺里，师徒有着明确分工：抡大锤是徒弟的活儿，握小锤是李师傅的职责；拉风箱是徒弟的活儿，盯住炉火、观察铁器的火候是李师傅的职责；给炉膛添加煤炭是徒弟的活儿，在铁墩上翻转或弯曲铁器是李师傅的职责。

师徒间又有着高度默契。左手用长钳从炉膛里夹出铁器后，李师傅的小锤敲在铁器的哪个部位，徒弟的大锤就立马砸向那个部位。小锤一下，大锤一下，"叮当，叮当"一二十次后，李师傅的小锤在铁墩上"咚咚"敲两下，徒弟便放下大锤，不再捶打。当李师傅用长钳夹着铁器，放置在炉火中时，徒弟就心领神会地拉扯起风箱来。李师傅的独眼朝风箱一瞟，徒弟拉扯风箱的频率就瞬间加快，炉火越发旺盛起来。

冬天脱棉衣的李师傅。铁铺里炉火不断，铺内温度比室外温度高出不少，还有"叮当叮当"的锤打也让师傅和徒弟浑身上下不停地散发热量。在冬天的铁铺中，李师傅压根就用不着棉衣，穿少点反而倍感舒坦。

夏天是李师傅最难熬的日子。铺子顶上是炎炎烈日，铺子里面燃着熊熊炉火，握锤敲打的李师傅是整日汗流浃背的。

脸黑头发灰的李师傅。由于常年的烟熏火燎，李师傅与伐薪烧炭者在脸庞颜色上没有两样。"吱吱"响动的风箱，将炉膛里的煤灰吹向铺内四周，李师傅那不多的头发上就降落着这些灰黑的煤灰。

胸前的皮革围兜、停不下来的双手，也是灰黑灰黑的，与脸庞、头发色调很是相近。拿取铁器后，村民不经意来上一句："李师傅，您打出来的镰刀就是好使。"彼时彼刻，李师傅就有了开心笑容，露出几颗黄白色牙齿，那是李师傅周身难得一见的白亮之处。

6. 阉猪能人

那时，公社兽医站的技术员会定期到各村巡回——除了帮萎靡不振的水牛、生猪打针灌药，还有一项重要活儿，就是为农户阉割生猪。

阉猪长膘又长肉。阉割生猪，在我国有很长历史。劳动人民在饲养生猪的实践中发现：六七个月大时，公猪、母猪开始发情；发情后的生猪性情烦躁、寝食难安，影响生长；若是提前摘去或破坏公猪的睾丸、母猪的卵巢，生猪就没了发情期；没了发情期的生猪性情温顺，除了可劲儿长肉长膘，还便于农户管理。

从实践中发现规律，用规律来指导实践，农户便将阉割生猪的做法一代一代地传承了下来。

阉头生猪两分钟。农户买回刚刚满月的仔猪，在家饲养十来天，让仔猪慢慢熟悉新环境后，仔猪就可以接受阉割了。三四个月大前，生猪接受阉割都不算晚。

那时公社兽医站有位龙师傅，称得上阉猪能手。只需两分钟工夫，一头生猪就被他麻利地阉割了。

也有水平不济的阉猪者，半个小时还搞不定一头生猪。更糟糕的是，被阉割过的生猪长到六七月大时，居然开始发情，性情变得暴躁，也就谈不上快长肉快长膘，那一定是阉割不净的结果。下次碰上那位阉猪者，愤懑不已的农户免不了会唠叨几句。

杀猪杀屁股，各有各的搞法。阉猪手法也因人而异，不尽相同。在阉猪过程中，相同的是摘去生猪的睾丸或卵巢，不同的是操作手法，如切口部位，以及是否给予麻药、是否缝合切口，等等。

以切口部位而论，有的选取正下腹后端，有的选取肛门附近，有的选取生猪身体的右侧后下部。切口部位虽有不同，但都是接近睾丸或卵巢的区域。

龙师傅阉猪，总是选取生猪身体的右侧后下部。阉割后，龙师傅会在切口处涂抹一点消炎粉。因为切口较小，龙师傅阉猪后从不用缝合。因为动作麻利，龙师傅也无需在阉割前给生猪注射麻药。

未曾使用麻药，也没有缝合切口，但经龙师傅阉割后的生猪，身体恢复得就是快。

阉猪阉鸡不阉牛。不是所有生猪都要接受阉割。种猪是不能被阉割的，阉割后就不成其为种猪了。若是农户的手头偏紧，只够支付一头生猪的阉割费用，农户就会选择优先阉割公猪。毕竟，发情时的吓人劲，公猪要远大于母猪。

阉割鸡也只是针对多数公鸡，小部分公鸡要留作用于与母鸡交配和清晨打鸣。母鸡未经交配而产下的鸡蛋，可以食用，却孵不出小鸡。阉割后的公鸡，同样性情温和，不再好斗，长膘长肉。

村民不会请人来阉割水牛。牛崽再多，村民们也不嫌多。若是被阉割，公牛就没了播种能力，母牛也失去了怀崽的可能。

阉割一头猪，村民要支付两元钱，相当于 2.5 斤计划内鲜肉的价格。阉割一只鸡要便宜得多，收费两角钱。

那时阉猪生意不错，师傅的收入也就比较可观，阉猪匠成为那时吃香的、惹人羡慕的一种职业。

7. 泡菜刘妈

农户家的厨房靠墙处，有着大大小小的泡菜坛子。新鲜蔬菜不济时，泡菜便成了村民们下饭的主菜。村子里的刘妈泡得一手好菜。蔬菜经她泡制后，香脆可口、余味留长。

用水封口的坛子。从乡村土窑里烧制一种葫芦模样的坛子：肚子大，上下小；上端圆形口子的外缘，有一圈一两厘米的深凹槽。

在凹槽里放入水，将陶瓷盖子倒扣在坛口，盖子边沿浸没在凹槽里的水中，整个坛内就被水封起来。

这坛子是村民们用来泡制蔬菜的好器具。

一晒二切三下坛。在蔬菜旺季，自留地里的新鲜蔬菜可劲地生长，可能出现供给大于需求。榨菜叶、大白菜、白萝卜、胡萝卜、红辣椒、青辣椒、四季豆、长豆角等，都是制作泡菜的好原料。

刘妈做泡菜有三个步骤：一晒二切三下坛。趁着晴好日子，刘妈将采摘回来的蔬菜散开晾晒。晾晒场所、晾晒方法因陋就简：榨菜叶子、大白菜叶子挂在竹竿上；辣椒、豆角放在簸箕里；搬来木梯，将萝卜、辣椒直接排开在斜坡屋顶的黑瓦上。

晾晒两三个晴好天气后，蔬菜内的水分渐渐挥发、减少，蔬菜变得蔫蔫的、软软的。将晾晒好了的蔬菜，切成片状或条状，分类放入大小坛子里。

第一次泡制蔬菜，坛子里的水有讲究。生水断断用不得，那样会让准备泡制的蔬菜发霉变味，甚至变臭。刘妈会洗净坛子、沥干，向坛内倒入约 1/3 容量的凉白开水，再往坛内放入晒制并切过的蔬菜。

第一次泡制过后，第二次就可以直接使用坛内现成的泡菜水。泡制次数越多，放置时间越长，坛内泡菜水越浓郁。啥时可以取出泡菜、食用泡菜，刘妈全凭经验和感觉：若是第一次泡制，需要等待的时间就要长一些，若是陈年泡菜水，开盖食用前的等候时间就短一些；若是高温的夏季，泡制天数就少些，而寒冷的冬季，泡制天数就长些；叶状蔬菜泡制时间短，萝卜、四季豆泡制时间长。譬如，大热天，七八年的泡菜水，切片后的红辣椒泡上两三天便可以开盖食用。

泡制榨菜叶、大白菜、辣椒和豆角时，刘妈会略去清洗环节，直接晾晒。那时，蔬菜使用的是农家肥，没有化肥和农药残留，萝卜则需要洗净表层泥土后再晾晒。

"好手""臭手"做泡菜。村妇都制作过泡菜，只是泡菜的口感相去甚远。泡菜的质量，取决于泡菜水的好坏，还有泡制时间。

乡村有"好手""臭手"的说法。好手做出来的泡菜，就是好吃。臭手呢，不管怎么折腾，出来的泡菜似乎都不是那个味道。刘妈，显然属于好手那一类。

泡制时间的掌控也很重要。泡制时间不足，泡菜吃起来就有青涩感；泡制时间过长，就有了腐熟味道。在时间掌控上，刘妈很有心得和体会。

邻里齐分享泡菜。刘妈做出的泡菜，一是香，二是脆。醇香的泡菜，有着难以言表的味道。醇香悄然入鼻，人的食欲就被勾引起来。除了醇香，刘妈做出的泡菜，其口感还是脆脆的、爽爽的，咬一咬便发出轻轻的嘣嘣脆声。

从坛子里抓出香脆的泡菜，放在碗里，刘妈会再淋上几滴香油，用筷子夹起，送入口中，那叫一个美啊。

刘妈不仅会做泡菜，还热心与邻里分享泡菜。隔壁左右，没有哪家没有品尝过刘妈的手艺——或是一碗泡萝卜，或是一碗泡辣椒。

村子里的妇女们免不了要向刘妈取经请教。刘妈呢，来者不拒，毫无保留。遗憾的是，即使取经请教了，其他村妇做出来的仍不是刘妈送来的泡菜那个味。

8. "印蛋"彭姨

晚上逐一摸过鸡笼里的母鸡，预测明天能下几个鸡蛋，村民们把这叫做"印蛋"，有"印证一下母鸡第二天能否下蛋"的意思。别人"印蛋"可能"十拿五稳"，村子里的彭姨能做到十拿九稳，算得上"印蛋高人"。

预测次日的鸡蛋数。"鸡屁股银行"也好，"鸡笼银行"也罢，那时，鸡蛋是农户的活钱的重要来源。

商家会根据入场人数、消费偏好、人均消费额度等来预测次日营业收入，乃至当月销售总额。农户对次日活钱的预测，便只有"印蛋"。"印蛋"后，若是估计第二天能有 8 枚鸡蛋，那么村童的几个练习本，还有一两支铅笔就有了保障。

会"印蛋"的几乎是农妇，也有大男将"须眉不让巾帼"，在"印蛋"上敢与女性一比高低。

"印蛋"，还能及时掌握母鸡是否有"下野蛋"的行为。对待下野蛋的母鸡，农妇将它们在鸡笼里关上两三天，长了记性的母鸡便能知错就改了。

准确的程度不一样。"印蛋"的难度，似乎不亚于现在的 B 超检测，都是隔着皮肉来查看体内的情况，B 超好歹还有黑白甚至彩色图像可以识辨，而"印蛋"全凭触摸带来的丝丝手感。

鸡蛋，就是鸡卵。在母鸡体内，从肛门近端开始，几十枚鸡卵由大到小依次排列。最大那枚鸡卵，蛋壳可能成形，也可能还是覆着软软一层外膜。若蛋壳已成形，次日或当晚便会坠地。若鸡卵最外层还是软软的外膜，24 小时内就不可能脱肛而出。

"印蛋"者触摸的部位是母鸡屁股，做出的判断来源于手指的感觉。"印蛋"时，彭姨左手抓住母鸡翅膀，右手 5 个手指呈"凹"状贴近母鸡屁股下端，轻轻按压后松开。挪动一下手指，再轻按、再松开。10 秒钟时间，便结束了对一只母鸡的"印蛋"活儿。

聊供一笑的"印蛋"。印准了，农妇高兴。没印准，也影响不到次日实际的下蛋数量，大不了被自家孩子笑话一下，仅此而已。

不用"印蛋"，农妇大抵也能猜测出次日新增的鸡蛋数量：当年的母鸡，秋末开始产蛋，大约一天一个；2—4 年的母鸡，冬季大约两天一个，其他三季大约一天一个；4 年以上的母鸡，产蛋能力渐渐减弱。

猜测归猜测，若是像彭姨那样的高手，还是"印蛋"来得更精准。于是，只要挤得出时间，彭姨这样的农妇还是会去印一印鸡屁股的，也算是提前兴奋一下，给平淡的生活增添一点期盼与快乐。

9. 包粽快手

　　五月五（阴历），吃粽子。在长江中下游丘陵地区，端午节那天，村民们吃粽子、悼屈原、庆端午，此民俗已延续了两千年之久。

　　黄姑包出来的粽子不仅有棱有角、大小一致，而且速度超快，是村子里有名的包粽快手。

　　端午时节的粽子，上学才知是纪念。 一岁起，村童就开始学吃粽子。煮熟后的粽子，趁热吃，有着糯米的芳香和粽叶的清香。放置五六小时后，摊凉了的粽子，吃着有丝丝清甜。不管是热粽子还是凉粽子，蘸点红糖或白糖，喜爱甜食的村童一口气能吃上三五个。

　　村子里的孩子们都盼望着一年中那少有的节日。期盼端午节，是因为可以享受到美味的粽子。等到背起书包上学堂后，村童们才明白了那棱角分明的粽子原本应当被投放到江湖中喂食鱼儿虾子，来纪念战国时期伟大的爱国主义诗人屈原。"粽子穿肠过，纪念心中有"，只要心中有屈原，自己吃吃粽子也无妨，有村童这般安慰自己。于是，该吃的粽子继续吃，该纪念屈原、崇拜屈原的继续纪念、崇拜。

　　水中粽叶为首选，山上粽叶也能用。 端午节前，村民们多到长江边、湖汊边芦苇荡里去摘取芦苇叶。若是离芦苇荡太远，或芦苇荡被管制（芦苇场会收割芦苇秆，卖给造纸厂造纸），有村民就到山上去寻找旱地芦苇叶。还有村民找来大片一点的竹叶，用来包裹粽子。

水中芦苇叶、旱地芦苇叶、山上的竹叶，都可以充当粽叶。相比之下，在清香味道上，旱地芦苇叶和山上的竹叶，要逊色于水中的芦苇叶。黄姑包粽子，习惯使用水中芦苇叶，即使采摘芦苇叶时的往返路途更遥远一些。

四角粽子最常见，六角粽子不稀奇。叶片够大的话，一片粽叶包一个粽。叶片小一些，两三片粽叶包一个粽。粽子的外形不定，村民们大多包成四角状，也有村民包裹成六角状（两边各有三个角），或圆柱状。一句话，怎么顺手怎么包，没人规定，没人强求。粽子的外形虽不同，内里味道却相似。

黄姑总是将粽子包裹成四角形状，这种风格是从她妈妈、她外婆、她外婆的妈妈一路传承下来的。

学包粽子并不难，又快又好不简单。采摘回粽叶后，剪去叶片与秆子的连接端，在清水中一片片洗净、浸泡。将糯米用水洗了，在盆中浸泡两三小时。

准备好粽叶和糯米，就可以开始包粽子。将几十根一尺长左右的缝制棉被的粗棉线（也有村民将芦苇叶搓成绳状），一端固定在靠背凳的后背上，另一端自由散开。左手拿取一片大粽叶（或两三片小粽叶），右手帮忙卷叠成下似漏斗、上似蝴蝶结的形状。抓起一把湿漉漉的糯米，放置在漏斗状的粽叶里。右手稍稍按压糯米，将蝴蝶结状的粽叶紧紧盖住漏斗口。拿起粗棉线的一端来缠裹粽子，边缠裹边用力拉紧粗棉线。缠裹完毕，在粗棉线的线头处打一个活结，一个粽子就包成功了。

村童，尤其是女童，在家长鼓励下，七八岁就开始学包粽子。农妇们几乎没有不会包粽子的。但像黄姑那样，粽子不仅包得好而且包得快的人却不多。

黄姑包出来的粽子，近乎是一个模子出来的产品：大小一致，每个在1两半重左右；四角分明，像标准的四棱形。黄姑的粽子，煮上大半个小时后捞起，没有一粒糯米外溢在水中。剥开粽叶，粽叶上没有一颗糯米黏附，唯有光溜溜的四棱形熟粽子。

　　黄姑包粽子，速度还很快。一般人一个小时能包 40 个左右 1 两半大小的粽子，黄姑能包 90—100 个。

10. 皮蛋伯伯

那时，有人少量地养殖鸭子。鸭子产下鸭蛋后，村民大多将鸭蛋卖给公社的食品公司。积攒到几百上千枚鸭蛋后，食品公司开始制作皮蛋。制作好的皮蛋，卖给公社食堂和有需求有购买能力的村民。

食品公司的伍伯，制作皮蛋有近 30 年经验，那时方圆十公里的村民有幸品尝到的皮蛋，几乎出自伍伯那粗糙的大手。

伍伯制作的皮蛋色泽均匀，老嫩适宜，口感润滑。偶尔品尝过出自其他师傅之手的皮蛋后，村民会当着伍伯的面，翘起大拇指："还是伍伯您做的皮蛋好！"

皮蛋好吃，皮蛋难做。那时新鲜鸭蛋的收购价是每枚 8 分钱，皮蛋的销售价是每枚 1 角钱，制作前后的差价为每枚 2 分钱，其间还包括制作过程中出现的破损均摊。

那时，乡村制作皮蛋的方法主要有两种：大缸浸泡制作（大缸法）和料灰涂抹制作（料灰法）。

大缸法。洗净大缸，擦干，加入小半缸凉白开水，向缸内撒入适量纯碱（碳酸钠）、食盐，搅拌至溶解后，再撒入适量生石灰粉（氧化钙），继续搅拌。待原料全部溶解后，在缸内撒入少量草木灰和茶叶末，放置一昼夜。逐一将新鲜鸭蛋轻轻放入缸内，直至最后一枚鸭蛋也浸没在溶液中。

高温的夏天，只需七八天时间，鸭蛋便被腌制成了皮蛋，可以从缸内取出来食用了。春秋两季，腌制时间稍稍延长，10—12天可以出缸。

料灰法。所用原料大抵相同。不同的是，将纯碱、食盐、生石灰、草木灰、茶叶末等，用凉白开水调匀后，涂抹在鸭蛋外表。将涂抹后的鸭蛋放入稻壳或麦糠中滚上几圈，鸭蛋外周就被料灰、稻壳严严实实地包裹起来。最后将裹好的鸭蛋轻放在箩筐或笾箕中。在春秋时节，约两个月后，皮蛋便制成了，就可以去壳食用了。

伍伯采取的是大缸法。伍伯没有防护手套、防护眼镜之类的物件，在搅拌、安放鸭蛋的过程中，难免有碱性溶液溅在伍伯的手上，有化学作用产生的气体扑向伍伯的眼睛。30年的皮蛋制作，伍伯的双手尽是脱皮后的花斑，眼角也会间歇性地淌着眼泪。

拌料均匀，用心制作。伍伯制作皮蛋有讲究，从细微处着手。一避生水，伍伯制作皮蛋，多年来坚持选用凉白开水。二查裂缝，准备投放入缸的鸭蛋，伍伯会提前逐一检查，那些有裂缝的鸭蛋不会用来制作皮蛋。三拌均匀，腌制用的原料，伍伯有自己的配比。转动木棒、搅拌原料时，伍伯不厌其烦。放置着静候反应时，伍伯不急不躁。四放轻柔，往大缸内逐一放置鸭蛋时，伍伯轻拿轻放，生怕碰破了、磕坏了。

细节会影响皮蛋质量的好坏，细节决定成败。伍伯制作出来的皮蛋破损率小，坏蛋率低。

出缸时间，因时而定。出缸时间，伍伯会依季节和气温不同而适当调整。伍伯制作的皮蛋，剥壳后圆润光亮，蛋清部分是枣红色冻状物，蛋黄部分是深绿色半流状物。轻咬一口，清凉的感觉顿入心脾，那蛋清的爽滑、蛋黄的黏润尽在不言中。

· 第十章 乡村习俗 ·

1. 新娘洁面

在一些乡村，新娘在出嫁前，娘家婶婶等人会帮忙洁面，村民称之为"开脸"，意思是让新娘在大喜的日子体体面面、清清爽爽地到夫家。

出嫁前日来洁面。洁面选定在出嫁的前一天，地点是娘家堂屋门口，那里光线充足。

这种洁面，不是用洗面奶、洗面液之类来清洁脸部。它是通过除去脸上生长了 20 年左右的微小汗毛来达到光洁脸庞、使之鲜嫩红润的美容效果。村子里的男人一辈子也享受不到这种待遇，村子里的女人，唯有做新嫁娘前，才能享受那仅有的一次。

帮忙洁面的大多是准新娘的婶婶。没有婶婶的，母亲或热心的邻家婶子就会来帮忙。自家婶婶也好，自个母亲或邻家婶子也罢，都是经风经雨的过来人，目睹过洁面，也亲自操作过洁面。

在洁面过程中，过来人和即将成为过来人的准新娘，咫尺相依。如此近的距离，女人不会轻易浪费掉耳旁私语机会——过来人会轻言细语地向准新娘传授一些过来人的知识，弄得准新娘满脸绯红，作羞花闭月状。那可是一对一的新婚知识传授哦。

棉线卷除微汗毛。两把紧邻的靠背椅子上，分别坐着婶婶和准新娘，要洁面的部位始终朝向大门外自然光的方向。洁面工具异常简单：一根一尺长左右的粗棉线。粗棉线由好几根细线两两绞合而成，外观似长长的麻花，村民常用来缝合盖被。

只见婶婶用牙齿咬住棉线的一端，一只手拉紧棉线的另一端，让棉线中端贴近准新娘脸部，另一只手按住棉线中端，在准新娘脸上来回揉搓。在揉搓过程中，棉线将脸部的微小汗毛卷起，从毛孔中拔将出来。

洁面操作有讲究，一要轻松，二要干净。水平高的女人会把握揉搓的力度。力度太大，速度过猛，准新娘便有明显不适感，会做出龇牙咧嘴状。力度太小，速度太缓，准新娘倒是没感觉，但那汗毛还在脸庞上哦。水平高的女人，力度中等，速度适当，让准新娘轻轻松松地告别了那茸茸的汗毛。

水平高的女人，还有理发师傅那样的整体观念。她们知道面颊、嘴唇、下颌、颈后是汗毛相对茂密的区域，要从左到右、从上往下、由前向后有序地展开洁面，做到一个地方不漏、一片区域不剩。

洁面操作是个细致的活儿、磨性子的活儿。一次洁面下来，两三个小时便过去了。

洁面过后脸庞亮。棉线的揉搓，婶婶的手掌的来来回回，就是轻柔体贴的按摩，让准新娘脸部变得红润。茸茸的汗毛被卷除后，准新娘的脸庞光洁、鲜嫩明亮。汗毛被连根拔除掉，准新娘的脸部备感清爽。

女性最美丽时光，就是成为新娘子前后的那段日子。淳朴的村民用简单得不能再简单的一段棉线，为准新娘的姣好容颜增色添彩。

顽皮村童凑热闹。新娘子出嫁，高兴的不仅是新娘子和新郎官，还有村子的孩子们。出嫁当天，村童听鞭炮、抢米泡、吃喜糖，不亦乐乎。即使是出嫁前的洁面操作，村童们也不会轻易错过。看着那一尺长的棉线被来回揉搓，看着准新娘的脸庞渐渐圆润光洁，村童们瞪大眼睛围观，似乎要整个明白。

在洁面操作时，婶婶要借机向准新娘传授过来人的秘密。随着婶婶一声吆喝："大人之间要讲话，孩子们回避一下"，村童们便四散开来，十来分钟后，嬉皮笑脸的村童又渐渐围拢过来。

村童观摩个十来分钟，婶婶又是一声吆喝，村童便又四散了。聚聚散散、热热闹闹之中，洁面就这么结束了，过来人的秘密也断断续续地传授完了。

2. 鸡蛋滚头

用去壳后的熟鸡蛋，在满月的婴儿的光头上滚来滚去，期盼孩子今后的头发浓黑茂密。那时一些乡村有着这样习俗。

选用新鲜鸡蛋。在光头上滚敷热乎乎的熟鸡蛋很有好处：一来，头皮会感觉很舒服。这种舒服，与背部、腹部经过热乎乎的盐袋滚敷后的感觉相似；二来，热乎乎的熟鸡蛋在头皮上来回滚动，便是对头皮、发根的轻轻按摩，能够促进头发生长；三来，能起到祛寒、消肿散瘀的功效。

在民间，小孩子磕碰摔倒后出现了肿块淤青，有的大人就用热鸡蛋来滚敷伤处。小孩子患风寒感冒时，也有人热鸡蛋滚敷来治疗。

村民们为满月婴儿滚敷热鸡蛋，会选取新鲜土鸡蛋。当天的最好，次一点，也要选取近几天的。

温度不高不低。将新鲜土鸡蛋煮熟，沸水中捞出，稍稍放置之后剥去外壳。去壳后的热乎鸡蛋放置在掌心，待到没有烫手的感觉时，便可以开始滚敷。

剃去胎发的满月的婴儿，被妈妈怀抱着，眼睛睁得大大的，试图抬起头来看看在自个头上来回滚动的、热乎乎的玩意是啥，无奈脖子上的小脑袋被妈妈的手扶住，转动不得。好在这感觉挺不错，远比剃头师傅刮去胎发时好得多，婴儿也就不哭不闹。

掌蛋滚敷的，多是婴儿的爸爸，或奶奶、婶婶，一般从头顶开始，呈放射状地滚敷。当鸡蛋温度与体温接近后，就更换另一个热乎的鸡蛋来继续滚敷。完成一次滚敷，一般使用到两三个鸡蛋。

滚敷后的熟鸡蛋，村民舍不得丢弃。掰开鸡蛋蛋白，里面的蛋黄干净、喷香，围观的村童们争相将这蛋黄送入口中。

多为男婴滚头。村子里的女婴满月后，很少被剃去胎发，她们也就很少被抱在怀里来接受鸡蛋滚敷。

3. 新年鞭屑

　　大年初一，天蒙蒙亮，村童们从热乎乎被子中翻身起床，简单洗漱后，和大人一起开门炸鞭迎新年。炸完鞭炮，大人祝贺村童又长大了一岁，村童祝福大人健康长寿，然后，大家该忙乎啥便忙乎啥。地上的鞭炮屑末散发完缕缕青烟后，就静静躺在那儿，无需理会，无需清扫。

　　争相起早炸鞭。那时，春晚节目还没出现，电视机在乡村很是稀罕。村民们不可能熬夜到农历新年的零点去炸完鞭炮后再呼呼睡觉。村民们的选择是：起个大早，炸响鞭炮，迎接新年，开开心心地开始新年第一天的生活。

　　早上五六点钟，大人率先起床。听到动静，激动了一宿的村童立马从被子里翻腾起来，找衣服，穿衣服，刷牙洗脸。待全家准备妥当后，一家之主便移走大门后的木栓，拉开两扇大门，一股冷风从朦胧处直奔屋内而来。

　　拆开鞭炮，点燃引线，寂静乡村就迎来了噼里啪啦的鞭炮声。

　　一家的鞭炮炸响，另一家的也炸起。有时是交叉响，有时是接力响。听着响声，村民就能揣测出是本村的鞭炮，还是邻村在燃放；是本村老王家的，还是本村老李家的；老王家燃放的是"千响"，还是鞭炮齐鸣的"万响"。

崇尚勤劳的村民，没有人愿意成为落后分子——大天亮后才懒洋洋起床、燃放新年鞭炮的人，会成为村民们的笑料。在燃放新年第一挂鞭炮上，一些农户暗地里较劲，争相要成为本村率先炸响的家庭。

大年初一燃放鞭炮时，村童会穿上年前做好的新衣服，没有新衣服的村童也装扮得干干净净、整整齐齐。爱美的女孩，会在头上扎上漂亮的橡皮筋。大人也会将领口翻弄到位。

有天井的老房子里，住着2—4户异姓人家。大年初一一大早，老房子里二三十号人齐聚门内，共同见证打开新年大门那一刻，共同分享同一挂鞭炮燃放时带来的喜庆，共同祈福新的一年顺顺利利、平平安安。

留下鞭炮屑末。在一些乡村，鞭炮燃放后的屑末会静静躺上半天，甚至两三天后才会被清扫。

大年初一的鞭炮屑末，有开门见财的含义。村民们期盼当年的日子能富裕些。正月十五闹元宵后的鞭炮屑末，给人以快乐、祥和。婆媳妇嫁闺女的鞭炮屑末，给人以喜庆、吉利。老人去世的鞭炮屑末，给人以哀思、缅怀。

鞭炮响数越多，燃放时间就越长，爆炸起来就越响亮，燃放后留在地上的屑末也越多。农户很看重新年第一挂鞭炮，勒紧裤带也尽可能买回响数多一点的鞭炮。家庭条件好的农户，会选择万响鞭炮作为新年第一挂鞭炮。条件差一些的农户，怎么着也会整来一挂千响鞭炮来迎接农历新年。

迎接忙碌新年。自家大门打开了，鞭炮燃放完了，村童就蹦蹦跳跳地到邻家看炸鞭、读门联。大人呢，送别了昨天的年夜饭，炸完了鞭炮，便开始了忙忙碌碌的新一年。

勤快的农妇带着扁担、麻绳，直奔荒山野地去找寻柴火。憨厚的汉子扛着锄头径直到自留地里翻起土来。看完了邻家炸鞭炮、读遍了村子里红对联的村童，也提着筲箕、握着粪耙，去捡拾猪粪狗粪。

4. 龙灯避让

　　村落之间因玩耍龙灯而大打出手的混乱与尴尬，清末、民国时期出现过。后来，村子里玩龙灯时，会提前通知需要经过的村落和人家。多数时候，不会出现两支龙灯队伍路遇的情况。偶尔出现两支队伍相对而行、迎面而来的情况，村民们也会按照习俗，施展智慧，有惊无险地处理好。

　　外村避让本村。每支龙灯队伍会推举一位德高望重、善于沟通的长者来掌事，其角色类似于现在运动队里的领队。当两支龙灯队伍对向而行、即将狭路相逢时，掌事者会吩咐各自队伍停下脚步。两位掌事者各行百十米，见面后，微笑着将双手一拱，寒暄几句，客气一番，恭喜一下，然后报上各自村落的名称。

　　若是龙灯队伍中的一支正处在本村地域范围，另一支龙灯队伍会毫不犹豫地选择等候避让。

　　杂姓避让大姓。有的村落里的人几乎清一色是同姓，村民之间沾亲带故，村落也因此被称作"大屋孙""上坡王""胥家湾""曾家嘴""熊家贩"等。

　　有的村落，几十户人家有着二三十个姓氏。他们的祖辈来自五湖四海，有的籍贯为河南，有的籍贯是四川，有的籍贯是山西，等等。籍贯不同，村民们的姓氏也几乎各异，彼此之间很少有亲缘关系。

一支龙灯队伍出自大姓村落，另一支由杂姓组成，这样的两支龙灯队伍在其他村子里相遇时，两位掌事者见面摸底后，杂姓的龙灯队伍就会选择避让。

小灯避让大灯。有的龙灯队伍气势磅礴，龙有三五条，鼓有六七十面，全部人员超过 150 名。相比之下，有的龙灯队伍相形见绌，一条龙、20 来面鼓，队伍加起来不过 50 人。

两支杂姓队伍对向行走在其他村落时，在己方掌事者的吩咐下，人数少、规模小的龙灯队伍就会避让，让规模大的龙灯队伍先行。

5. 迎亲序列

乡村里迎娶新娘，队伍序列、成员组成、出发时间、抵达规矩等，都有一番讲究。

队伍序列。迎亲队伍从前往后一字形排开。最前面的村民双手托着毛主席画像，紧随画像的是 8—10 面彩旗，彩旗后面是挑着两箩筐爆米花的村民。新郎官、伴郎、掌事者走在队伍的中央，锣、鼓、号组成的乐队殿后。

成员组成。双手托着毛主席画像的，是新郎官的小弟弟或小侄子之类的至亲。8—10 位高举彩旗的，也是新郎官亲戚家的小孩。

伴郎人数是双数，2—10 位不等。10 位伴郎堪称最高规格，号称"十兄弟"迎亲。伴郎都未婚，年龄与新郎官相仿，要么是新郎官的娃娃朋友，要么是新郎官的亲弟、堂弟、表弟。

掌事者多为新郎官的姊婶，抵达新娘家后，遇到突发情况时，掌事者就是主心骨，能帮忙拿主意、想办法。

最简单的乐队只有 4 个人：一人打锣，一人击拍，一人敲鼓，一人吹号。讲究一些的乐队可以有 7 人：两面锣，一铜拍，大小鼓，两把号。

出发时间。迎亲大事，懒惰不得，马虎不得。早餐过后，迎亲队伍便列好长队，在喜庆的锣鼓声中徒步出发了。

从新郎家到新娘家的距离长短不一。远的有一二十里地，近的就在本村内。在掌事者的引导下，迎亲队伍会掐着时间，抢在午饭前赶到新娘家。一二十里开外的话，迎亲队伍就会提速前行。若在本村，迎亲队伍便先沿着村子外围绕一圈。

抵达规矩。迎亲队伍即将抵达新娘家时，新娘家的喜庆鞭炮便噼里啪啦地狂炸起来。在弥漫的硝烟中，在震耳欲聋的鞭炮声中，迎亲队伍就来到了新娘家门口。

早已翘首以盼的村童们一拥而上，直扑装盛有爆米花的箩筐。有双手捧着爆米花、笑呵呵地离开箩筐的，有嘴里塞满了爆米花、鼻孔上还黏连着几颗爆米花的，有上衣口袋鼓鼓囊囊装满着、双手还有一捧爆米花的。

一两分钟工夫，一担爆米花被一扫而光，村童们便自觉散开，给迎亲队伍留出道来。

托着毛主席画像的，举着彩旗的，敲锣打鼓的，在大门口两旁站立着。在掌事者的引导、伴郎的陪伴下，一身新衣的新郎迈过门槛，走进堂屋。堂屋两旁的高低凳子、椅子上，早已坐满新娘家的爷爷奶奶外公外婆、父亲母亲、伯伯叔叔、舅舅婶婶、七大姑八大姨。新郎走上前去，一一改口问候，给每位长辈呈上 5 角到 1 元钱不等的"孝敬红包"，还不忘给抽烟的男人奉送一支香烟。

喜迎新娘。问候并孝敬完长辈，新郎和其他迎亲人员被安排上桌，女方的喜宴就正式开席了。

吃罢喜宴，在女方掌事者的引导下，新郎和伴郎、男方掌事者穿过堂屋，走向正房，羞涩的新娘正在房内等候着呢。来到正房门前，新郎得停住脚步，因为房门从里面给闩住了。伴郎伸手拍门，三五秒后，房内传来众伴娘嗤嗤的笑声："红包在哪里呀，红包在哪里？"借助门缝，几张 5 角到 1 元的票子被塞进房内。伴郎继续拍门，房内传来的又是众伴娘嗤嗤的笑声："红包在哪里呀，红包在哪里？"十几张 5 角到 1 元的票子又被塞进房内。如此反复，3 次过后，房门终于打开了。

在 2—10 位伴娘的相拥下，新娘缓缓走出正房，来到堂屋。给娘家爷爷奶奶外公外婆、父亲母亲、伯伯叔叔、舅舅婶婶、七大姑八大姨，一一跪拜，谢过养育帮扶之恩。眼眶含着泪水，转身低头，新娘缓步出得堂屋大门，跟随着迎亲队伍，在娘家又一番噼里啪啦的鞭炮声中，踏上了自己的成人之旅。

在返回新郎家的路途上，队伍比迎亲时要壮观得多。大到铺盖、木箱、脚盆，小至蚊帐、糖缸、碗碟等陪嫁物品，一应由给娘家帮忙的村民抬着、挑着。迎亲队伍，加上新娘、伴娘，以及护送陪嫁物品的村民，组成了一支浩浩荡荡的喜庆队伍。

6. 飘香榨坊

那时，两三个生产小队共同修建有一座大榨坊。端午前后收割来的菜籽、8 月收割回的芝麻，经过处理后，在这里榨成村民们翘首企盼的香喷喷的菜油、芝麻油。

宽敞的榨坊。榨坊多是一大两小"一字形"排开的黑瓦房。中间的大房几乎是正方形，15×15 米左右，房内有直径 10—12 米的转盘，转盘边沿是石头凿出来的凹槽。两旁的小房，也有 15×4 米左右大小，一间装有榨台和撞木，一间砌有大锅大灶。

榨坊无需吊顶，仰头望去，便是房梁、木条和黑瓦，还有从瓦缝间透过来的光亮。

榨坊宽敞，才容得下能装数百斤菜籽和芝麻的埋在大灶里的大锅，拉碾的水牛才伸展得开腿脚，粗大的撞木才有拉回撞去的空间。

榨油的工序。炒、碾、蒸、箍、撞，是大榨坊榨油的 5 个工序。

炒。将菜籽或芝麻粒倒进大锅内，用铁锹般的大铲子上下左右来回翻炒。在翻炒过程中，灶膛里的火力要适中。火力过猛，菜籽或芝麻粒容易局部焦煳；火力温吞，翻炒时间会拖得太久。

翻炒半个小时左右后，有经验的村民从锅里拿捏出一两枚菜籽或芝麻粒，两根手指搓动一下，若是油脂被轻轻松松地挤压出来，就可以停止翻炒，准备起锅了。

碾。起锅后的菜籽或芝麻粒被倒进大房中的圆形石槽内，将石碾放进石槽中，木架的一头固定着石碾，另一头套在水牛脖子上。水牛被牵引着，在石槽外慢悠悠地逆时针兜圈，带动石碾不停地碾磨石槽里的菜籽或芝麻粒。

两三个小时下来，菜籽或芝麻从颗粒状变成了粉末状。

蒸。将粉末状的菜籽或芝麻倒进隔有粗布的蒸笼里。当白雾状的蒸汽冒出 15 分钟左右后，粉末状的菜籽或芝麻就蒸好了。

箍。提起粗布，将蒸好的粉末倒进铺放着稻草的铁箍中。趁着粉末的热乎劲，榨坊师傅光着脚丫来踩压粉末。在师傅的踩压和铁箍的限制下，热乎乎的粉末被箍成六七厘米厚、直径六七十厘米的圆饼。

撞。挤压在铁箍里的圆饼，被一一排放进榨台中央的空腔内。约摸放置 20 个圆饼后，空腔就几近被填塞满了。在剩余的一点点空隙中插入一根扎实的木楔，这根木楔要经受那粗大撞木的猛烈撞击。

榨台准备妥当后，接着就是榨坊师傅和 2—4 名壮汉一显身手的时候了。

撞木，是长 8—10 米、直径 15—20 厘米的整根木头。粗实的麻绳一头系在撞木中央，另一头固定在坚固的房梁上。撞木系有麻绳的地方，其悬空高度与汉子们的腰间高度相仿。

2—4 名壮汉分立在撞木两旁，只手握住麻绳，带动撞木向后回缩再向前撞击。榨坊师傅双手抱住撞木尾部，既要后拉前撞，更要把控撞击方向。

被撞木每撞击一次，榨台侧面上的木楔就向内挤入一点，排放在榨台内的圆饼厚度就缩小一点。那铮亮的菜油或芝麻油渐渐被挤压出来，顺着榨台下端那"丫"字形的木质漏斗，缓缓地流进半埋在地下的陶缸里。

榨坊的师傅。榨坊师傅有自己的绝活：把得准、撞得稳。

把得准，是能精准地掌控撞木方向。两三米开外的粗大的撞木快速地撞向榨台上那小小的木楔，且一次都不能失误，不是一件容易的事情。上下左右偏离一点，就撞破了铁箍、圆饼，或撞歪了榨台。向下偏离太多，半埋在地里的陶缸就报销了，流淌入缸的菜油、芝麻油也会被大地"吮吸"不少。

在撞击过程中，2—4名壮汉要做的主要是力气活，掌控撞木、撞击木楔的责任就落在榨坊师傅身上。

撞得稳。撞击宜稳不宜猛。力量过猛，榨台消受不起，铁箍和圆饼容易破裂。对力度的把握，壮汉们全凭师傅的口令。

撞击木楔，是件辛苦的活儿，师傅和帮手们几乎光着膀子上阵。每一次撞击过后，就会迎来菜油、芝麻油的汩汩流出，那滴滴汗水也从师傅和帮手们健硕的躯体中冒了出来。

撞击二三十次后，圆饼渐渐变薄，木楔几乎全部深入。这时，壮汉们可以停下来歇息片刻。师傅没有那么幸运，他得更换木楔，或加塞木楔，为下一轮撞击来做准备。

绝好的肥料。在乡村大榨坊，每100斤菜籽或芝麻大约可以榨出30斤菜油或芝麻油。十几轮撞击后，早先六七厘米厚的圆饼"瘦身"成3厘米左右的厚干饼，"丫"字形的漏斗也不再向地面的陶缸输送食油了。

榨油后的干饼是绝好的肥料，敲碎后撒向田间地头，那庄稼啊会可劲地生长。榨油后的圆饼，敲碎后拌着猪菜，生猪可爱吃了。

榨油后的干饼，还可以帮村民填肚解饿。掰上一小块，送入嘴中咀嚼，香喷喷的，那味道似压缩饼干。

7. 抱养过继

那时在一些乡村，抱养孩子、过继孩子不是什么稀奇事。

过继孩子。农户没有孩子，或家里只有女孩，而户主的兄弟有两个以上男孩的话，便容易出现过继现象。

过继无需保守秘密，村民们知道，被过继的孩子自己也知道。因为在叔伯两家过继，大人心态平和，丝毫没有骨肉分离的痛苦。孩子呢，能够感受到两家父母的关爱，也是开开心心的。

抱养孩子。农户没有生育能力，或孩子不幸夭折，户主的兄弟姐妹又没有可过继的孩子的话，如遇到合适的机会，农户就会选择抱养一个孩子。

抱养的孩子，或是远亲家的，或是熟人家的。

抱养的孩子宜小不宜大。最好是在孩子八九个月大前抱养，有的甚至在孩子刚满月后就抱养了。抱养啥事不清楚、懵懵懂懂的孩子能省去诸多麻烦。

抱养时，抱养父母会支付些许营养物品给孩子的亲生父母，或两三斤鲜肉，或几十个鸡蛋不等。一旦孩子被抱养后，亲生父母便不再到养父养母家看望孩子。

不同于过继的是，抱养需要保守秘密。被抱养的孩子自己不知道，村民们也愿意帮着保守秘密。

被抱养的孩子慢慢长大，无意间从说漏了嘴的村民那里知道自己身世后，他们也大多能坦然面对。

被抱养的孩子，有男孩也有女孩。男孩长大结婚生子后，能延续家族姓氏。女孩长大后，遇到合适的小伙子，可以招女婿上门。即使不能招来上门女婿，养女出嫁生子后，逢年过节照样回到养父养母家看望，并为二老送终。

8. 上门女婿

那时，乡村里只有女儿的农户，遇到愿意上门的小伙子，大姑娘小伙子你情我愿，双方家长一拍即合，选定一个良辰吉日来喜事喜办，小伙子便成了农户家的上门女婿。

上门女婿有兄弟。有两个以上男孩的农户，才可能允许孩子长大成家时，其中一位上门女方家。

20 世纪 70 年代前，半数以上农户有着两个以上的男孩。多一个男孩在身边、少一个男孩在跟前，农户不会有太多计较。

男方家庭多贫困。"多子多福"的光环背后是家长的无奈。小伙子结婚娶妻，少不得一间正房。心疼女儿的丈母娘，甚至要求男方家盖好新房再办喜事。

迎娶新娘，男方家多少要送一些彩礼，两位新人的家具也得男方家来准备。

对家境贫困、男孩较多的农户来说，待男孩们长大后，欢送其中一位上门女方家，未免不是一件幸事。

婚事费用女方出。确定小伙子上门后，两位新人婚事的费用便由女方家来承担。新娘新郎的洞房，女方早已准备妥当。洞房里的婚床、桌椅等家当也由女方来花钱办理。男方不用送给女方彩礼。婚庆当天的喜宴，也由女方家来张罗。

孩子跟着妈妈姓。小伙子上门，男方家庭省去了诸多费用，也少操了不少心。与之对应的，两位新人喜结连理后，生的孩子，尤其是第一个男孩要跟从孩子母亲的姓氏。

女婿上门后，有了好几个孩子的话，开明的岳父岳母也能让孙子辈中的某位，跟从女婿的姓氏。这样的做法，不仅让上门女婿感动，也令亲家公亲家婆开心。

9. 夭折无棺

20 世纪 70 年代前，我国乡村还没有普遍实行火葬。爹爹婆婆老死了，中年村民病死了，尸身就被放入棺材中，下葬到几米或十米深的地下。

若是 14 岁前的村童，特别是几岁的儿童、几个月大的婴儿不幸夭折后，只能被放入一个简单的木匣，或是用篾席、草席包裹后入土埋葬。

看重寿棺。那时，村子里有些老人很看重寿棺。村民过了 60 岁后，孝顺的儿子开始备齐木料，请来木匠为老人提前打造棺材。打造好的棺材，用两个长条板凳托起，倚墙停放在堂屋里面。

堂屋摆放寿棺，老人没有丝毫忌讳，儿子媳妇不会被称作"大逆不道"，孙子辈也不会受到惊吓。调皮的孙子辈爬在寿棺上玩，像骑着木马一般快乐。更有创意的村童，慢慢地挪开棺盖后，猫进棺内玩起了捉迷藏的游戏。

不是所有木材都可以用来打造寿棺，杨树、柳树等疏松木材断然不可以。三五年树龄的木材太小，也不适合打造寿棺。一口寿棺做出来，得用上 0.5—1 个立方米的木材。

寿棺四周被涂上黑色油漆，停放三五年后，会被重新刷上油漆。有活到八九十岁的高寿老人，他们的寿棺居然被油漆刷过 5—7 次。

夭折无棺。和高寿老人相比，夭折的村童下葬时没有棺材护身。家境略好的人家在悲痛之余，会请来木匠师傅，为孩子量身打造一个简易的木匣。

这简易的木匣，似乎是棺材的缩微版——用材上简单了许多，厚度上也单薄了不少。

家境困难些的人家找来一张篾席或草席，将夭折的村童包裹后，便入土下葬了。

夭折无碑。村里老人去世下葬后，次年清明节，孝子贤孙们会请来石匠师傅来凿碑。刻有"故先考×××之墓"、"故先妣×××之墓"、"孝子×××，孝孙×××立"字样的石碑，矗立在老人的坟头。

夭折后的村童被简单下葬后，只有坟头没有石碑。白发人送黑发人本已是件悲伤的事，留下石碑只会增添更多痛苦。

屋外停放。一些乡村有着约定俗成的讲究：在自家床上去世的人，可以在家中停放 3 天（或 5 天、7 天），从后门出殡。但因为这样那样的原因而在户外去世的人，只能停放在屋外临时搭盖的棚子里。在塘堰中溺水而亡的村童、病死在卫生院的村童，等等，这些夭折的村童也不例外。

10. 大姓祖坟

一些乡村有着祖坟山，祖坟山里埋葬着大姓家族的成百上千位男男女女。

大姓才有祖坟山。百年前，甚至更早些时候，一些大姓家族开始在居住地附近的山边来埋葬去世的家族成员。久而久之，几百上千个坟头就遍布在山脚下，几代、十几代亡人长眠于此，形成了颇具规模的祖坟山。

村民埋葬逝者时，不会去破坏原有生态环境。他们选取的地段，多是山体下四分之一处。他们选取的位置也是树木与树木之间的空隙，做到了"远看是山林，近看是坟地"。

村子里的杂姓人家大多是零零星星地迁徙而来，放下包袱、搭盖土房，立地求生，他们不存在什么祖坟山。杂姓人家的成员去世后，一般找个稍稍远离村落的荒坡，入土下葬了事。

媳妇也是自家人。在祖坟山上，安葬着同一姓氏的去世的男丁，还有百家姓的过世的女性。

这些不同姓氏的女性是大姓家族的媳妇。按照习俗，这些媳妇身份的女性去世后也被安葬在祖坟山。

不是所有媳妇身份的女性，去世后都能长眠于祖坟山。不守妇道、与人通奸的媳妇，历来为村民所不齿，她们去世后入不了祖坟山。

闺女出嫁随夫去。大姓家族的女孩子，成年后出嫁了，村民们便认为她们是夫家人了。这些女性去世后，会按照夫家的情况来安葬，或许葬在夫家的祖坟山，或许葬在夫家那边的小高坡。

后　记

诚惶诚恐，笔者完成了手稿。

我国地域辽阔，虽同为乡村，但东西南北中存在差异。地理气候相去较远，主要农作物不尽相同，风俗习惯有同有异。笔者记录的，仅仅是局部地区的局部景象。以小见大，难免偏颇，为此惶恐。

谈论起农活，说道到农村，风雨里摸爬滚打几十年的乡村老汉更有话语权。遗憾的是，乡村老汉说胜于写。

从乡村走出来的新一代城里人，虽有乡村阅历也有笔头功夫，无奈多数为生计奔波，身不由己。

试图将乡村老汉的口才与秀才叙述事物的笔头结合起来，又可能"穿着西装下农田——两不像"，为此惶恐。

与农活农具相关的词语，书写频率不高。村童们玩耍的游戏，以文字记录下来可能变味。文字功底本不见长的笔者，为此惶恐。

这手稿有武汉大学老校长刘道玉先生的亲切鼓励。在给《阳光心态看世界》（笔者的第一部手稿）的序言中，老校长勉励笔者"做一个追赶太阳的人，继续观察和思考，写出续集甚至三部曲来"。为此，笔者虽然惶恐，仍壮胆前行。

我学习期间的师长、工作中的领导和同事、还有身边的亲戚朋友、出版社的编辑老师，给予我很多帮助、鼓励和启发，在此一并感谢。

　　笔者才疏学浅，手稿中肯定有错误和疏漏，恳请各位老师和同行批评指正。

后
记

陆华新

2018 年元月 24 日